STRATORUNNER IN THE SKY

蒼戟《そうげき》の疾走者《ストラトランナー》

落ちこぼれ騎士の逆転戦略

犬亥 Inui

イラスト◆駒都えーじ
E-ji Komatsu

@プロローグ．〝主役〟登場

「ちょっと、ボーイさーん！」

呼び鈴を鳴らす代わりに、鈴を転がすような声がした。

窓際《まどぎわ》のテーブル。先ほど紅茶とアップルパイのセットをオーダーした、お一人様の女性客。

カウンターでグラスを磨いていた店主は、その声に、ぎくりと身体を強《こわ》ばらせた。

……追加注文にしては早い。好奇の目で見ていたのが、ばれたのだろうか？

「……はっ、はい。ただいま！」

お客様は、少々、変わった出《い》で立《た》ちをしておられた。

旅人の集うカフェ。――と銘打った、当『銀色の翼亭』。たまに訪れるお客様は、ほとんどがくたびれた旅装だが、その方の装《よそお》いは、壮麗といってもいいものだった。

なめらかで艶のある黒いベストに、ドレスを思わせる広がりのふわりとしたスカート。さらに白いレースをあしらった、黒と白《モノクローム》とのツーピース。

年の頃は、十代の半ばを過ぎたくらいだろうか。ウェーブのかかった蜂蜜色の髪。つんと上を向いた鼻。その瞳は、淹《い》れたての紅茶よりも、澄んだ赤色を湛《たた》えている。

汽車の一等席から、執事だか従者だかにエスコートされて降りてくる様子が目に浮かぶような、貴婦人然とした少女だった。

「はい、お呼びでしょうかっ……ン、ンン」

何食わぬ顔でテーブルの横に立つ。声がうわずったのは、咳払《せきばら》いをしてごまかした。

間近で見ると、少女の面影を残しながらも、やはり気品漂う美しさがある。

上流階級なのは一目瞭然、ひょっとすると、お忍びで旅をされている、どこぞの貴族のご令嬢ではなかろうか。

そんなことを連想すると、ますます緊張が募った。

お客様は、テーブルの上に目を伏したまま、一言、

「ボリューム、上げてくださらない？」

店主は、その視線を追って、食べかけのアップルパイに行き着いた。

「大変、失礼しました。すぐに大きなパイを焼かせます」

「違うわよ、ラジオの音量《ボリューム》！　始まってるんでしょう？　今日のエアレース」

店主は、ようやく己の勘違いに気がついた。

アップルパイの大きさに不満があったのかと思ったが、そうではなかったらしい。

「な、なるほど。ラジオのボリュームですね、かしこまりました」

カウンターの奥で密《ひそ》かに中継を流していたのが、お客様の耳にも届いていたのか。

「……なるほど、じゃないわよまったく。ひとを大食いみたいに、失礼ねぇ」

不満そうに言って、お客様は豪快にアップルパイを頬張った。

『遠き過去、名も無き名工がいたのか⁉　はたまた、人ならざる神が創造した〝モノ〟なのか⁉　――〝飛行艇〟ZEP《ゼップ》！　歴史の空白より掘り起こされた空駆ける翼を、いつしか人はそう呼びました！　その姿形は一説に、太古に空を覇した〝竜〟を模して創られたとも言います！　さあ、緑のアーチをくぐり抜け、翼に選ばれた者たちが空を舞う！　そうして、トップに躍り出たのは――このZEPだ！』

音量のツマミをひねると、ラジオから実況者の声が流れ出した。

『――先頭は、オディレイより参戦せし紫の旗機《フラッグシップ》、69EYES《シックスティナインアイズ》！　搭乗はリーロイ・ダーヴィッツ！　次いでベテランはロス・ハーマン搭乗のファルコン！　3コーナーまで先頭を堅守してきたゴスホークはここ、三番手に後退！　この〝チェスカ・トライアル・シリーズ〟第2戦は、何者の予想も許さない大混戦！』

音量が上がると、お客様は「ふうん……」と満足したように頷《うなず》いた。

エアレース――それは、国の守り手たる騎士たちが、名誉をかけて速さを競う、空の決闘の舞台である。その起源は、かつて国家間で戦争が繰り返されていた時代にまで遡り、騎士たちが制空権をかけて〝空戦〟を行ったことに由来すると言われている。

その伝統と精神は今なお受け継がれており、さらにギャンブルという要素が加わって、今日《こんにち》、庶民から王侯貴族に至るまで、エアレースに関心のない者はいないと断言していいだろう。

……事実、目の前のご令嬢も、自分と同じくエアレースに熱をあげる一人ということらしい。

そう考えると、近寄りがたさよりも親しみが湧いてくる。

「ここだけの話ですが……わたし、このレースにはけっこうな額をつぎ込んでましてね。ひょっとして、お客様も買われてるんですか？」

「あら。私、そんなチャチな投資はしないわ」

紅茶のカップに口をつけて、お客様が答える。

……〝投資〟とは、さすが上流階級は使う言葉が違う。

「もし、違っていたら失礼ですが……お客様、名のあるお家《いえ》のご出身では？」

畏《かしこ》まりつつ問いかけると、お客様は、意外そうな顔をした。

「あらやだ、わかっちゃった？　服も地味目なの選んだし、目立たないようにしてたんだけど……どうしてかしら？」

豪奢《ごうしゃ》に彩《いろど》られたスカートの端などつまみながら、不思議そうにつぶやいている。

「え、ええ、まあ……長年こういう仕事をしていますと、人を見る目が養われますし。お客様の物腰や振る舞いを見れば、一般の方でないことはすぐに分かります」

「へぇー、さすがプロね、なかなかの観察眼だわ。本当は秘密なんだけど、バレちゃったなら仕方ないわね」

「すると、お客様は、やはり……」

貴族、と続けようとすると、それよりも早く、可憐《かれん》な唇が言葉を紡《つむ》いだ。

「実は、パパがマフィアのボスなの」

「………は？」

「ウィザース・ファミリーって言うんだけどね。確かに、故郷ではちょっと名の知れた一家だわ。で、そこの一人娘が私」

アップルパイにざくりとフォークを突き立てて、あっけらかんと告げてくる。

「さ、左様でございましたか……」

手に持ったトレイがカタカタと震える。余計なことを言うんじゃなかったと、店主は心の底から後悔した。

手慣れた様子で、アップルパイを切り分ける姿に、冷や汗が止まらない。もし、この方の機嫌をひとつ損ねれば、我が身もあのアップルパイのように……、

「ねえ、ボーイさん」

「ひ、ひいっ！　お許しを！　私には共同経営の妻がいまして、どうか、どうか命だけは！」

思わず命乞いをしてしまうが、お客様は訝《いぶか》しげに首を傾《かし》げただけだった。

「……？　このアップルパイ、美味《おい》しいわねって言おうと思ったんだけど。……経営っていうことは貴方《あなた》、マスターだったのね。ごめんなさいね、ボーイさんなんて呼んじゃって」

「……は？　い、いえいえ、どう呼んでいただいても構いません。お、お口に合ったのなら何よりです」

どうやらこの場は命拾いしたらしい。店主は深い安堵《あんど》のため息をついた。


『前半とはうって変わって苦しいゴスホーク、一息ごとに退《さ》がっていく！　そして、その後ろからやってきたぞ、大本命！　大国マイルスよりあの《不沈艦》がまさかの参戦！　白銀の旗機I.O.U《アイ・オー・ユー》が今、ゴスホークを抜き去って――、三番手に急浮上！　搭乗はエントリー中、最年少のクリスピアン・ミルズ！　弱冠15歳の初参戦は白星で飾った！　このレースでも星をまたひとつ加えるか⁉　前評判通りの加速を見せて前方の二機を急追！　先頭は69EYES《シックスティナインアイズ》からファルコンへ交代！　しかし、両機に差はないっ！』


「……アイ、アイツの言った通りの展開になったわね」

しばらくラジオの声に耳を傾けていたお客様が、ぽつりとつぶやいた。

「……アイツ、でございますか？」

慎重に言葉を選びつつ、声をかける。マフィアの接待とあっては、先ほどとはまったく違う意味で、身が引き締まる思いがする。

「うちの子飼いの騎士よ。――もう結構、ラジオのボリュームを下げて頂戴」

「……えっ⁉　もうすぐゴールですが、いいんですか？」

「結構よ。私、もう結果は分かっているから」

意味ありげな笑みを浮かべて、お客様が言う。

レースの展開は気になって仕方ないが、さすがにマフィアの言うことには逆らえない。

店主は唯々諾々《いいだくだく》とラジオの音量を下げた――、そのときだった。


『クラアアア――――シュッ！！！』


下げた音量の分を上回る絶叫が、ラジオから溢《あふ》れ出《だ》した。

「く、クラッシュだって⁉」

思わず耳を寄せて、音量のツマミをひねり直す。

『69EYESとI.O.Uが、ゴール前で、まさかまさかのクラッシュ・アクシデント！！！』

「――はあ⁉」

椅子を蹴飛ばす勢いで、お客様が立ち上がる。

『猛追してきたI.O.Uが、前を塞ぐ69EYESに接触《クラッシュ》！　両機、無念のコースアウト！　そして、単独トップとなったファルコンが――ゴオオオオ――――ル!!　思わぬアクシデントに笑ったのはこの男、ロス・ハーマンだ！』

さっきまでの余裕はどこへやら。お客様は目を丸くして、実況者の声に聞き入っている。

『不時着した両騎士の安否が気遣われますが……おっと、立ち上がったか!?　どうやら無事の模様！　良かった、良かった！　さあ2位以下は――』

「……この結果も、分かって、おられたんですか？」

おずおずと訊《たず》ねると、お客様は、バンッ！　と力強くテーブルを叩《たた》いた。

「そんなわけないでしょッ！」

一声叫ぶと、お客様は険しい表情で、荷物をまとめ始めた。

「……あんの、バカ！　なに考えて飛んでんのよ！　……こうなったらもう、次の汽車で直行して、ガツンとやってやらなきゃ気が済まないんだから！」

紅玉のような瞳を怒らせて、誰にともなく言い捨てる。

「その……お、お会計でしたら、もちろん、結構です」

「馬鹿言わないでよ、タカリじゃないんだから！」

お客様は、革張りの手帳から一枚の紙を乱暴に切って、指で弾《はじ》くようにこちらに渡した。

「……私、急用ができたから。支払いはこれでお願い」

それは紙幣ではなく、店主にとっては見慣れないものだった。

小さな紙の切れ端の末尾に、サインらしきものが書き込んである。

サインには、こうあった。

――ジゼル・ナイツ・マネージメント　代表取締役　ジゼル・ウィザース
「だ、代表取締役？　一体、これはどういう……」

怪訝《けげん》に思って見返すと、お客様は、紙切れと自身とを交互に指さした。

「小切手よ。私の会社の名義で切っておいたわ。それじゃね、ボーイさん……じゃなくて、マスターさん！」

年相応に、悪戯《いたずら》っぽく微笑《ほほえ》んで。お客様は『銀色の翼亭』を飛び出した。

ふと、思い出したかのように振り返って、

「――リーロイ・ダーヴィッツって名前、覚えておいて！」

「リーロイ？」

どこかで聞いたような、と考えかけて、思い当たる。確か、つい先ほどまでレースに――、

「私の〝投資先〟の名前！　大事なときにいつも負けるけど、勝ったときのアイツってば、けっこう格好いいんだから！　今度、見かけたら応援してあげてね！　……お店、うまくいくといいわね、チャオ！」

遠くで、大陸鉄道の汽笛が鳴る。ビソネットの首都と、自治都市チェスカを繋《つな》ぐ蒸気の道《レイル・ウエイ》。

当店からプラットホームまでは、徒歩にして一〇分ほどかかる。

旅装というには華美な服装をしたお客様は、躊躇《ためら》いもなく、スカートを手繰って駆け出した。

「げっ、思ったより早くない⁉　ちょっと待ちなさいよ、物語のヒロインを置いていく乗り物がありますかってーの！」

後に残されたのは、客のいない『銀色の翼亭』と、その店主のみ。

無人の客席には、ラジオの実況が流れ続けていた。

『この勝利で、ロス・ハーマンの本戦〝GⅢ《グレード・スリー》〟ウィンドミルS《ステークス》への出場は決定的か！

だが、次なる〝トライアル・シリーズ〟を勝ち上がり、本戦への切符を手にするのは誰か⁉

次週のレースに乞うご期待――』

@1. 69EYES《シックスティナインアイズ》の〝夢〟

——初めてエアレースを目にしたとき、〝夢〟を見た。

紫の翼を駆り、誰よりも自由に空を飛ぶ。そして世界へ挑む自分の姿を、そこに描いた。

子どもの頃の話だ。

物語は、一ページもめくれば、夢を叶《かな》えて誇らしげに笑う自分がいる。観客、仲間、そして競ったライバルたち。関わったすべての者に祝福されて迎える大団円。

夢に、過程なんてものは存在しない。

だから、いざ現実の世界に踏み出せば、そのゴールはあまりに遠くに感じる。

それでも、甘美な結末はきっと変わらない。だから走り出す。夢に見た自分の姿を目指して。

そうして、——

幸運にも、呆《あっ》気《け》なく。

不幸にも、時を経て。

気づかされる、……自分が脇役に過ぎなかったことに。自分が描いたはずの物語に、本当の主役がいたことに。

〝夢〟に浮かされるまま、騎士になった。念願叶《かな》って〝翼〟を授けられた夢物語の一戦目は、快勝だった。――小国の、同世代のトップ。自分の存在を証明した気になれた。

――だが、躓《つまず》きは、すぐにやってきた。

各国の新人騎士《ルーキー》で競った二戦目。そこでの敗戦を否定すべく、己のすべてを賭けて臨んだ三戦目。

同じ相手に、同じZEP《ゼップ》に――俺は負けた。完膚なきまで、徹底的に。

遠ざかる光が教えてくれたことは、自分が何者でもなかった現実だ。それは、四戦目以降の戦績にもしっかりと刻まれている。

――公式成績7戦1勝6敗。結局、それが俺のすべてだった。

勝てたのは、たった一度だけ。敗戦にどんな理由《わけ》があろうと、そんなことは関係ない。

身の程を知った。もう、……十分だ。諦めはついている。

勝手に見た〝夢〟の対価は、高くついた。

目を覆うばかりの借金と、脇役らしく誰かを引き立てるために飛ぶ、道化じみた罰ゲーム。

今日も、また……。

「……15の小僧が、腕試しのつもりかね」

紫煙が立ち込める視界で、大男の影が言った。俺はそれに何も応えず、差し出された競技《レーシング》新聞《ペーパー》を眺めていた。

出身国は「マイルス」、機体は「I.O.U《アイ・オー・ユー》」、そして「1・6倍」という配当率《オッズ》が目に留まる。前売りの段階で2倍を切る数字。当然、それはこのレースにおいて断然の一番人気であることを示していた。

「マイルスの《不沈艦》にこんな地方のレースでお目に掛かることになるなんてなぁ」

ため息にも似た調子で大男がこぼす。それから、面倒くさそうに確認する。

「I.O.Uってえと、……後ろからだったな。このメンツならオレより後ろに陣取りそうだ」

大国の旗機を任された、前途有望だろう新人騎士《ルーキー》——その場違いな参戦者《ゲスト》が採るだろう戦法を、俺はよく知っていた。

最後方に構え、ストレートを駆ける、まばゆいまでの白銀の閃光《せんこう》。小細工は要らない。ただ真《ま》っ直《す》ぐにゴールまでの線を引けば、それだけで他機をねじ伏せ、勝利へと到《いた》る性能があのZEPにはある。

「おい、リーロイ」

不意に名前を呼ばれ、俺は顔を上げる。いまだ晴れない紫煙の中、大男——ロス・ハーマンは尊大な笑みを浮かべて言った。

「オレが先に仕掛けるからよ。それでお前の勝ち目がなくなったら、……キッチリ頼むぜ？」

「ああ」

脇に追いやられても、道化に貶《おとし》められても。それでも、俺は飛ばなくちゃならない。

「……そのときは、俺が止めてやるよ。この坊ちゃんをな」

夢物語は終わった。目はとっくに覚めている。負けることに、もはや抵抗を感じることはない。――これが俺の現実だ。ロス・ハーマンとの〝交渉〟は、それで終わった。

@2. 衝突事故《クラッシユ・アクシデント》

『――クラアアア――シュッ!!!』


……うるせえよ。耳に残っているのは、誰かが放った絶叫だった。

ぴくりと指先が動くと、それを起点に筋肉が収斂《しゅうれん》した。

心臓の鼓動を意識する。全身の血管が脈打つのが分かる。ずきりずきりと、こめかみが痛む。

視界が幾重にもぶれて、一つに定まらない。これは、《眼《め》》を開いた副作用? ……いや、

『69EYES《シックスティナインアイズ》とI.O.U《アイ・オー・ユー》が、ゴール前で、まさかまさかのクラッシュ・アクシデント!!!』

――69EYES――、意識が急激に焦点を結んだ。

……そうだ。それが俺のZEP《ゼップ》の名前だ。俺はさっきまで飛んでいて、ゴール前で――クラッシュを起こしたんだ。

「……ってぇ……!」

頭を振って、ゆっくりと身体を起こす。頭と言わず体と言わず、全身が痛んだ。

それでも、大きな怪我《けが》の気配はなかった。どうやら、下が湿地だったことが幸いしたらしい。操縦席《コックピット》から恐る恐る機体を見回せば……擦傷、あちこちに小破の痕《あと》。不幸中の幸いか、こちらも大破には至らなかったようだ。

とはいえ、この状況ではレースの続行はもはや不可能だった。

『猛追してきたI.O.Uが、前を塞ぐ69EYESに接触《クラッシュ》！　両機、無念のコースアウト！　そして、単独トップとなったファルコンが――ゴオオオ――――ル!!　思わぬアクシデントに笑ったのはこの男、ロス・ハーマンだ！』

実況が、高らかに勝者の名を告げていた。

……光がまぶしかった。《眼《め》》を閉ざした69EYESから降りて、かざした手の向こうには、後続の機体がゴールへと飛び込んでいく。こちらの順位は――着外、事実上のリタイヤだった。

「クソッ……ついてねえ」

ぬかるんだ地面に膝をつく。会場の方から、救護班が駆け寄ってくるのが見えた。

いや、その前に一人、よろめきながら近づいてくる人影があった。

「……おい、お前……！」

着外となったもう一機の――I.O.Uの新人騎士《ルーキー》だ。

吹き上がった泥で、顔も装備も、べっとりと汚している。大国のエリート騎士だろうに、とても見られたものじゃない。

そうして、その双眸《そうぼう》に激しい怒りを宿らせてかけてきた言葉は、なんとも心外な一言だった。

「お前、もしかして、わざと……！」

「ああ？」

思わず口端《くちはし》が上がる。この騎士の若さが、情熱が、――純粋さが、ひたすらに可笑《おか》しかった。

「おいおい、勘弁してくれよ。わざと、ってなんだよ。後ろから突っ込んできたのはお前だろ？」

空が、どこまでも青かった。幾筋もの蒸気の雲が、地べたを這《は》いつくばる俺の姿を、あざ笑うように伸びていく。

ZEP――人類が掘り起こした叡智《えいち》の翼。今は亡《な》き文明の忘れ形見。
その翼で、誰よりも速く、誰よりも自由に空を往《ゆ》く者を、人は〈騎士〉と呼んだ――。

@3. 整備工場

「あちゃー……派手にやりましたねぇー」

自治都市チェスカの東地区、レース会場からそう遠くない整備工場。バックヤードに運ばれた紫のZEP《ゼップ》を見上げ、整備士は呆《あき》れたように言った。

端的に形容すれば、ZEPは翼を持った小型艇と言えた。胴体はやや上向いた流線を描き、一対の主翼と尾翼を備える。主翼の上部には、駆動炉《エンジン》が一基と、それに直結したプロペラが搭載されている。——ここまではすべてのZEPに共通するが、この紫の機体には、さらに外見的な特徴があった。

機体に刻まれた鎖状の斑紋。それらはすべて《眼《め》》を象《かたど》っている。

もっとも、今はその全てが閉ざされ、むしろ機体についた大小の破損の痕《あと》が目立っていた。

「やったんじゃねえ、やられたんだよ」

リーロイは、煙草《たばこ》を吹かしながら、苦々しくつぶやいた。

作業場から時折聞こえてくる甲高い槌《つち》の音に、先日のクラッシュを連想してしまい、知らず顔をしかめてしまう。

「みんな、ずいぶんと騒いでましたよ。旗機《フラッグシップ》同士のクラッシュなんて、ここらじゃまず見られないからね。しかも、ぶつかった相手は、マイルスの……あのI.O.U《アイ・オー・ユー》だって話でしょ？　あーあ、見に行けばよかったな、ダーヴィッツさんの勇姿！」

おしゃべりな整備士の顔をじろりと睨《にら》む。

「……うるせぇよ。だいたい、なんでお前が出てくるんだ。69EYES《こいつ》は親方に任せておいたはずだぜ」

ここチェスカを拠点に飛ぶようになって半年。この整備工場とは、それ以来の付き合いだ。

旗機と量産機――ZEPは大別すると、その二種に分けられる。どちらも遺跡から発掘される〝素体《フレーム》〟から造られるという点では同じだが、旗機は各国に限られた数しか存在せず、騎士の中でも特別に厳しい選考を経た国選騎士にのみ与えられた。

例外もあるが、基本的にすべての国家はZEPを保有している。それは現代の国家が、〝忘れられた時代〟の遺跡を中心地として興《おこ》り、そこに眠っていた文明の〝遺産〟を継承することで繁栄してきた事実を物語っている。

しかし、現代においても古代遺物《オーパーツ》は圧倒的に未知の部分が多い。その代表的な例が、まさにZEPの構造だ。有機物とも無機物ともつかない性質を持つ〝素体《フレーム》〟は、どうやって造られたのか、いまだに解明されていない。さらに、旗機は量産機に比べて希少であるため、その整備や修理には特別な知識を要し、取り扱いができる整備工場も、おのずと限られていた。

　この工場の親方は、熟練の技術を持ち、信頼できる数少ない整備士だった。

　目の前の、見るからに熟していない女整備士——たしかソラとか言ったか——は、こちらの不機嫌も意に介さず、人懐《ひとなつ》こい笑顔を浮かべた。

「まあまあ、細かいことは気にしない」

「騎士が、自分の機体を気にしないでどうする。いいから、さっさと親方に取り次いでくれ」

「機体を気にするって言うなら、もっとこまめにメンテして休ませてあげないとダメですよお。この子、相当傷んでるでしょ？　今回のクラッシュじゃなくて、そのもっと前から。細かい疲労が蓄積して、主要なパーツ——例えば竜骨なんかがパキッて折れちゃったら、私らだってお手上げなんですよ？　ダーヴィッツさんだって、お国から頂いた機体を、博物館行きにしちゃまずいでしょ」

　若手のくせに、なかなか痛いところをついてくる。リーロイは、うるさそうに舌打ちをした。

「わかってるよ、ンなことは。その修理する金がねえから、あくせく飛んでるんだろうが」

「あ、そうそう。ちなみにお父さん……親方ならうちで寝てますよ。この前、整備中のZEP《ゼップ》から足を滑らせて、腰を打っちゃって。だから、あたしがこの子を任されたんです」

「足を滑らせて、って……おいおい、マジかよ。大丈夫なんだろうな？」

　……あのオヤジ、とうとうヤキが回ったんじゃねえだろうな？　と体調以上のものを心配してしまうが、ソラはそれに気づくこともなく、あっけらかんと答えた。

「うん、一ヶ月もすれば復帰できるって。だからそれまで、よろしくお願いしますね！」

帽子を取って、ソラは頭を下げた。ひとつに束ねた髪が、尻尾のように背中で跳ねる。

この女整備士が、親方に次ぐ腕前を持っているらしいことは聞いていた。親方の娘という立場があるにしても、こうした現場は完全な実力社会だ。これだけの若さでナンバー2として認められているのだから、ソラの技術はかなりのものなんだろう。

「滅多にない、旗機をいじれるチャンスだからね。欲を言えば、I.O.Uも触ってみたかったけど……なんたってマイルスの《不沈艦》、世界三大ZEPの一角だもんね！」

「……修理に出してんのに、余計に壊すんじゃねえぞ」

腕前はともかく、不安なのは、この重度のZEPマニアの癖ゆえだ。整備士として研究熱心なのは良いことなんだろうが……機体の所有者としては、警戒せずにはいられない。

「ところでI.O.Uに乗ってた騎士、腕前はどうだったんです？　新人とはいえ、マイルスの国選騎士っていうくらいだから、下手ってことはなかったんでしょ？」

「いいや。ありゃヘタクソだ。それも、ド！　がつくレベルのな」

言い捨てて、煙草《たばこ》を噛《か》む。湿気《しけ》てもいないのに不味《まず》いのはもちろん、気分の問題だった。

「マイルスも堕《お》ちたもんだ。あんなレベルで国選騎士に採用するなんてな」

クラッシュの瞬間を思い返すと、怒りが湧いてくる。ソラは、困ったように苦笑した。

「はは……そりゃ、突っ込まれた方は災難だよね。せっかくI.O.Uなんて凄《すご》いZEPに乗ってるのに。さすがのマイルスのエリート騎士も、初めてのレースで舞い上がっちゃったかな？」

「……初陣《ういじん》じゃねえよ。あれで二戦目だってんだから、笑っちまうわな」

マイルスは、チェスカから遙《はる》か西方にある大国だ。広大な領土を持ち、経済規模も大きい。国が保有するZEPも多く、それだけの数の騎士も擁している。

その中でも、世界三大ZEPに数えられるスペックを持つ——出力と耐久性において現況、並ぶZEPの無い《不沈艦》I.O.Uを与えられるのは、さらに一握りの選ばれた騎士のみだ。

それが、あの程度の新人に与えられているのが、どうにも癪《しゃく》に障《さわ》った。

……何より腹立たしいのは、

「どんな話で伝わってるか知らねえが、俺に進路妨害の疑いがかかってるらしいからな」

「進路妨害？　……ダーヴィッツさんが？」

ソラが意外そうな顔をする。

「たかだか地方の野試合で、ンな真似《まね》するかよ。〝旗〟同士の接触《クラッシュ》だからって、マイルスの騎士様に気を遣ったんだろ？　庇《かば》いきれないって、主催者に耳打ちされたよ。下手すりゃしばらく出場停止だ。……冗談じゃねえよ、金稼ぐために飛んでるのに、膨らむのは借金ばっかりだ」

紫色の機体とリーロイとを交互に見て、ソラが頷《うなず》く。

「うーん。たしかにオディレイの《眼》《め》なら、避《よ》けられただろうって言い分も立つからね」

「あんな見境ない突進、避《よ》けられるかよ。一流じゃねえんだよ、俺は。こんな地方まで廻《まわ》ってきてんだから、分かるだろ？」

オディレイの《眼》《め》と呼ばれる69EYES《シックスティナインアイズ》――加速、旋回性能ともに凡庸ながら、一国の旗機に採用されているのは、他のどんな機種にもない、その不可思議な特性ゆえだ。

すなわち――『機体に刻まれた《眼》《め》を通じて、乗り手に複数の視界を与える』

リーロイの母国オディレイでは、その開眼する数が多いほど、国選騎士としての資質が高いと見做《みな》される。過去のデータによれば、最高で「29」の《眼》《め》の開眼が記録されている。……が、必ずしも開眼の数値がレースの結果に反映しているとも言えず、国選騎士の任命には〝適性〟よりも〝操縦技術〟が重視されているのが現状だ。

リーロイ自身のレースでの開眼数《アイズ・スコア》は、調子が良いときで「13」程度。オディレイの国選騎士としては平凡か、ともすればそれ以下の数値と言っていい。

69EYESの閉ざされた《眼》《め》を覗《のぞ》き込《こ》みながら、ソラがつぶやいた。

「ふしぎですよねえ……。なんでダーヴィッツさんが乗ると、《眼》《め》が開くんだろ？　私が触っても、なんにも起こらないのに。プロペラとか駆動炉《エンジン》とかの後付けのパーツは、蒸気機関ってことで納得もいきますけど、〝素体《フレーム》〟の部分って国家機密級に謎だらけなんですよね。ダーヴィッツさん、国選騎士なんだから、何か知ってるんじゃないですか？」

「別に国選騎士だからって、特別なことを知ってるわけじゃねえよ。……ま、聞いたところじゃ、ZEPは〝生きてる〟って説もあるらしいがな」

そんな話を聞いたのは、自国の騎士課程で受けた講義だったか。

荒唐無稽な話だと思う一方、あながち有り得なくもないと感じてしまうのは、69EYESが与える、あの不可思議な視界を体験しているからだ。

乗り手でもない限り、こんな話は一笑に付されるだろう……と思いきや、

「へー、すっごーい！　生きてるんですか、この子？　じゃあ、ダーヴィッツさんに、語りかけてきたりするんですかね⁉　そうすると今は、夢とか見てるんでしょうか⁉」

ソラは爛々《らんらん》と目を輝かせて、矢継ぎ早に質問を浴びせかけてきた。

……無類のZEPマニアに対して、不用意な発言だったか。

「だから、知らねえって。あくまで〝説〟だって言ってるだろ。だいたい、俺は69EYESの適性だって大してありゃしねえんだ。そんなことより、修理の件だが……」

ソラの質問を適当にあしらって、本題に入ろうとする。

「でも、ダーヴィッツさんって、本当は凄《すご》いんでしょ？」

――が、話題はまたすぐに脇道に逸《そ》らされた。

「……ああ？」

「デビューしてすぐに地方を転々として、もう一〇〇戦以上もキャリアがあるんでしょ？　べ

テランの騎士だって、そんなに飛んでる人はいないって。本当なら中央で活躍して、重賞《グレードレース》を飛んでてもおかしくない……って、お父さんから聞きましたよ」

「ハッ……」

リーロイは、皮肉げな笑みを口端《くちはし》に浮かべた。

「……俺は一流じゃねえって言ってるだろう？　中央で飛んでるだけじゃ食っていける余裕がねえから、こんなところでドサ回りしてんだ。野良《のら》試合のキャリアなんて、いくら積んだって屑《くず》みてえなものさ。……俺の中央での公式成績は、その親方から聞かなかったのか？」

両手の指を七に開いて、それから指を一つにする。

「7戦1勝。中央じゃ、俺くらいのヤツは掃いて捨てるほどいるんだよ。重賞《グレードレース》を獲《と》って、一発逆転狙うなんてガキみてえな夢は、もう見ねえよ」

「でもダーヴィッツさん、19歳ですよね？　まだ将来もあるし、夢見てもいいと思うけどな」

「年下に将来を云々《うんぬん》言われたかねえな」

「もうっ、ひねくれてるんだから」

励ましているつもりなのか、この17歳の整備士は、それでも頬を膨らませ食い下がってくる。

「ルーファス・ウェイン・ライト！　〝マイルスの至宝〟！　弱冠20歳で重賞《グレードレース》をふたつも獲《と》ってるダーヴィッツさんと同じ世代の最強騎士！　私、彼のファンなんですけど、ダーヴィッツさんが挑むところ、見たいなぁ！　憧れの騎士に知り合いが挑むって、ちょっとしたロマンじゃないですか。それも、自分がチューンナップしたZEPで！　でも、本当にそうなったら、どっちを応援したらいいんだろ⁉　……やっぱり、ルーファスを応援しちゃうかも！」

「……それでいいと思うぜ」

「えっ、本当ですか！　じゃあ、私、ルーファスを……って、や、やだなあ。冗談ですよ」

ソラは、気まずそうに頰を搔《か》いて目を泳がせた。

「負けるやつを応援したって、面白くもなんともねえからな。……修理、それじゃ頼まあ」

煙草《たばこ》の火を踏み消し、話を打ち切る。ソラは、ぎこちない表情でいたが、自分が機体を任せられたことに気づいて、すぐに笑顔に変わった。

「はいっ、お任せください！　それじゃ、見積もりが出たら宿の方に……」

「とりあえず、修理は最低限のヤツでいいからよ。……ああ、飛べりゃ問題ねえから。それから親方が起きてきたら、くれぐれもまけるように言っておいてくれ」

オーバーコートを肩にかける。リーロイにはまだ寄らなければならない場所が残っていた。今日は例のレースの〝取り立て〟に行かなければならない。その後は……あのオーナー様と顔を合わせての報告だ。前者はともかく、後者は気が重くなる仕事だった。

「お宿はセントラル・チェスカでいいんですよねー？」

去り際に、後ろから呼びかけられる。

「ああ、三〇五号室だ。部屋にいなけりゃ、フロントにでも預けておいてくれ」

レースの主催者に紹介されたホテルの名を告げて、リーロイは整備場を後にした。

@4. ジゼル・ウィザース

『セントラル・チェスカ』

この辺りで飛ぶときの、ねぐらとして使っているホテルの前で、リーロイは足を止めた。

七階建てのホテルは、一階が酒場を兼ねたレストラン、二階がフロント、そして三階からが宿泊客のために用意されたフロアになっている。

自分に割り当てられた部屋は、三階——つまり宿泊客の最下層。一番上はスイートだったか、どんなところにも、金にまつわる社会の縮図ってものがある。

階段をのぼり、三〇五号室に辿《たど》り着く。そのまま、一寝入りでもしたい気分だったが……ノブに手をかけると、あっさりと回った。——まだ、鍵を差し込んでもいないのに、だ。

鍵を掛け忘れたのか？　いや、そんなはずはなかった。……誰かが開けた？　何のために？

違和感が、五感を研いだ。——いる。扉越しに捉えたのは、複数の人間の気配だった。

（いち、にい……三人、ってところか）

物盗《と》りの類だろうか。室内はいたって簡素なもので、備え付けのベッドがある程度だ。部屋に置いておくほどの財産もない。盗《と》られて困るようなものは、何もないのだ。放っておけば、諦めて他所《よそ》に行くかもしれない。

だが、反対にこちらの存在に気づかれた可能性もある。銃を持っていたら厄介だ。いったん、この場所から離れるべきか？

数瞬の間で、様々に思考が展開する。しかし、それもすべて、次の一言に集約された。

（……面倒くせえ）

物盗《と》りだろうが、何人いようが、銃を持っていようが、そんなことはどうでもよかった。もはや考えることすら煩わしく、これ以上〝予定外〟の事態が起こることが、我慢ならなかった。

ノブにかけた指に力がこもると、部屋の扉がミシリと音を立てた――それが、合図になった。

蹴り飛ばした扉が、派手な音を立てて内側に開く。瞬間、室内の状況を目視する。

部屋の中ほどに黒ずくめの男が二人、律儀《りちぎ》に並んで立っている。三人目は、その向こうか。

扉を開くと同時に、すでに一歩は踏み出していた。男たちはまだ反応に及んでいない。限りなく直線に進路を定め、がら空きの顎に掌底を叩《たた》き込《こ》む。一人目は、それでカタがついた。

「……ッ⁉」

声にならない声が上がる。反撃の態勢が整う前に、低く身体を沈み込ませ、二人目に足払いをかける。バランスを失って倒れた男の鳩尾《みぞおち》に、踵《かかと》を落として黙らせた。

最後の一人は窓際《まどぎわ》か。振り向きざま、鞘《さや》ごと剣を引き抜いて――、目が合ったのは、赤い瞳だった。

剣鞘《さや》の先が、白い喉の手前でぴたりと止まる。

(……女⁉)

「……おかえりなさい、リーロイ。ずいぶんなご挨拶じゃない」

窓際《まどぎわ》で佇《たたず》んで――そうとしか表しようがなかった――いたのは、一人の女だった。

差し込んだ夕焼けの中で、蜜色の髪が輝いている。造作の整った顔は、喉元に剣を突きつけられながらも、眉ひとつ動かさない。女は椅子に座ったまま、こともなげにこちらを見返していた。

「なんだ……ジゼル、お前かよ」

ため息まじりにつぶやくと、背後で撃鉄を起こす音がした。見れば、昏倒《こんとう》させた男の一人が片膝をついたまま、こちらに銃口を向けていた。

もう一人の男も頭を振って立ち上がり、銃を抜いた。折れた歯を血とともに床に吐き捨てる。

二丁の銃に狙いを付けられたリーロイは、剣を落として、両手を挙げた。

「なんで、部屋の中にいるんだよ。鍵まで開いてるから、コソ泥かと思ったじゃねえか」

「あんたみたいな、貧乏騎士の部屋に入る泥棒なんていないわよ。鍵は、フロントに開けさせたの。リーロイ・ダーヴィッツの雇い主だって申し出たら、すんなり応じてくれたわよ」

改めて、黒ずくめの男たちの出《い》で立《た》ちを見れば……一目で〝その筋〟の者と知れた。こんな連中を従えて来られて、フロントも生きた心地がしなかっただろう。

「ずいぶんお早いお着きじゃねえか。合流はもっと後の予定だっただろ」

「なによぉ、その嫌そうな顔。代理人とはいえ、仮にもオーナーに対して失礼じゃない？　スケジュールは早めたのよ。このあいだのレースの結果、聞かせてもらおうと思ってね」

小首を傾《かし》げて、にこりと微笑《ほほえ》む可憐《かれん》な様は、まるでどこかの貴族令嬢――なんて、うっかり口にするやつがいたとしたら、そいつはよっぽどのフシアナか、貴族を知らないに違いない。

女の名前は、ジゼル・ウィザース。自分が莫大《ばくだい》な借金を負った、ある〝商会〟の代理人。

――その正体は、オディレイでは同業者さえ下を向く、マフィアのボスの娘に他ならない。

到底、歓迎できる相手ではなかった。……特に、レースで衝突事故《クラッシュ・アクシデント》なんてやらかした後では。

「……その前に、この状況、どうにかしてくれねえか？　腕が疲れて仕方ねえ」

銃を構える二人を、視線で牽制《けんせい》する。手加減しなかったわけではないが、起きてくるのが早かったのは、さすが武闘派で鳴らしたウィザース・ファミリーの構成員といったところか。

「たしかに、このままじゃ話しにくいわね。……もう結構よ。この男は賊じゃないわ」

ジゼルが片手をかざすと、男たちは銃を下ろした。

リーロイはようやく自由になった肩を回しながら、口をとがらせた。

「賊ってのは、お前らみたいなのを言うんじゃねえのかよ」

「その下で働いてるんだから、あんただって似たようなものじゃない。……そうそう、貴方《あなた》たちはクビね。私の護衛失格。オディレイに戻って、パパにそう伝えなさい」

「……はっ」

傍若無人なジゼルの言いようにも、男たちは頭を低く下げ、部屋から退出した。去り際にもう一度、ジゼルに向かって深く頭を下げる。

やがて足音が廊下から遠ざかると、ジゼルは「……ふうっ！」と大きく息をついた。

「あー、せいせいした！　チェスカに着いて汽車から降りた途端、彼らのお出迎えよ？　おかげで目立って仕方なかったわ。いくら私が可愛《かわい》いからって、パパったら過保護なんだから」

椅子に座ったまま、細い肢体を四方に投げ出し、大きく伸びをする。

……まさか、父親の監視の目から逃れるために、さっきの一幕を仕組んだのか？　もしそうなら、やはり恐ろしい女だ。

「これで話しやすくなったでしょ。……で、〝仕事〟の方はどうだったの？」

「……ああ。それなら、きっちりやってるぜ。一番人気の騎士は着外、表彰台にはあらかじめ〝組んで〟おいた騎士を送った。一番人気を負けさせるところまでが俺の仕事、だろ？」

剣を拾い直しながら、レースの顚末《てんまつ》を報告する。

一番人気を負けさせる――すなわち、レースの本命と目された騎士に、勝利させないこと。

それが、自分に与えられた〝仕事〟だった。

エアレースの裏では、いつだって巨額の賭け金が動いている。

先のレースでは、エントリー中、飛び抜けたスペックを持つI.O.U《アイ・オー・ユー》が必然的に人気を集め、あのマイルスの新人騎士《ルーキー》が本命となった。その人気が、興行主の思惑を超えてしまい〝本命に勝たれると配当金が払いきれない〟という事態に陥った。だから〝負け〟をつけてやったのだ。

「……着外、ね。一応、主催者の注文通りにレースを運んだことだけは評価してあげる。……クラッシュしてまで飛べとは、言ってないけどね」

「……なんだ、もう知ってやがったのか？　滅多にレース場に来ねえくせに」

「当然でしょ、私を誰だと思ってるの？　クラッシュなんて聞いたことないから心配したのよ。……もちろん、機体のね」

含み笑いを浮かべるジゼルに、心中で舌打ちを返す。できれば、しらばっくれて〝商会〟からの給金だけをせしめたかったが、そう上手《うま》くはいかないらしい。

「言っておくけど、雇い主への虚偽報告は契約違反で厳罰ものよ？　いくら同じ学舎で過ごした間柄とはいえ、馴《な》れ合《あ》いはよくないわね。罰金は、そうねえ……いくらにしようかしら？」

さらっと恐ろしいことを口走るジゼルに、リーロイは慌てて取り繕った。

「ま、待てジゼル！　ちょっと言い忘れただけで、別に虚偽ってほどのもんじゃねえだろ」

「じゃ、今回はそういうことにしておいてあげるわ。次はないから、気をつけなさい」

「あ、ああ……分かった」

罰金とやらを免《まぬが》れたことに、とりあえず安堵《あんど》する。

ウィザース商会と〝契約〟を結び、ジゼルが代理人として現れるようになって以来、この女には、とことん頭が上がらない。……我ながら、ずいぶんと卑屈になったものだった。同じ学舎とやらで過ごしたときは、騎士を目指して、陽《ひ》の当たる道を歩いていたはずが……いつしか裏街道のど真ん中を歩む、マフィアの娘の下であえぐことになろうとは。

「……ったく。こんなくだらねえ仕事、いつまで続くんだかな」

なかば無意識のつぶやきだったが、ジゼルは耳ざとくそれを聞きつけた。

「あら。こんないい話、他にないわよ？　あんたが依頼通りに飛べば、主催者は儲《もう》かる。主催者が儲《もう》かれば、その分の仕事料がウチに入る。ついでにあんたは腕も磨けるし、これって完璧にWIN―WIN―WINの関係じゃない？」

「その関係とやらに、俺の取り分が入ってねえのが気になるんだが」

「それはあんたが、借金を返し終えてからの話ね」

ジゼルは、膝の上で手帳を開き、形のいい眉をひそめた。

「それにしても……困ったことになったわね。〝トライアル・シリーズ〟に五週続けてエントリーしてたのが、裏目に出ちゃったわ。修理、どのくらいかかりそうなの？」

「あらためて思うが、五週連続エントリーなんて馬車馬以上だな俺は。まあ、とりあえず見積もって、……三〇〇万ってところだったかな」

「お馬鹿さんねえ。修理代を訊《き》いてるわけじゃないわ。復旧までのき・か・ん！　すぐに直るの？　来週にはルッツェンで次のレースがあるのよ？」

「いや、……さすがに、一、二週間じゃ無理なんじゃねえか？　整備士の口ぶりからすると」

重苦しく答えると、ジゼルは燃えるように目を怒らせて、こちらを見た。

「なに呑気《のんき》なこと言ってんのよ！　七日後のルッツェン！　そのまた翌週のコーラル！　サルダン！　エルブルグ！　この〝トライアル・シリーズ〟に全部出られなかったら、キャンセル料だけで、あんたの給金の二ヶ月分がぶっ飛ぶわ！　借金返すために飛んでるのに、ますます増やしてどうすんのよ⁉」

登録したレースを指折り数え、こちらに突きつける。それは乗り手としても頭の痛い現実だ。

「どうするったってなあ……」

デビューしてからの数試合をのぞけば、万全の状態でレースに臨んだことなんてなかった。これまでは己の操縦技術を頼りに、なんとか機体の損耗を抑えながら飛び続けてきたのだ。

だが、あのクラッシュは想定外だった。機体の受けたダメージは、もはや操縦技術ではごまかしがきかないレベルに達してしまった。あの状態では、レースに出たところで、まともに飛ぶことさえできないだろう。

「だからって、故障したまま出ていってボロ負けでもされたら、もう営業かけられないわよ？

あんたの国選騎士っていうブランドもガタ落ち、どこからも招待すらされなくなっちゃうわ」

と――立場は異なる両者だが、抱えている問題は同じだ。二人の間に、どんよりとした停滞感がのしかかる。

「ああ、もう面倒くさい！　話してたって何も解決しやしないわ。とりあえず、先立つものを〝回収〟してらっしゃい。……あんた、そろそろ時間でしょ？」

「……時間？」

壁にかかった時計を見ると、なるほど、そろそろ〝約束の時間〟だ。……この女は、どこまでこちらの行動を把握しているのだろう。

「私、長旅で疲れちゃったから休むわ……一番上のスイートで。あんたはさっさと〝回収〟して、私の部屋に戻ってくること。もちろん、次のレースをどうするかの解決策も用意してね」

ジゼルは、大きな欠伸《あくび》をひとつして、ついでのように付け足した。

「明日からは、私も一緒に行動するわ。さっきの二人は帰っちゃったし、ここからはあんたが私の護衛だから。……しっかり頼むわよ、騎士様」

「へいへい。……まったく、ロクでもねえ」

リーロイはため息をつきながら、三〇五号室を後にした。

@5. マイルスの新人騎士《ルーキー》

あの男について、もう一度、おさらいしておこう。

――オディレイ出身の国選騎士で、同国の旗機６９ＥＹＥＳ《シックスティナインアイズ》を操る。公式成績は7戦1勝。最後の公式戦より〈中央〉を離れ、戦いの舞台を〈地方〉に移す。地方での戦績は不明。

体格は長身で、黒髪に黒目という外見的特徴。黒のオーバーコートを着用。直近のレースの出場表によれば、年齢は19歳。そのレースでは、Ｉ.Ｏ.Ｕ《アイ・オー・ユー》とクラッシュを起こして着外という結果に終わった。

名前は――リーロイ・ダーヴィッツ。それが、たったいまボクが尾行している男の名だ。


――風が吹くと、風車の回る音がする。

街中に吹く風は、せわしなく走る馬車の鼻先を、レース帰りの酔っぱらいの足元を、そして露店に並んだ風車の羽を通り抜け、からからと音を立てた。

〝風の街〟チェスカ。二〇万の人口を抱えるこの都市は、いずれの国にも属さない。金も人も物も、あらゆるものが風のように往来する自治都市だ。

その〝風の街〟の二つ名は、チェスカ郊外にそびえる古代遺跡に由来するという。鉄よりも硬く、しかし軽い未知の鉤翅《かぎはね》を持つ、巨大な風車の墓場。現在は観光名所となり、時にエアレースの舞台にもなる。……と、これはホテルで読んだ、観光ガイドの受け売りだ。

「あぁ～、また負けたよ、チクショウ！」

「穴なんか狙うもんじゃないよ、本命対抗、手堅く買わなきゃ」

「それじゃ黒字にならないんだよ。ここは一発、ウィンドミルSに虎の子突っ込んで……」

「呆《あき》れたねえ。重賞《グレードレース》でまで大穴狙いかい？」

繁華街の雑踏は、どこもエアレースの話題で溢《あふ》れていた。

エアレースは、国家間で行われるものは〈中央〉、各地で単独開催されるものは〈地方〉として区別される。

〈中央〉のレースは、国どうしの威信をかけて、各国を代表する国選騎士により争われる。それらは国際法の規定により行われることから公式戦とも呼ばれ、その成績は、騎士が生涯背負うものとなる。

一方で、〈地方〉を舞台に飛ぶのは、国選騎士の選抜に漏れた、俗に準騎士《セカンドナイト》と呼ばれる騎士たちがほとんどだ。そこで行われるレースは、娯楽や賭博《とばく》目的のものが多く、騎士たちも勝って得られる名誉よりも、むしろ賞金を重んじる傾向にあるという。

さて、——自治都市チェスカ開催、ウィンドミルS。

GⅢ《グレード・スリー》にカテゴライズされる、公式戦の中でもさらに格式高い重賞《グレードレース》。

重賞《グレードレース》は、国家間で行われることがほとんどであり、自治都市のような〈地方〉のレースで行われることは、きわめて稀《まれ》と言えるだろう。

ウィンドミルSの趣旨は、〈中央〉から国選騎士を招待し、〈地方〉の優秀な騎士と競わせるという交流戦だ。

観客は準騎士《セカンドナイト》が国選騎士に挑戦する様を楽しみ、準騎士《セカンドナイト》は己のステータスを上げるために臨む。国選騎士は重賞《グレードレース》という華を求めて参戦する。三者の思惑が絡《から》んだレースだ。

この時期は、その選考戦である〝トライアル・シリーズ〟が毎週のように行われる。それ自体は公式戦ではないが、勝ち抜けばウィンドミルSへの参戦権を得られる。そのため、この街では流しの騎士が歩いている姿も、そう珍しくはない。

……だから、あの男の少し後ろで、人混みに身を隠しながら付いていくボクの姿だって、そう目立ちはしないはずだ。……、たぶん。

念には念を入れて、折りたたんだ競技新聞《レーシング・ペーパー》で顔を隠す。ちなみにこの新聞は、あの男の情報の仕入れ先でもある。

確信はなかったが、直感があった。あの男が行く先には、きっと何かがある……、と。

騎士たるもの、常に正々堂々とするべし——そんな騎士学校で叩《たた》き込《こ》まれた騎士道には、反するけど。これは自分の不名誉を晴らすため、ひいては母国の名誉を守るためだ。

……仮にも、マイルスの国選騎士が〝着外〟なんてことは、あっちゃいけないんだ。

そのとき、あの男の後ろ姿が、裏通りの酒場に消えていくのが見えた。

『一〇〇万ベルの金貨亭』

酒場に入ると、店員に案内されるがままに、カウンター近くのテーブルについた。

カウンターの側《そば》にはピアノが置いてあり、年かさの奏者が気持ちよさそうにソロを奏《かな》でていた。本来、譜面が置かれる場所には、チップが折り重なっている。

店内は、ひどく騒がしかった。いたるところに紫煙がたちこめ、すっかり出来上がった笑い声とともに、あちこちでグラスのぶつかる音がする。

……リーロイ・ダーヴィッツはどこだろう？　たしかに、この店に入っていったはずだけど。

「本日は、他のお客様の祝勝会が行われていまして……これは、そちらからの差し入れです」

オーダーを入れる前に、葡萄酒《ぶどうしゅ》のボトルが丸ごと一本、届けられた。何の祝いだか知らないが、ずいぶん派手にやっているようだから、迷惑料ということなのだろう。

店内は、半分ほどがその祝勝会とやらの客のようだった。何度目ともつかないような、乾杯の発声が聞こえてきた。

「ウィンドミルSでの活躍を願って！」「ロス・ハーマンに乾杯だ！」

——ウィンドミルS？　いや、それよりも……ロス・ハーマンだって⁉

それは、先日のトライアルの優勝者の名前だった。リーロイ・ダーヴィッツを追って、ロス・ハーマンに辿《たど》り着いた。やっぱり……ボクの〝見立て〟に、間違いはなさそうだ。

思わず振り返って、店内に視線を巡らせる。すると……、いた。

奥のテーブルに取り巻きを従えて、豪快に酒を飲んでいる、禿頭《とくとう》の巨漢。あのレースで量産機ファルコンに乗っていた騎士、ロス・ハーマンだ。

そして、その向かいには黒髪黒目で長身の——リーロイ・ダーヴィッツの姿があった。

「おう、じゃんじゃん持ってこい！　金はいくらでもあるんだ！」

「……ハーマン、こんな金の使い方してちゃ、長生きできないぜ」

「若いくせにシケたこと言いやがる。人生の楽しみ方ってのを教わらなかったのか？　金はあるうちに使うんだよ。金は使えば使うほど、巡り巡って廻《まわ》ってくるもんだ。ケチくさく貯《た》めてばっかりじゃ、世の中、廻《まわ》らないぜ」

「別に、貯《た》めちゃいねえよ」

二人の騎士は、酒を酌《く》み交《か》わしながら、なにやら話し込んでいた。

なんで負けた騎士が、勝った騎士の祝勝会にいるんだ？　……答えは決まっている。それは両者が〝八百長《やおちょう》〟をしていたからだ。

……人を陥《おとしい》れておいて、いい気で酒を飲んでいるなんて。騎士の風上にも置けない連中だ。無意識のうちに剣の柄《つか》を握りしめていた。

すぐにでも掴《つか》みかかってやりたいけど……今はまだ、我慢だ。

「おい、ハーマン」

「……なんだ、忘れてねえのか。せっかく奢《おご》ってやったのに」

「たかだか一杯かそこらで忘れるかよ。わざわざ、お前の勝ちを祝うためだけに来ると思うか？」

「……ったく。相変わらず薄情な野郎だな……おい！」

ロス・ハーマンが合図を送ると、取り巻きの一人が、バッグを持ってきた。

開いたバッグの中には——ぎっしりと詰まった札束が見えた。リーロイ・ダーヴィッツに、そのうちのいくつかを投げ渡す。

「————！」

全身が震える。決定的瞬間だった。リーロイ・ダーヴィッツが、札束を懐《ふところ》にしまい込んだ。

——やっぱり……ファルコンを勝たせるために、I.O.U の前を塞いだのか。自分の勝ちを捨ててまで、ボクの進路を妨害したのか。金目当てにそこまでやるのか、この野郎——！

怒りを通り越して、頭の中が真っ白になっていく。

「それじゃ、遠慮なく貰《もら》っていくぜ」

「本当に帰るのかよ、付き合いの悪い野郎だな。……次も頼むぜ、ダーヴィッツ。お前と〝組む〟と、楽に仕事ができる」

「次って、ウィンドミルSでか？」

「……んん？　はっはっはっ！　ああ悪かった、言われてみりゃあ、そうだったな。お前さんは国選騎士なんだから公式戦の実績があれば出場も叶《かな》うんだろうが……この辺の野試合で荒らしてるだけじゃなあ。ああ、それでも主催者推薦なり、それこそトライアルで勝てば——」

ロス・ハーマンが何かしゃべっていた。……それももう、ボクの頭には入ってこなかった。

——ドガン！

突然、酒場中に、大きな音が響きわたった。少し遅れて、グラスや皿が割れる破砕音が続く。

……なんだ？　酔っ払いどもが喧嘩《けんか》でも始めやがったか？

金を〝回収〟して、酒場から出ようと思った矢先の出来事だ。リーロイは、億劫《おっくう》に思いながら、音の出処《でどころ》に視線をやった。

投げ出されたテーブルが、床に転がっている。喧騒《けんそう》はぴたりとやんでいた。横たわったテーブルの側《そば》に立っていたのは、一人の若者だった。

紫煙の漂う酒場の中でも、不揃《ふぞろ》いに切られた髪が金色に輝いていた。若者のうつむきがちな表情からは、それでも、はっきりと感情を読み取ることができた。

——激しい怒り。

口を真一文字に結び、こちらを睨《にら》む青い瞳には、怒りの色が宿っていた。この目には見覚えがあった。……そうだ、あのときから、まだ忘れるほど時間は経《た》っちゃいない。コイツは——、

「マイルスの新人騎士《ルーキー》」

怒れる双眸《そうぼう》を受けて、つぶやく。あのレースで、こちらの69EYES《シックスティナインアイズ》と接触《クラッシュ》を起こした、I.O.Uの騎手だった。腰にさげた剣の柄《つか》には、マイルスの紋章が意匠されている。かの国の騎士に間違いない。

……名前はたしか、クリピアン……クリスピアン、なんと言ったか。

若い騎士は、肩を震わせながら詰め寄ってくると、乱暴に胸ぐらを掴《つか》んできた。

「やっぱり、組んでたのか……この卑怯《ひきょう》者め！」

突然の剣幕に、当事者たち以外、誰も言葉を発せない。

これから起こる事態を予測しかねて——あるいは想像して——周囲に緊張が走る。

「汚いぞっ、八百長《やおちょう》じゃねえか！」

「……八百長《やおちょう》？」

飛び出した言葉に、思わず顔をしかめる。

「そうだ、卑怯《ひきょう》なことしやがって！　この前のレースのこと、忘れたとは言わせないぞ！　ゴール手前で、わざとスピードを落として、ボクの進路を妨害しただろうが！　そっちのそいつを勝たせるために、だ！」

張りのある声が、辺りに響き渡る。指さされたハーマンは、呆気《あっけ》にとられたような顔をした。

……心当たりは、あるにはある。しかし、どうやら、……このお坊ちゃまは、〈地方〉のレースのルールってものを知らないようだ。

「……わざと、ね」

ハーマンのしのび笑いをきっかけに、周囲も事情を察して笑い声をこぼしていく。それはやがて堰《せき》をきったような大笑いになった。

「なっ……なにがおかしいっ！」

笑われる意味が分からないのか、マイルスの新人騎士《ルーキー》は戸惑いの表情を浮かべた。……いい加減、胸ぐらをつかまれ続けるのも、鬱陶しい。

「……お前がなにも知らねえからだよ」

軽く足を払ってやると、バランスを崩して尻餅をついた。またもや、哄笑《こうしょう》が巻き起こる。

「きっ……貴様っ！　これ以上、ボクを侮辱するつもりか！」

すぐさま立ち上がり、屈辱で顔を真っ赤にして剣を抜いてきた。笑っていた観衆も、さすがに息を呑《の》む。

今にも飛びかかろうという新人騎士《ルーキー》を制するように、ハーマンが声をかける。

「そう力むなよ、坊ちゃん。地方では〝持ちつ持たれつ〟ってやつさ。あのままオレとダーヴィッツが並んで競《せ》り合《あ》っても、オレの勝ちは変わらなかった。お前さんも騎士なら、オディレイの《眼《め》》――69EYESの性能くらい耳にしたことがあるだろう？　ありゃ変わった機能はついているが、肝心の加速は並か、それ以下だ。せいぜい偵察機がいいところで、エアレースには向いていない。失速しようがしなかろうが、どの途《みち》、最後のストレートでオレのファルコンに抜かれてたさ」

「ボクなら勝てた！　ボクのI.O.Uなら！」

「はっはっはっ！　そうかもなあ」

ハーマンは大きく笑ってから、お手上げとばかりに肩をすくめた。新人騎士《ルーキー》は怒りで震える剣先を、こちらに向けた。

「お前がわざと下がってこなければ、ボクが勝ってたんだ！　変だと思ったんだ。それまで接戦してたのに急に失速して後退、それもボクめがけて進路を塞ぐように、……コイツを勝たせようとするように!!　もし本当にそうなら、お前たちがどこかで合流するんじゃないかって尾行《つ》行《け》てたら、案の定だ！　やっぱり、お前たちは繋《つな》がってた！」

「……女々しい野郎だな。わざわざ因縁つけにきたのか？」

たまに、あることだった。デビューしたての国選騎士が、〈中央〉のレースに出る前に〈地方〉に下りて調整がてら実戦経験を積もうとし、――そこで手痛い目に遭って、現実の厳しさを思い知ることになるのだ。

それを教科書通りに実行する、大国のお坊ちゃん《ルーキー》の愚直さが間抜けに思えて仕方がなかった。

「たった一度の負けが、そんなに悔しいか？　これから何度だって負けることになるんだ。良かったじゃねえか、すぐに負けられて。夢なんて見ずに済んだろ？」

「なにっ⁉」

金髪碧眼《へきがん》の若い騎士は、いよいよ顔を紅潮させた。

「お前なんかと一緒にするなよ⁉　ボクはそう簡単に負けられないんだ！　トライアルを勝ち抜いて、ウィンドミルSに出なくちゃいけないんだ！」

「……腕はともかく、口先だけは一丁前だな。そこのオッサンも言ってたろ？　地方《ここ》には地方《ここ》のルールってものがあるんだ。それを知らずに飛んでたのは、単なるお前の勉強不足だぜ」

「よっ……よくも開き直って、のうのうと口にできたものだな！　お前らの不正行為は騎士憲章違反だぞ⁉　金品のやり取りがあったのが、何よりの証拠だろ！　覚悟しておけよ⁉　ボクが訴え出れば、お前たちの騎士権は剝奪だ！」

憲章違反に、騎士権剝奪ときた。すっかり舞い上がって、喚《わめ》き立てる新人騎士《ルーキー》に辟易《へきえき》する。焚《た》きつけたハーマンは、面白がるように酒を飲んでいる。……こんな茶番はもうたくさんだ。

「俺は退散させてもらうぜ。貰《もら》うもんは貰《もら》ったしな」

「待て、この八百長《やおちょう》野郎！　神聖なレースを汚しやがって！　それでも国選騎士なのか⁉　金でプライドまで売るのかよ⁉　お前は何のために飛んでるんだ！」

出口に向かおうとしていた足が、ぴたりと止まった。別に、忘れ物をしたわけじゃない。た

だ、思い出しただけだ。……そう、

「ああ、そうだった」

——一閃《いっせん》。振りきったのは拳だった。それで「何か」を言っていた新人騎士《ルーキー》の身体は床に吹き飛んだ。まきぞえを食った酒瓶が、棚から落ちて中身を撒《ま》き散《ち》らす。

「忠告だ、ルーキー。喧嘩《けんか》は相手を見て売れよ。剣に手をかけて命があると思うなよ。お前も曲がりなりにもマイルスの騎士様なんだろ？　騎士が騎士と向き合ったら覚悟を決めろよ」

「……うぅ」

うめき声が微《かす》かに返ってくる。

「ダーヴィッツ、大人げねえぞお」

ハーマンが楽しげにたしなめてくる。

「俺はアンタにそう教わったような気がするけどな」

「状況が違うだろ？　オレぁ、お前を囲んだ連中に向かって言ったんだぜ」

「そうだったか？　昔すぎて、忘れ——」

衝撃が頭を揺るがした。砕け散ったのは透明なガラスだ。咥《くわ》え損ねた煙草《たばこ》は落ちて、赤色の液体をかぶって火が消えた。間もなく視界も赤く染まる。——血だ。いや、匂いからすると、どうやら葡萄酒《ぶどうしゅ》も混じっている。

——クソッ、何が起こった……!?

状況の整理も間に合わず、鈍痛に膝をつく。

見上げれば、ふらふらになった青い目の騎士が割れたボトルを持って立っていた。目が据わっているのは、殴り飛ばしてやったときに酒を浴びたせいか。

「不意打ちだが、これで貸し借りなしのおあいこだ。立てよ、相手をしてやる」

「……てめえ、酒瓶で殴っておいて、どこがあいこだ」

べとりと顔に貼りつく〝赤〟を拭う。鼻腔《びこう》を刺激するのは、血とも酒ともつかない匂いだ。

新人《ルーキー》騎士はボトルを捨てると、見事に上から言い放ってくれた。

「お前、身体もデカイからな。たしかに、剣を抜いたのは早まった。謝るよ、——剣に。お前たちのようなクズ相手に剣を汚すなんて馬鹿げてるよな。……来いよ、素手で片付けてやる」

「……話、聞いてねえなこのクソガキ。ここんとこ俺も気分悪いんだ。……後悔すンなよ！」

怒りでスイッチでも入ったか、こっちも痛みは消えてくれた。何事もないように立ち上がり、大きく拳を振りかぶる。もう、——自制は利《き》かなかった。

——ガラスが割れる。

——テーブルが飛ぶ。

——悲鳴が上がる。

「おいおいおい、店ブッ壊れても知らねえぞ俺は⁉ ちょっとやり過ぎだろ、お前ら！」

ハーマンは、酒を守りながら安全圏へと避難した。

「いいぞ、やれっ！　ぶっ飛ばせ、リーロイ!!」

「金髪の兄ちゃんも、あっさり負けンなよ！　ほらもう一発、食らわせてやれ！」

どこかで賭けが始まって、空いたテーブルに金が集まる。殴り合う二人に、歓声が飛んだ。

ピアノ奏者は、心得たとばかりに、煽《あお》るような饒舌《じょうぜつ》なタッチで音を響かせた。

オディレイとマイルス、二人の国選騎士の大暴れはとどまるところを知らず、『一〇〇万ベルの金貨亭』は、大混乱に包まれた。


「――――ッ!!」

声にならない声で、何かを叫んでいた。うまく呂律《ろれつ》が回らないのはどうしてだろう？　さっき、ボクは何か浴びて、床に落ちていたワインボトルを手に取って、アイツの頭めがけて、思いっきり殴りつけて……殴りつけて？　大丈夫なのか、相手は？　いや、大丈夫だ。今、目の前で殴り合っているんだから。しかしコイツ、……強いな、化け物か？　ボクもボクだ。何度、ブッ飛ばされているんだ？　しかも、全然痛くないぞ？　痛覚がマヒしてるみたいだ。

いや、痛い。けど、そんなのどうでもいいくらいっ……！

「がぁあああっ!!」

獣のような叫び声を上げて、思いきり頭突きを入れる。

目の前が、白くなるほどの衝撃。食いしばった歯と歯の間から、血の混じった唾液が垂れた。

こんなメチャクチャな喧嘩《けんか》は、騎士学校の同期はもちろん、兄弟とだってしたことがなかった。

当然だ、ボクの国には、こんな騎士の風上にも置けないような下衆《げす》野郎はいないんだから。

……そうだ、こんな卑怯《ひきょう》な奴《やつ》らを許すわけにいかない。なめやがって、騎士を何だと思ってやがる⁉　込み上げてくる怒りが、痛みも疲れも、何もかもを痺《しび》れさせた。

うすら笑いさえ浮かべるアイツの顔めがけて、大きく拳を振るう。でも、渾身《こんしん》の一撃は呆気《あっけ》なく左手で払われて、入れ替わるようにアイツの右肘がボクの顎を捉えた。ガッ！　と放たれた一撃に、目の前を星が飛ぶ。……ああ、クソッ！　まずいっ、足にきてるぞ！

「〜〜〜ッ⁉」

——天井が近づく。——世界が逆転する。前後不覚を耐えたところをそのまま抱え込まれて、床に叩《たた》きつけられた。テーブルに載っていた食器が料理ごと飛び散る。

……クソッ、クソッ！　目の前が、……ぼやけてきた。意識が散発的に途切れる。足に力が入らない。……もう、……無理、か？

——違うだろ！

ガリッと奥歯を砕くように噛《か》んだ。……諦めるな！　負けることなんて考えるな！

震える足に喝を入れる。それでも、よろめく身体を前へ倒して拳を握る。

……足を前に出せ！　こんな汚い奴《やつ》らに負けるな！　許さないぞ、金のために飛んでるっていうのか⁉　お前らにとって、騎士は、レースは、ZEP《ゼップ》は――！

「坊ちゃんにしちゃ根性あったな。まあ、でも」

――うるせえ、八百長《やおちょう》野郎！

「これで終わりだ」

「……ちくしょう」

霞《かす》んだ景色に、大きく拳を振りかぶったアイツ。ものすごい一撃が頭を揺らして、意識が途切れた。

ホテル『セントラル・チェスカ』の最上階――夜景を臨めるスイートルーム。

一般客が泊まる部屋ならば、四つは収まろうかというほどの広さの中、ジゼル・ウィザースは書斎机に向かって、ひとりペンを走らせていた。

「整備工場に手を回して、ファルコンをチャーターして、と。……ふう、これでどうにか巡業は続けられるでしょ。まったく、世話が焼けるんだから。昔はああじゃなかったと思うんだけど……やっぱり、貧乏は人を駄目にするわねえ」

手帳を閉じて一息つくと、部屋のブラインドを持ちあげて、街の夜景を眺める。

ホテル周辺の街並みは、そろそろ明かりを消して眠りにつこうという様子だった。その一方で、繁華街とおぼしき区画は目を覚ましたように点々と光を放っている。

「それにしても、遅いわね……。いい加減、いつ戻ってくるのかしら、アイツ」

あの男は金を回収しにいったまま、まだ戻らない。

……呑気《のんき》に酒でも飲んでいるのだろうか？　こっちは裏方に徹して、陰でやりくりしているのに腹が立つ。これで女でも絡《から》んでいようものなら、一発ぶん殴ってやりたいところだ。

「……？」

なにやら……下の方が騒がしい。悲鳴まで聞こえてくるようだ。……酔客が騒ぎでも起こしたのだろうか？

「まったく、もう……。これだから、安宿って嫌よね」

──コン、コン。ノックの音がした。

「ジゼル、俺だ」

続いて、聞き慣れたあの男の声。

一言、文句を浴びせてやろうと勢いよくドアを開くと、

「……もう、おそ──いぃっ⁉」

そこには──血まみれのリーロイ・ダーヴィッツが立っていた。全身からものすごい酒の匂いを漂わせているのも気になったが、……それ以前のあまりの光景に言葉も忘れて、

「何があったのよ⁉　ちょっと、その怪我《けが》、大丈夫なの⁉」

ジゼルの動揺を意に介さず、リーロイはニヤニヤと笑みを浮かべていた。血走った目と合わせた異様な迫力に、さすがのマフィアの娘もたじろいでしまう。

「遅れたぜ、オーナー。金はきっちり回収してきた。それと」

「ええ、ご苦労さま……って私が言うと思ってるの⁉　あんた、私を何だと思ってるのよ⁉」

「次のレースをどうするかって話だが……」

「いいわよ、今はそんなこと！　ああっ、ええっと、今の時間に診てくれる病院は」

口もとを押さえながら、あたふたとするジゼル。だが、リーロイはそんな姿すら目に入っていないかのように、ここまで片手で引きずってきた、大きな荷物をぐいっと持ち上げた。

「――俺の代わりに、コイツを飛ばそう。それで問題なしだ」

ジゼルの目の前に突きつけられた、荷物の正体――

「……ぁぁ」

これまた血まみれの少年が、ぐったりとうなだれているのを見て、ジゼル・ウィザースは気を失いかけた。

「…………」

朦朧《もうろう》とする意識の中――うっすらと目を開ければ、二人の影が映った。

……鈍い痛み、鋭い痛み。ひっくるめて、身体中があちこち痛い。

ぼんやりとしていた影が、だんだんはっきり見えてくる。

一人は、アイツ——化け物みたいにタフだった、あの黒髪のオディレイの騎士。

もう一人は、蜂蜜色の髪の、綺麗《きれい》な女性だった。あの悪党に、誘拐でもされたのだろうか？

……いや、どうやらあの男を治療してるみたいだ。ということは、この女性も仲間なのか？

「馬鹿ね、本当に馬鹿！　クラッシュした相手と喧嘩《けんか》した挙句、なによこの請求書！　二十本の酒に三十枚の食器に、テーブル三卓と椅子八脚ってどう暴れりゃ壊せるのよ！　あんた、手加減ってもんを知らないの？　あー、血が出てると思ったら、頭ちょっと切れてるじゃない！服が汚れちゃったじゃない、この馬鹿！」

「うるせえな。耳もとで馬鹿、馬鹿、言うなよ。このガキに請求すりゃいいんだよ。ほとんどコイツがぶっ飛んで壊れたんだから」

「あんたが馬鹿力でぶっ飛ばしたんでしょうが！」

「イテテテ、傷口叩《たた》くなよ！　だから名案思いついたって言ってるじゃねえか。俺の69EYES《シックスティナインアイズ》が直るまでの間、コイツを代わりに飛ばすんだよ。……つまり、代役だ」

「……はあ？」

状況が呑《の》み込めず、女性が瞬《まばた》きをする。いったい、何の話をしてるんだ？

「代わりに飛ばすって……どうやってそんなことさせるのよ？　言っておくけど、他の騎士を雇うだけの金なんてないわよ」

女性は氷嚢《ひょうのう》を持って、熱を持った部位に当ててくれた。……もしかすると、この女性は良い人かもしれない。氷嚢《ひょうのう》が気持ちよくて、そんな風に思えてくる。

「ンなことは、身にしみて解《わか》ってるよ。それもちゃんと考えてある。いいか、よく聞けよ？」

にやりと悪どい顔をして、リーロイ・ダーヴィッツが口を開く。

今度は、何の悪巧みをしているんだ？　声が、だんだん遠くなっていく。

すべてを忘れさせるような眠気が襲ってきた。視界がぼやけ、再び意識が薄れていく。

——待ってくれ。こんなところで寝てなんていられないんだ。ボクはウィンドミルSを目指さなくちゃいけないのに……。

@6. RE：69EYES《シックスティナインアイズ》の〝夢〟

『――待ってくれ！』

　生まれた家は、下流貴族だった。暮らしに不自由はなかったが、慎《つつ》ましやかな生活を送っていたのは、顔も拝んだことのない先祖の、貴族らしい放蕩《ほうとう》の末だとは察しがついた。

　父親は、騎士権は持っていたが、騎士ではなかった。名ばかりの貴族の家には、よくある話だった。

　下流貴族の家から滅多に出ない国選騎士。俺はその期待をかけられて、その期待に応えるべく日々を過ごした。

『待ってくれ、話が違う！』

　――父が死んで、まもなく母も亡《な》くなった。後ろ盾を失った俺は……

『俺が騎士になったら、援助を続けてくれる約束だった！　そうだろう!?』

　勝たなければならなかった。一度たりとも、誰にも負けるわけにはいかなかった。

　それなのに、俺は……負けた。いや、違う。このときはまだ、それを認めていなかった。

レースに、アイツに敗れた俺は、みっともなく銀行屋に取りすがった。

『――状況が変わったのです。ダーヴィッツ卿《きょう》』

銀行屋は、冷たく言い放った。負け犬に現実を突きつける、そんな声だった。

『卿《きょう》には敬意を払います。亡《な》き父上の資産……いえ負債をすべて継がれ、見事国選騎士になった。しかし、融資の条件には全勝であることも含まれていました。そして、残念ながら、卿《きょう》は負けてしまわれた』

『それなら一年、……あと一年でいい！　それだけ待ってくれれば、必ず返す！　次のユース選抜にも選ばれてるんだ！　だから、次こそは……！』

……次こそは、なんだ？　やめておけよ。一度で十分だったろ、……〝負ける〟のは。

『頼む、俺を飛ばせてくれ！　次の選抜にも、アイツが出てくる！』

……今度は勝てる、とでも言いたいのか？　俺は知ってるぞ、お前はまた〝負ける〟んだ。

『このままじゃ終われないんだ！』

膝を折り、這《は》いつくばって、頭を下げた。その決意が、きっと報われると信じていた。

銀行屋が首を振る。一方的な話し合いが終わろうとしていた。

掴《つか》み取ったZEP《ゼップ》を失い、騎士としての身分も失う。そうして空も飛べず、何者でもなくなったリーロイ・ダーヴィッツだけが残される。

すべてが終わる――そのとき。

『お取り込み中、失礼』

突然、扉が開いた。女の声がして、扉から光が差した。

『お話は聞かせていただきました。宜《よろ》しければ彼、ウィザースが買いますわ』

……ああ、そうだ。今に至る〝道化な〟末路が確定したのは、このときだ。

現れた顔には、見覚えがあった。士官学校の下級生。マフィアのボスの一人娘――接点らしい接点もなかったが、そんな噂《うわさ》を聞いたことがあった。かけていた眼鏡を外して、女は言った。

『ちょうど必要なんです、彼のZEPが』

マフィアに買われる。歓迎できるわけじゃないが、このときは誰でも良かった。

自信があった。自分の腕と、手にした〝翼〟に。誰もが笑い飛ばすだろう、子供じみた夢を見続けるくらいに――。

@7. 模擬戦

「――ひとつ！　リーロイ・ダーヴィッツはクリスピアン・ミルズと正々堂々、決闘を行うこと！　――ひとつ！　リーロイ・ダーヴィッツは決闘に負けた場合、先のレースでの不正行為を認め、審議会に申し出ること！」

チェスカ・トレーニング・セイル――連続的な小高い丘を遠くに望む、草原の中の飛行訓練場。人の手で整備され、扇状に露出した地面に、二人の騎士が対峙《たいじ》していた。

一方は、マイルスの騎士クリスピアン・ミルズ。決闘状を持って、大声で読み上げている。

「この模擬戦をもって決闘の場と定め、互いの国家の名誉のもとに――！」

もう一方は、オディレイの騎士リーロイ・ダーヴィッツ。延々と読み上げられる書状を、耳をほじりながら聞き流す。

「いまどき〝決闘〟とは……マイルスの騎士様には、馬鹿を通り越して恐れ入るぜ」

頭を掻《か》こうとすれば、包帯がカサカサと音を立てた。この坊ちゃんに食らった一撃の傷は、まだ完治していない。

「どうした、臆病風に吹かれたのか⁉　不正を認めるなら、今のうちだぞ！」

もっとも、あちらの怪我《けが》は、さらにひどいものだった。もとは整った顔だったろうに、あちこちに絆創膏《ばんそうこう》を貼り、腫れのせいか輪郭さえ変わって見える。

「さんざんやられたのに、まだ懲りてねえのか？」

さも見下したような態度で、あえて挑発的に言ってやる。

「……ッ！　あんなの、負けたうちに入るもんか！　騎士と騎士なら、ZEP《ゼップ》で決着だ！」

顔を真っ赤にして、悔しそうに言い返してきた。

……予想通りの反応。このお坊ちゃんの性格は、だいたい分かっていた。

典型的な直情径行。からかわれれば怒るし、煽《あお》ってやればこうして向かってくる。きっと嬉《うれ》しければ笑い、悲しければ泣くんだろう。……羨ましいことだ。

「いいか、ボクがこの勝負に勝ったら、八百長《やおちょう》を認めるんだぞ！　絶対だぞ、約束したからな！」

「ああ……お前こそ、土壇場《どたんば》になって逃げるなよ」

「ふざけるなよ！　ボクが逃げるわけがない！」

……そう。ここまで来て、逃げられちゃ困る。これから始まる模擬戦は、こちらの方が望んでいたものなんだから。

――あの夜、ジゼルに話したことを思い返す。

『いいか、よく聞けよ？　コイツと、〝賭け試合〟をするんだ』

『……賭け試合？　どういうことよ』

ジゼルは、横たわったマイルスの騎士に氷嚢《ひょうのう》を当てながら、聞き返してきた。

『この坊ちゃんは、俺とハーマンが〝組んだ〟ことを、不正行為だと思い込んでる。だから、そこを餌に試合を持ちかけてやるのさ。もしお前が試合に勝ったら、不正を認めてやるとか、なんとか言ってな』

『ふーん。……で、試合に負けたら、飛べないあんたの代役を受けさせるってわけ？　そりゃ、I.O.U《アイ・オー・ユー》があんたの代わりに出てくれるなら、どこの主催者も喜ぶでしょうけど』

『だろ？　ただ問題は、俺の69EYES《シックスティナインアイズ》が使い物にならねえってことだ。……ジゼル、なんとか代替機の手配を頼めないか？　模擬戦一回分だけでもいいんだ』

ジゼルは片手で――すでに代替機の手配を終えた――手帳を開いて、ふっとため息をついた。

『代替機、ね……。ま、いいでしょ。なんとかしてあげるわ。……それより、もっと根本的な問題があるんじゃない？』

時折、うめき声をあげる新人騎士《ルーキー》の顔を覗《のぞ》き込《こ》んで、ジゼルが続ける。

『この子、マイルスの騎士なんでしょ？　見るからにお坊ちゃんって感じだけど……そんな〝賭け〟、受けると思う？』

『ああ、コイツは受けるさ。まだ〝負けてない〟と思ってるからな』

『……負けてない？　ここまでボロボロにやられてるのに？』

ジゼルが怪訝《けげん》そうな表情を浮かべる。

『……馬鹿だからな。自分を物語の主人公か何かだと勘違いしてんだよ。次は勝てるってな。――そういうヤツを知ってんだ俺は。コイツは間違いなく、また来るさ』

――そして。

このマイルスの新人騎士《ルーキー》が、決闘状を持って現れたのは、それから数日後のことだった。

「しっかし、自分で言ったものの……こんなあっさり、引っかかってくれるとはな」

それは自分の読みが鋭かったから……というより、単にコイツが単純すぎるからだろう。

「おい！　お前のZEPは、いつになったら届くんだ？」

苛立《いらだ》ちを隠さず、マイルスの騎士が声を荒らげる。I.O.Uはすでにスタート位置についている。

「そうカリカリするなよ。ちょっと事情があって、遅れてんだよ」

これ見よがしに、余裕をふかし、煙草《たばこ》に火をつける。

代替機は、ジゼルに頼んであった。常々、敏腕マネージャーを自負するジゼルのことだ、試合に間に合わないということもないだろう。着くとしたら、そろそろだ。

「おいルーキー、お前、名前はなんて言った？」

「……っ⁉　ボクは……クリス。クリスピアン・ミルズだ」

突然の問いかけにも、戸惑いながら、律儀《りちぎ》に答えてくる。つくづく馬鹿正直なやつだった。

「……クリスピアン・ミルズね、そういや決闘状とかいうのに書いてあったな。じゃあクリス、お前が最初に言った、条件についてなんだが」

「なんだ？　今さら取り消しはさせないからな！」

「ああ、取り消すつもりはない。ただ……俺の方から、二つ、条件を加えさせてもらうぜ」

「条件を……付け足すだって⁉　それは、いったい――」

その言葉の先は、低空から鳴り響く、空気の唸《うな》りにかき消された。

草原の緑を風圧で押さえつけ、滑るように近づいてきたのは、輸送用の浮揚艇《ホバークラフト》だった。扁《へん》平《ぺい》な船体を支える駆動炉《エンジン》は、ZEPの動力研究から生まれたという。真っ白な蒸気を吐きながら、徐々に速度を落とし、二人の側《そば》で停止した。

ホバークラフトの貨物ハッチが開くと、その中から、一機のZEPが運び出される。

「おおっ、ファルコンじゃねえか！　よく余ってたなー、こんなもんが！」

黒鈍色の機体は、〝不沈艦〟を前にしても大きさだけなら遜色ない。突出したスペックこそないものの、旗機のような特有のクセもなく、どんなレースでも活躍できる、近頃の主流機だ。

「適当に見繕うって言うから、どんなオンボロ借りてくるのかと思ったら、ずいぶんまともなのが出てきたじゃねえか！　故障でもしてんのかこれ⁉」

輸送機から降りてきたジゼルに呼び掛ける。ジゼルはなぜか盛大なため息をついた。

「たまたまよ、たまたま。あんたが借りてこいって言うから、予算にあわせてその場で決めてきただけ！」

「おお、マジかよ⁉　俺にしちゃ、なかなか運が良いじゃねえか！」

「そうね、あんたは幸運の女神に一生かけて感謝するといいわ。まるで、あらかじめ手配していたかのような手際《てぎわ》の、出来過ぎな女神の仕事っぷりにね」

「まったくだな！　おっ、整備もちゃんとされてるみたいだな！」

翼回りをざっと確かめれば、機体の状態の良さも申し分無さそうだ。

「お届けにあがりましたー、こちらにサインお願いしますー」

「おう、ご苦労さん！　……って、」

操縦席から降りてきた顔を見れば、見知った女整備士だった。

「なんだ、お前か。……ま、別に誰でもいいけどよ」

「はい、ソラです！　毎度ご贔屓《ひいき》に！　今日は、あのI.O.Uと模擬戦をやるって聞いて、もう飛んで来ちゃいましたよ！　ホバークラフトだから、ZEPほど高さは出ないけど！」

ソラはサインを受け取ると、こちらを放置して、I.O.Uの元まで駆け寄っていった。

「うっわー、これがI.O.Uかあ！　なんてキレイな銀色なんだろ……ねえ、ねえ、マイルスの騎士さん！　よければ、この子、ウチの工場に預けない⁉　腕によりをかけて整備しますよ！」

……かと思えば、いきなり営業をかけ始めた。この女のことだ、どうせI.O.Uを好きなだけいじりたいとか、そんなことを考えているんだろう。

「えっ⁉　い、いや、ボクは、別にその……そっ、それよりお前！　ファルコンだと？　このあいだ乗ってた機体と違うじゃないか！　これでボクと戦おうっていうのか⁉」

ソラの営業を振り切って、クリスはこちらに指を突きつけた。

「おっと、悪い悪い……。さっき言ってた条件の一つ目は、俺がこの代替機に乗ることだ。69EYESは、まだ修理から戻ってない。〝不沈艦〟なんぞにぶつかって、無傷なZEPなんてねえからな。お前、自分がどういう機体《もん》に乗ってるか分かってんだろうな？　……まあ、俺が乗り慣れないZEPを使うんだ、お前にとって不利はなにもない。このことは、了解してもらうぜ」

「それは構わないけど……じゃあ、二つ目の条件はなんだ⁉」

勢い込んで、訊《き》いてくる。

……そう。次の条件こそが、この馬鹿らしい〝決闘〟を受けた、本当の理由だ。

「お前が負けたら、しばらく俺の代役としてレースに出てもらう」

「なっ……なんだって⁉」

困惑するクリスを無視して、ちらりと隣に目をやると、ジゼルは我関せずという顔で、しかしあちら側には見えないように、指を四本立てていた。……予想よりも〝一本〟多い。

「……ちゃっかり増やすなよ。69EYESの修理費まで取り立てるつもりかよ」

「えっ？」

「いや、こっちの話だ」

指四本——つまり、四レース分の出場要求。69EYESの修理が間に合うまでは、毎週連続ということになる。普通なら月に一度の出場でも多いくらいなのに、ナマクラな乗り手か機体では、まず潰れてしまう過酷なスケジュールだ。今回は、機体の方——I.O.Uの耐久性を計算に入れてのことだろうが。

「とりあえず……俺が勝ったら、代役として四レース飛んでもらうぞ。その間、なんなら俺がコーチしてやってもいい。それ以降は……まあ自由にしろ。契約はそこまでだ」

「勝手に話を進めるな！　そんな条件、ボクは呑《の》むとは言ってない！」

「とことん甘い坊やだな。そんな自分にだけ上手《うま》い話があるわけねえだろ。条件も対等じゃなきゃ、決闘の意味ねえだろ？」

「い、いや……しかし」

クリスは言葉を詰まらせた。青い瞳には迷いの色が見える。事態の展開が急すぎて、状況に頭が付いていっていないのもあるだろう。……あまり深く考えられても、都合が悪い。

「そう難しく考えるなよ、要は勝ちゃいいんだ。……それとも、勝つ自信がないのか？」

「なんだとっ⁉」

トドメの一言をくれてやると、クリスピアン・ミルズはお約束のように吠《ほ》えた。

「ボクが負けるわけがないだろ！　望むところだ、やってやるよ！」

それで話はまとまった。結局、マイルスの新人騎士《ルーキー》は、どこまでも単純なやつだった。


操縦席《コックピット》に乗り込むと、ひととおり計器をチェックする。針はすべて定位置に座っている。おなじみの整備不良の気配はなく、数値を読み替える必要もなさそうだ。

操縦席《コックピット》の外から、整備士のソラが声をかけてくる。

「ダーヴィッツさん、調整しましょうか？」

「いや、要らん」

操縦桿《かん》の重さ、ペダルの踏みしろを順に確かめながら、答える。

「へっ⁉　でもいくら量産機とは言っても、ある程度、機体のクセっていうものが……」

「俺が機体に操縦を〝合わせる〟……この状態ならそれで十分だ。よく整備してあるぜ、このファルコン」

「いやあ、それほどでも……って、ダーヴィッツさん！　合わせるって、まだ試験飛行もしてないのに、そんなことできるんですか⁉」

手を振って、口うるさい整備士を追い払う。模擬戦とはいえ、勝てば得て、負ければ失うものがある以上、これは〝レース〟だ。

まぶたを下ろして、視界を黒に塗り替える。集中力が高まると、機体の《眼《め》》が開いて——、

「……っと、いや、コイツは69EYESじゃないんだったな」

まぶたを上げると、変わらずひとつの視界が開けた。乗り慣れない機体。若干の違和感はあるが、勝敗を左右するほどの差にはならないだろう。

「……だいたい、こんなもんか」

駆動炉《エンジン》に火を入れる。徐々にモーターが回転し、振動が機体を震わせた。駆動音は乗り慣れた機体のそれとは違い、ゆりかごのように穏やかだ。

……分かっちゃいたが、やっぱ、ガタがきてたんだな。

整備工場で眠る愛機に、申し訳なく思いながら、計器の針に目を配った。代替機とは思えないほど、整備は行き届いていた。これがソラの仕事だとしたら、素直に賞賛してよさそうだ。

スロットルを開き、思いきり吹かす。小回りは利《き》かなそうだが、パワーは十分だ。

操縦席《コックピット》から隣を見れば、I.O.Uの方も発進準備が整っているようだった。こちらと目が合うと、キッと睨《にら》んでくる。気が強いのは結構だが、意気込みすぎても力は出ない。

「二人とも、いいわね——!?」

スタート台には、赤いフラッグを掲げるジゼルの姿があった。双方の騎士が、スタートの態勢に入っていることを確認する。

「よーい、ドォー……」

ジゼルが、フラッグを振りおろす。それが合図だった。

I.O.Uとファルコン――二機のZEPが、空へと駆けた。
モーターの唸《うな》りは、微動から強震へ。

視界はどこまでも蒼《あお》く、遠く。目に映る景色は変わらないが、機体を揺るがす振動が、その加速を体感させる。
I.O.Uは、こちらの真後ろにつけていた。
互いに重量級の機体。初速は遅いが、直線になれば、加速性能がものを言う。

特にI.O.Uは、距離が長ければ長いほど、天井知らずに速度が上がる。多くのコースでは終盤に直線が用意されているため、勝つときは圧巻の速度を見せてのゴールとなる。後方から一気に追い上げての勝利。ゆえに〝不沈艦《ルーキー》〟と呼ばれ、世界三大ZEPにも数えられるのだ。

だが、多くの場合、経験の浅い新人騎士は、そのパワーに振り回される。マイルスの騎士が新人戦で名を上げられないのは、このためだと言われている。

――I.O.Uの弱点、その一だ。

クリスは外からじっくりと廻《まわ》ってくる。本人は気づいていないが、機体はイメージ以上に外にぶれて、せっかくの加速準備もゼロからのやり直しになっている。

……ヘタクソの典型だな、何にも分かっちゃいない。

中盤までは待機、終盤からの直線勝負《ストレート・アヘッド》。機体の高性能ゆえに、新人からベテランまで、ともすれば一辺倒にその戦法に陥る。

新人が、見よう見まねで戦って、それでも勝ててしまう機体性能《スペック》。正々堂々の騎士道精神を掲げる、鼻持ちならないマイルスの国民性。……その乗り手の慢心こそが、I.O.Uの弱点だ。

それでも、息苦しいほどの圧力を感じてしまうのはどうしてか。後方に、I.O.Uを背負う事実が、言いようのない焦燥を掻《か》き立《た》てる。

――ちくしょう！　ちくしょう！――

一瞬のフラッシュ・バックは、――クリスとクラッシュを起こしたレース？　……いや、違う。俺はもっと前から、このZEPのことを知っている。それこそ、穴が空くまで研究した。

……このZEPに勝つために。

相手はこんな新人ではない……いや、〝あのとき〟は同じ新人には違いなかった。

ただ、――最強だった。自分とほとんど変わらない年齢の、一〇年に一人と騒がれた、マイルスの新人騎士《ルーキー》だった。それでも、自分の腕なら倒せると、思い上がっていた。
I.O.Uは、――速かった。それでも一度目の敗戦は、わずかに届かなかったと、そう思った。
I.O.Uという圧倒的スペックを持つ機体を知らずに挑んだから、己の無知に負けたのだと思った。相手が上回っているのは唯一、その性能だけで……、
「……!!」

首の後ろが、チリチリと粟立《あわだ》つ。――右翼後方。クリスが想定よりも早く肉薄してきている。頭を切り換える。過去を振り返っても意味はない。眼前に迫る現実。ここで集中力を切らせてはいけない。……乗り手は未熟でも、やはりI.O.Uなのだ。油断してはいけなかった。

だが――、

「コースレイアウトも把握しないで勝とうなんて思いあがりだぜ、ルーキー？」
I.O.Uの軌道はコースを把握したものではない。ここまで飛んで、そのことは確信していた。
……それじゃあ、どんな機体に乗ってたって勝てやしない。

第三コーナーから、やや性急な第四コーナーに差し掛かる。大きく弧を描いた曲線。機体の勢いを外に流しながら、カーブをなぞる。

後方のI.O.Uは、いよいよ加速を始めた。強引に軌道を変えてインコースを突くよりも、その加速を殺さないようにアウトコースを飛ぶことにしたらしい。コーナーを抜けた先にあるだろう直線に備えているのだろう。仕掛けるタイミングとしては、まあ妥当と言っていい。

……ただし、

「この先にあるのが、ただの直線ならな」

コーナーを抜けきる前、ファルコンを唐突に減速させる。

「……ここは、客のためのコースじゃないんだぜ？　すべてのコースのゴール前に、――直線が用意されていると思うなよ」

アウトコースから抜け出したクリスは、驚愕《きょうがく》に目を見開いたに違いなかった。

その目に映った光景は……、

「じゃあな」

「――なっ⁉」

チェスカ・トレーニング・セイル――全長9・8㎞――徐々に迫《せ》り上がっていき、最終コーナーから一気に迫《せ》り下がるコース・レイアウト。

ゴール前に用意されているのはスライド・ストレート、つまり熟練者でも神経を使う下り坂の〝直線〟――加速したまま飛び出せば、コース・アウトの憂《う》き目《め》に遭う。

知らずに飛べば……、結果はおのずと決まっていた。


「……で、どっちが勝ったんだ？」

勝利の一服に浸りつつ訊《たず》ねてみれば、

「ボクの、負け……、だ」

クリスは肩をわななかせ、ようやく自らの負けを認めた。

「決まったな。これでしばらくは付き合ってもらうぜ。なに、やることはいたって簡単、俺の代わりにレースに出るってだけだ。……まあ、出場ペースはちょっとアレだが。お前の経験値も上がるし、あげくに二十近い国を転戦し続ける俺のレッスンまで受けられる特典付きなんだから、そんなに損な話じゃねえよ。レッスン料は貰《もら》うけどな」

「ちょ、ちょっと待て！　ボクは、条件を呑《の》むとは一言も……」

「ああ？　なんだよ、言い訳がましい野郎だな。お前だって、納得して勝負したんだろうが」

「ぐっ……」

口をつぐむクリス。つくづく、扱いやすいやつだった。

そこにジゼルが、なにやら笑みを浮かべながらやってきた。営業用の笑顔なのかもしれないが、どことなく凄《すご》みがある。

ジゼルはこちらにタオルを投げつけると、クリスにはバインダーを差し出した。

「はーい、お疲れさまでした！　それで、……はいこれ、契約書。ようこそ、我がジゼル・ナイツ・マネージメントへ」

バインダーに挟んだ書類を、とんとんと指で叩《たた》く。あまりに自然に、かつ強引に契約を迫られ、クリスは困惑の表情を浮かべた。

助けを求めるようにこちらを見るが、どだい、ここに味方はいない。

「じゃあ、ここにサインをお願いね」

営業スマイルは崩さずに、きっぱりと指示するジゼル。対するクリスは、がっくりとうなだれて、しぶしぶペンを手に取った。

……コイツ、終わったな。自分の身を救うためとはいえ、一人の若者の人生を若干狂わせてしまうだろう事実に、小さな罪悪感を覚える。

しかし、そんなことよりも気になるのは……ジゼルのやつ、なんて言いやがった？　ジゼル・ナイツ……？　俺の借金を請け負ってるのは、たしかウィザース商会だったはずだが？

「……おい。その、ジゼル・ナイツ・なんたらってのはなんだ、初耳だぞ」

「ジゼル・ナイツ・マネージメント！　あ・た・しの会社！　知らないのも当然よ、ついこのあいだ、作ったばかりなんだから」

満面の笑みを浮かべながら、ジゼル。

「あんたのマネージメントするようになって、色々とノウハウを覚えたしね。ウィザース商会で事業を仕切ってたって、しょせんパパの七光りじゃカッコつかないじゃない？　どうせやるならって思って、稼いだお金で起業したの」

「稼いだって、お前、どこからそんな……」

「ウィザース商会からに決まってるでしょ。いくら家業の手伝いだからって、あんたみたいな三流騎士のマネージャーなんてそれなりにサラリー貰《もら》わなきゃやってられないわよ。……で、そこそこのお金が貯《た》まったから、会社として立ち上げたってわけ」

「……そこそこの金、だあ？」

……この女、まさか俺の給金から、上前ハネてたんじゃねえだろうな？

「ええっ！　まだそんなに若いのに、──社長なんて凄《すご》い」

一方で、クリスは目を丸くして、ジゼルの話に聞き入っていた。世間知らずの坊ちゃんらしく、自分の不得意なことができる相手を、無条件に尊敬してしまうタイプなんだろう。

「まあね。……でも、新人ってことは、クリス君は今年デビューの15歳でしょ？　私、17だもの。二年もあれば人生、色々変わるものよ」

「……そんなことよりジゼル。お前、なんで騎士稼業《かぎょう》なんかに手を出すんだ？　独立して会社経営するにしても、もっと実入りのいい商売なんて、いくらでもあるだろ？」

あらためて質問すると、ジゼルは得意そうに胸を張った。

「だって、飛行艇騎士団のオーナーって、ちょっと格好いいじゃない？　騎士や整備士がチームを組んで稼業《かぎょう》してるのはいるけど、個人が運営してる騎士団って、どこにもないみたいだし。……そこにきて、私みたいな可憐《かれん》な女の子がオーナーでしょ？　これって、ちょっとした革命じゃない？　今まで、ずうっと日の当たらないところでやってきたけど、これを機に、経済界の表舞台に華々しくデビューして、ついでに社交界にも……」

うっとりと頬に手を当てながら、ジゼルは妄想をたれ流す。

自分で訊《き》いておきながら、すぐさま（……聞かなきゃよかった）と後悔した。

「やっぱり、騎士団のエースには呼び名っていうものが必要よね。……だから私、考えたの。私の騎士団のエースは〝ザ・ファンシー〟って呼ぶのよ！」

「そ、そうか……」

……身の毛もよだつとはこのことか。なんて悪趣味な、恐ろしいことを考える女だ。

「まさか、俺も巻き込もうなんて思ってねえだろうな？」

ウィザース商会と契約したはずの己の身が怖くなる。万が一にも、その〝ザ・ファンシー〟とやらの汚名を着せられた日には、騎士の誇りもなにもあったものじゃない。

ジゼルは、こちらに一瞥《いちべつ》をくれると、フッと鼻で笑った。

「あんたみたいな不良債権、私のファンシー・ナイツにはいらないわよ。私の騎士団にはクリス君みたいな、由緒《ゆいしょ》正しい子が必要なの」

「そ、そうかな」

「はいっ、てなわけで契約第一号様、いらっしゃーい……って、あら名前が」

クリスの契約書を見て、なにやら腑《ふ》に落ちない顔のジゼル。

……字でも間違えたか？　まあ、気持ちは分かる。空想《ファンシー》だかなんだか知らないが、こんな与太話を聞かされれば、筆もぶれようというものだ。

「あの、マイルスの騎士さん！　ひとつ、お願いがあるんだけど」

「……えっ？」

ファルコンの格納を終えたソラがやってきて、鼻息荒く、クリスを口説き始めた。

「ちょっとだけでいいから、キミのI.O.U、触らせてくれないかな⁉　ついでに整備もしてあげるから！　それでできれば、内部の方もちょっと覗《のぞ》いて……」

「い、いや、だからそれは、その……」

爛々《らんらん》と目を輝かせるソラに気圧《けお》されて、たじたじになるクリス。二匹の狼《おおかみ》に挟まれた子羊のようなものか。勝負に負けた挙句、訳の分からない契約をさせられ、さらにZEP《ゼップ》まで狙われて……どこまでも哀れなやつだ。我関せずを決め込みながら、リーロイは心の中で十字を切った。

@8．〝ルッツェン・プリックス〟

『――これより行いますのはチェスカ地方初夏の名物、〝トライアル・シリーズ〟第四戦、ルッツェン・プリックス！　騎士たちの夢、そして騎士たちの栄誉！　重賞《グレードレース》への扉を開く権利を賭けた一戦です！』

チェスカ地方・自治都市連盟――その中でも、盟主チェスカに次ぐ規模を持つ都市ルッツェン。その郊外に設営されたルッツェン・スカイリンクに、アナウンスが響き渡った。

競技場は、収容可能ぎりぎりの観客で溢《あふ》れていた。

一番人気は、マイルスの国選騎士クリスピアン・ミルズ。――配当率《オッズ》3・0倍。

次いで、地元チェスカのエースであるアラド・スミス。――配当率《オッズ》3・6倍。

そこから下に目をやると、配当率《オッズ》はもう10倍を超える。つまり、クリスとアラドの一騎打ち――下馬評では、そう見做《みな》されている。

アラドはすでにトライアル・シリーズで一勝を挙げている。このレースで勝利すれば、ウィンドミルSへの参戦は確実。勝たないまでも、3位以内に入賞すればまず内定は貰《もら》える状況だ。

躍進する地元のエースへの期待が、いやでも観客席を盛り上げる。

大歓声の中、アラドが量産機ガルーダに乗って現れた。観客席に手を振って、ファンサービスにも余念がない。――続いて入場したのは、壮麗な白銀に輝くI.O.U《アイ・オー・ユー》だ。こちらも大きな声援が送られているが、搭乗者はひたすら視線を前に向け、張りつめた表情に余裕はない。

「……大丈夫なの？　クリス君、一番人気みたいだけど」

客席の手すりにもたれ、煙草《たばこ》をくゆらせていると、ジゼルが険しい眼差《まなざ》しで訊《き》いてくる。

「アイツの腕なら大丈夫だろ、多分」

「ちょっとお！　多分じゃ困るのよ、多分じゃ！　こっちはもう前金貰《もら》っちゃってるんだから、しっかり〝仕事〟してくれないと！　あんたの代役なんだからね？　失敗したらあんたが追い込まれるってこと分かってるの？きっちり負けてもらわないと」

「うるせえなあ……俺が出てたらアラドが一番人気だろうから、ろ。勝てとか負けろとか、お前らエアレースを何だと思ってやがんだ」

「……なによう。そういう依頼なんだから、仕方ないでしょ。文句があるなら、借金返してから言いなさいよ」

ため息代わりに紫煙を吐いてから、金主《オーナー》様に説明する。

「安心しろよ、このメンツじゃ実力以上のものは出せねえよ。普通に飛んで、普通に負けるさ、……ほら、曲者《くせもの》の登場だ」

アナウンスに呼び込まれて、量産機パラキートが入場した。搭乗は隣国ビソネットのベテラン騎士レディング。続いてもう一機、こちらも同じくビソネットの新人騎士《ルーキー》ホッジスだ。

「同じ国から二人。協力して飛んでくるだろうってのは、さすがにあの坊ちゃんでも、予想がつくだろうが……クジ運にまで見放されちゃな」

「えっ?」

空の青さに気が抜ける。こういう日が続けば良いとしみじみと思う。

「しかし見ろよ、あっちの新人はどっかの坊ちゃんと違って涼しい顔してるわ。国選騎士から漏れて、いつ昇格できるのかも定《さだ》かじゃない準騎士《セカンドナイト》、こんなドサ回りじゃグレちまうもんだけどな。ちゃんと現実受け止めて、前を向いてるよ」

「見てみろって、……あんたみたいな化け物と一緒にしないでくれる? 私、普通の女の子なのよ? こんなに離れてたらよっぽど良いグラス使わないと顔なんて見えないわよ。いつも思うけど、あんたって本当に目が良いわよね」

「ん? ああ、見えねえのか。騎士は皆、目が良いが、……まあ、俺は特別良いかもな」

ポールポジションのガルーダ、その後方につけたI.O.U、それを挟むように位置についたパラキートの二機に、順番に視線を送る。

ガルーダのアラドとは、チェスカ界隈《かいわい》で飛ぶようになってから、何度か対戦したことがある。だからその乗り口や戦法も、よく理解していた。……〝まっすぐ飛ぶ〟ことしか知らないクリスにとって、おそらく最も相性の悪い相手だ。

「あー、これはあっさりと囲まれるな……最悪、4着ってところか」

「4着？　何の話よ？　──きゃっ!!」

ジゼルが怪訝《けげん》な顔を向けた瞬間、スタート位置の一〇機のZEP《ゼップ》が唸《うな》りをあげた。

空気の震えが走り抜け、遅れて、風が吹き付けた。ジゼルは慌てて帽子を押さえる。

競い合うように駆動音が高まる。フラッグがはためき、一〇機のエンジン・ノイズがカウントを鳴らす。

『──各機、スタート位置につきました』

ノイズカウントがひとつ。観客が手拍子で応える。ノイズカウントがふたつ。フラッグが持ち上げられる。ノイズカウントが──、

『──セット、GO！』

一〇機のZEPが、一斉に飛び立った。

リーロイは、アラドの機体が先行するのを見送り、

「……さて、〝組まずに〟どこまでやれるかね」

すでに嵌《は》められた世間知らずのルーキーを、見送った。

観客席から、中央ホールへと続く階段を下りる。

『――勝ったのは、ガルーダ！　我らがアラド・スミス、エースの貫禄《かんろく》を見せつけました！　続いてパラキートが二機！　レディング、ホッジスがポジション・ツー、スリーと連なります！』

競技場の方から響いてくるアナウンスに背を向けて、ジゼルは、ため息をついた。

「本当にアイツの言った通りになったわね……負けてくれたから、とりあえず一安心だけど」

しかし……一番人気の期待を背負って、4着の結果とはどうしたものか。あと三試合の契約とはいえ、クリスの今後が不安になってくる。

リーロイは、先にクリスの控え室に向かった。頃合いを見計らって、二人と合流する手はずになっている。

『――あの坊ちゃん、契約上こっちの言うことに従っちゃいるが、まだ俺のことも認めちゃいねえだろ。だから、負けて現実を思い知ったところに、優しくコーチングを施してやるのさ。……ま、アメとムチってやつだな』

したり顔でそんなことを言っていたが……本当に、任せて大丈夫だろうか？　あのガサツで鈍感な男に、そんな器用な真似《まね》ができるとは到底、思えない。

「どうせ、最後は私がフォローすることになるんでしょうけど！」

フロアには、外れた艦券がところどころに散らばっていた。レースそのものは嫌いではないが、こうした会場の品のない雰囲気は、どうも好きになれない。

ホールを横切り、選手の控え室を目指す。曲がり角に差しかかると、その向こうから、五、六人の男たちが歩いてくるのが見えた。

「最後の最後でスッちまったよ！　有り得るか、国選騎士が負けるなんて⁉　こんな場末のレースでよ！」

「それも、マイルスのな！　なにが《不沈艦》だよ、ボロボロの4着じゃねえか、ちくしょう！」

喚《わめ》き立てながら歩いてきたのは、首筋やら肩やらにタトゥーの入った、お世辞にも上品とは言えない一団だった。

こちらはこちらで、先のレースで派手に負けたらしい。通路の掃除用具を蹴り倒したり、乱暴に壁を叩《たた》いたりと、苛立《いらだ》ちを露《あら》わにしている。

（うっわー、典型的な小物ね。やだやだ、関わらないようにしましょ）

会話の内容から察するに、男たちはクリスに賭けて負けたようだ。こちらが関係者と知られれば、どんな因縁を付けてくるかも分からない。

こんなチンピラ程度、マフィアの娘が何を臆するでもないが、わざわざ面倒事に巻き込まれたいとも思わない。

（私ってば可愛《かわい》いから、どうしても人目を引いちゃうのよね。目立たないようにしなくっちゃ）

帽子を目深《まぶか》にかぶって顔を隠すと、男たちの脇を、そそくさと通り過ぎる――、

「だいたい、リーロイってのはどこ行ったんだ！　本当はそいつが飛ぶはずだったんだろ？招待騎士でよ！」

ジゼルの足が、ぴたりと止まった。

「ああ、オディレイの国選騎士のな。最近、ここらで飛び回ってるよな。ほとんど勝ってねえけど」

「まあ、こんなところで飛んでる時点で察しろって話だったわけだ。母国じゃ相手にされねえ三流の騎士なんだよ」

「チクショー、そういう負け犬だったら買わなかったんだ！　マイルスの騎士だっていうから――ぶっ！」

言葉の途中で、男の一人が、もんどり打って通路に倒れ込んだ。

男が倒れた向こうには、スカートの端を持ち上げて、すらりと高く脚を掲げた、ジゼルが立っていた。

「あら、ごめんなさい♪」

男たちは、地面に倒れた仲間と、ジゼルとを交互に見て……ようやく、すれ違いざまに〝蹴り飛ばされた〟ことに思い至ったようだった。

「ご、ごめんなさいって……て、テメエ！　なにしやがんだ！　ケンカ売ってんのか⁉」

「うーんと、そうねえ。……そういうことになるかしら？」

可愛《かわい》らしく小首を傾《かし》げて答えると、男たちは、一斉に色めき立った。

「因縁付けてんのか⁉　女だからって、オレらが何したって洒落《しゃれ》じゃすまねえからな！」

「ざけんじゃねえぞ！」

――何をしたのか？　そう問われれば、答えはいたってシンプルだ。

「ムカついたからよ」

腰に手を当てて、きっぱりと言い放つ。

「は……、はぁっ⁉」

男たちは一瞬、呆気《あっけ》に取られたように動きを止めて、

「「――んだと、このアマぁ‼」」

いよいよジゼルに向かって、距離を詰めてきた――そのとき、

「――おい」

男たちの後ろで、声がした。

同時に、――ゴッ！　ともの凄《すご》い音がして、一人の身体が〝宙に浮いた〟。そのまま床に落ち、……失神したのか、起き上がる気配はない。

「な、……あ？」

度重なる突然の出来事に、男たちはまたしても呆然《ぼうぜん》とする他なかった。

チンピラの一人を、素手で殴り飛ばしたのは、腰に剣を差した長身の男だった。

金色の髪が揺れる。背丈は、リーロイと同じくらいだろうか。紺碧《こんぺき》の瞳で、固まったままのチンピラたちを見据えた。

「その人を放してやれ。……痛い目を見たくなければな」

「痛い目って……先に殴っておいて」

チンピラが、震える声で、もっともな言い分をこぼす。

碧眼《へきがん》の男は、自分の拳を見て、初めて気がついたように、

「ああ……それもそうだな」

無邪気に笑って、次の瞬間には、近くにいたもう一人も殴り倒していた。

あまりに自然な所作に、チンピラたちはろくに反応もできない。

碧眼《へきがん》の男は、無造作に間合いを詰めると、一人の髪を乱暴に掴《つか》んで顔に膝を入れた。さらに振り向きざま、また一人、拳を鼻面《はなづら》へ埋めた。二人は血しぶきをあげ、ほとんど同時に地面に崩れた。

そうして、……おそらく〝わざと〟一人を残して、

「どうした？　来いよ」

まるで煽《あお》るように、碧眼《へきがん》の男は動きを止めた。恐慌《きょうこう》寸前のチンピラは、震える手で懐《ふところ》に忍ばせていたナイフを取り出した。防衛本能がそうさせたのだろう。……だが、それだけだった。

「なんだ、勝てないと思ったら諦めるのか……つまらないな」

どこか残念そうにつぶやくと、棒立ちになっていたチンピラの側頭部へ蹴りを見舞う。

気づけば、その場に立っているのは、ジゼルと碧眼《へきがん》の男だけになっていた。

「きみ、大丈夫だった？」

碧眼《へきがん》の男は、ジゼルに手を差し伸べた。何事もなかったような、涼しげな調子だった。

ジゼルは、その手をがしりと握り、

「――ぜんっぜん、大丈夫じゃないわよ！」

「……あれ？」

「とっととずらかるわよ！　これじゃ過剰防衛もいいところよ！」

呆気《あっけ》にとられた男の手を引いて、その場から逃げ出した。


「ハア、ハァ……ここまで来れば、大丈夫でしょ」

非常用階段の踊り場まで来ると、周囲に人気がないことを確認して、ジゼルは足を止めた。

男は息ひとつ切らした様子もなく、ジゼルの顔を覗《のぞ》き込《こ》んだ。

「どうやら、怪我《けが》はなさそうだ。安心したよ」

「まあ、ね……。それより、あなたが〝片付けた〟さっきの連中の方が心配だわ」

ジゼルは、男に詰め寄ると、見上げるように睨《にら》んだ。

「ちょっとやり過ぎだったんじゃない？　あなた騎士でしょ？　それも、マイルスの」

「……どうして？」

男が、驚いたような表情を浮かべる。どうして分かったのか、そう言いたいのだろう。

「剣の鞘《さや》に、マイルスの紋章が見えたからよ。騎士が一般人相手に、あそこまでやったらまずいでしょう。しかもマイルスなら、なおさらなんじゃないの？　あの程度の連中、あなたなら怪我《けが》させなくても、どうにかできたでしょ」

「参ったな……バレてたか」

碧眼《へきがん》の騎士は、困ったように頭を掻《か》いた。

「きみの言う通りだ。あそこまでやることはなかったかもしれない。……昔からの悪い癖でね。ああいう場面になると、つい……自分でも、抑制ができなくなる」

「ついって、……見かけによらず危ない人ね。自覚してるなら、気をつけなさいよ」

「……以後、気をつける」

素直に頭《こうべ》を垂れた。クリスも馬鹿がつくほどの正直者だが、この男も大概だ。それとも、マイルスの騎士というのは、皆そういうものなんだろうか？

「ところであなた、今日のレースの出場騎士じゃないわよね。どうして、こんなところに？」

訊《き》いてみると、騎士は「……ああ」と、懐《ふところ》から出場表らしきものを取り出した。

「ずっと探していた騎士が、このレースに出ると耳にしたんだ。……でも、彼は欠場してしまったようだ。残念だよ」

探していたと聞いて、まず思い浮かんだのは、マイルスの国選騎士——クリスのことだった。

「ひょっとして……それって、クリス君のこと？」

口にすると、騎士は眉宇《びう》を寄せてジゼルを見た。

「……クリスを、知っているのか？」

「ええ。知っているもなにも、彼は私の契約騎士よ。見てなかったのかもしれないけど、ちゃんとレースには出ていたわよ。結果は、その……ちょっと、残念だったけど」

「……そうか。なぜ、こんなところで飛んでいるのかと思えば……何をやっているんだ、あいつは」

顔をしかめて、独りごちる。ジゼルはその様子を怪訝《けげん》に思い、確認するように訊《き》いた。

「あなたが探している騎士って、クリス君じゃないの？」

「ああ、僕が探していたのは……いや、確かにクリスも探していたには違いないな。うん、探してはいたね」

碧眼《へきがん》の騎士は、一度否定するような素振りを見せてから考え直すように肯定した。どうも釈然としない態度だった。まるで、ついでのようにクリスを扱う。

「変な人。私、これからクリス君に会いに行くんだけど、あなたも来る？　一応、探してたんでしょ」

「……いや、やめておこう。さっきの諍《いさか》いを起こしてしまった手前、僕も強く出られないし。急いでるわけじゃないしね」

碧眼《へきがん》の騎士はため息まじりに苦笑すると、踵《きびす》を返《かえ》した。去り際、思い出したように振り返り、

「クリスと契約してるなら、きみと会うこともあるだろう。その時を楽しみにしているよ」

「あら、光栄ね」

ジゼルは、スカートの裾を軽くつまんで応える。

「……妹を、よろしく頼む」

最後にそう言い残して、碧眼《へきがん》の騎士は去っていった。

「ええ、——妹？　妹って、誰のこと？」

残されたジゼルの疑問に答える者は、もはやその場にいなかった。


「認められるかっ！　こんなレース！」

競技場の勝利者インタビューが微《かす》かに届く、レース後の控え室。汗にまみれた装備を着替えもせず、荒れに荒れているのは〝最悪〟の予想通り、4着に沈んだクリスだった。

蹴飛ばす勢いでドアを開けると、いずこかを目指し、肩を怒らせて歩き出す。

想像通り……いや、それ以上のリアクションに頭を痛めつつ、リーロイは後を追った。

「……おいおい、そんなカッカしてどこへ行こうってんだよ」

「決まってるだろっ、ここの審議会だ！」

「また難癖つける気かよ。真っ当なレースだったじゃねえか……序盤からぴったりマークされて、外せないままゴールまで一直線。誰がどう見ても、お前の完敗だ」

「あれは勝つためのマークなんかじゃないっ！　ビソネットの連中は、あのアラド・スミスってやつを勝たせようとしてたんだ！」

「……仮にそうだとしても、だ。そのマークしてる連中にまで負ける、お前の腕のヘボさは何だよ？　思い通りにいかないからって相手にあたるなよ」

　ぴたりと足を止め、クリスが振り返る。口端《くちはし》をわななかせ、

「アイツらは！」

「実力があれば、あんなマーク抜けただろ。自慢のI.O.Uでよ」

「……っ！」

　指摘してやると、クリスは言いかけた言葉を呑《の》み込んだ。

「中央でもない、こんな地方の〝トライアル〟なら、すぐ優勝できるとでも思ったのか？」

　そこから先は、おそらくクリスからすれば、嘲りとそう変わらない説教《コーチング》だった。

「お前の国でどういう教育をしてるのかは知らねえけどな。お前はまだレースに出る〝準備〟ができてねえんだよ。今回は、さすがにコース・レイアウトは調べてたみたいだが……じゃあ、

今日のメンツ全員のZEPと乗り口は言えるか？　出身国は？　周辺国との交流は？」

「……ルッツェン・プリックスは自治都市の、チェスカの開催だ。出身国なんて」

「関係ない、なんて言い訳は通じないぜ。本当は、関係あるかないかすら、分からねえんだろ？　結局、お前は舐《な》めてるんだよ、レースを。ただ乗って、ただ飛んでるだけだ」

ぐっと唇を噛《か》んで、クリスが睨《にら》みつけてくる。いかにも負けん気の強い新人《ルーキー》らしい反応だ。

「これから何度も負けることになるぜ。こんな聞いたこともない地方のレースでな……まあ、安心しろよ。どさ回りでの勝ち負けなんて試合数にカウントされねえから。何度負けたって、お前は記録の上じゃヴァージンのままだ」

無言で歩き出そうとするクリスの背中に、もうひとつ言葉をかける。

「ただでさえヘボのお前が、〝組む〟ことも知らないで、勝てるわけがないだろ？」

「――ッ！」

「おっと。〝組む〟って言っても、八百長《やおちょう》のことじゃねえぞ」

振り向いたクリスが口を開く前に、釘《くぎ》を刺しておく。

こちらの勿体《もったい》ぶった言い回しに、いよいよ苛立《いらだ》ちが募ったのか、

――ガシャッ!!

首に掛けていたゴーグルを床に叩《たた》きつけ、クリスは大きな足音を立てて去っていった。

「……ったく、そっちは来た方だぜ。やっぱりアイツ、周りが見えてねえな」

そんなことを独りごちていると、入れ替わるようにジゼルがやってきた。

「あれのどこが、優しいコーチングなのよ。……やっぱり、オーナーとして傷心のクリス君をケアする必要がありそうね」

「アイツが傷心てタマかよ。それにさっきのレース、お前だって見てただろ？　前についた壁が二枚ならともかく、一枚になっても抜けなかったのはアイツの腕がなまくらだからだ。突っ込めば、まだ道もひらけたのに」

「……そうなの？」

「一度、俺とクラッシュやらかしてるからな。ビビって前に出られなかったんだろ。まあ、これでやりやすくなった。どうやら一戦目は勝ったらしいが……次は失格、その次のレースは表彰台にも乗れず、ときた。よくよく確かめてみりゃ公式戦0のガキ、I.O.Uに乗ってるだけのヒヨッコだ。この有様《ありさま》じゃ、もう一番人気もつかねえだろ。……次のレースは勝ちに行くさ」

「あら、感心ね。一応、考えてたの？」

「アイツが〝仕事〟をしくじって追い込まれるのは、結局、俺だからな」

わかってるじゃない、とジゼルは満足そうに頷《うなず》いた。そして、ふと思い出したように、

「さっき、なかなかいい男にナンパされちゃったわ」

「ほう。そりゃ、よかったじゃねえか」

この女も、見た目だけなら決して悪くないのだ。それどころか、美人の部類に入ると言って

いい。この性格と、マフィアの娘という肩書きさえ伏せれば、男が寄ってきても不思議はない。

喜んでいるかと思いきや、なぜかジゼルは半眼になって、

「……ふうん。そんなこと言っちゃっていいの？」

「な、なんだよ？」

「べつにい……。あんたって、ほんとに、ガサツで鈍感よね」

不満そうにつぶやきながら、ジゼルは鞄《かばん》に手を突っ込んで、金を取り出した。

「はいこれ、一応、お仕事お疲れさま。……って、今日はあんたががんばったわけじゃないけど。今回はI.O.Uが出たおかげで、お客さんも例年の三割増しですって」

「ま、腕はヘボでも、客寄せくらいはやってもらわないとな」

受け取った金を数える。報酬は三〇万ベルだったはずだが……少し多い。

「それ、ちょっぴりイロつけておいてあげたわ。主催者がもう大喜びで、次も是非、ってご祝儀《しゅうぎ》はずんでくれたから。あんたの営業も、このくらい楽だといいんだけどね」

そして、ついでのように、言葉を付け足した。

「ああ、そうそう。主催者から伝言があったんだけど、若頭のゴドーがこっちに来るみたい」

「……ゴドーさんが？」

思わず、顔をしかめて聞き返してしまう。

「まさか、借金の早期返済じゃねえだろうな？　いや、クラッシュの修理費か？　それとも、

今回の代役の件か？」

「さあ？　来週のコーラルのレースの前に、あんたとどこかで顔合わせしたいんですって。用件のことは、よく分かんないけど」

「顔合わせって……気軽に言うなよな」

サミュエル・ゴドー。ウィザース・ファミリーの中でも、一番の武闘派で知られる若頭。

ジゼルは自分の身内だから呑気《のんき》なものだが、取り立てられる側からすれば、なるべく顔を合わせたくない相手だった。

下手な騎士よりも貫禄《かんろく》漂う姿を思い出す。組の幹部が領分《シマ》を離れることなんて、そうそうないはずだが……まさか、自分に会うためだけに？

相手は本物のマフィアだ。借金の取り立てなんて話になれば、どんな追い込みをかけてくるか、分かったものじゃない。

……とりあえず、こいつは使わないでおくか。

懐《ふところ》にしまいかけた金を、渋面で睨《にら》む。この身はどこまでも、金《こいつ》に縁がないらしい。

@9. 賭博場《とばく》マルクス

ジャラジャラと音がする。

ルーレットが回る。玉が落ちる。

——ノワール、ルージュ。

ルーレットが止まる。悲鳴と歓声が同時に起こる。

ジャラジャラと音がする。

チップが行き交う。テーブルの上をカードが滑る。

——コール、レイズ。

ポーカー・フェイスのディーラーが、微《かす》かに微《かす》かに、笑みを浮かべる。

ここは、チェスカ市街の9番通り。看板には『遊戯場』とあるが、勿論《もちろん》それは表向きのもの。

零時を過ぎると、法定レートを逸脱した、非合法の賭場《とば》に姿を変える。

暗に、しかし公然と認められた、自由の都市ゆえの闇。

〝賭博場《とばく》〟マルクス。そこは無法を無法で統治する、無法者たちの治外法権。

賭博《とばく》場の二階は、一階の熱狂とは対照的に、異様な静けさが漂っていた。

赤いヴェルヴェットの絨毯《じゅうたん》が敷き詰められた床は、物音ひとつ立たない。

小劇場ほどの広さの一室。重い扉の向こうには、無法の統治者たちが集っていた。

「まさか、アンタんとこが噛《か》んでくるとは思わなかったぜ」

口を開いたのは、禿頭《とくとう》の男。黒いスーツに身を包み、品の悪い指輪をごてごてと嵌《は》めている。

「……このたびは恐悦至極に存じます」

禿頭《とくとう》の男に対峙《たいじ》するのは、片目に傷のある眼鏡の男。こちらも黒いスーツに身を包んでいる。

部屋の中には、黒い壁があった。

二人と同じく、黒服を着た人の壁。部屋の四面に立ち並び、座卓の二人を囲んでいる。

……いや、座卓にはもう一人。帯剣した騎士が座っていた。

黒ずくめの部屋の中で、目をひく銀色の長髪。華奢《きゃしゃ》と言ってもいい、冷たい美貌を湛《たた》えた痩《そう》身《しん》の女騎士。

マントに織り込まれた文様は、操り人形を象《かたど》っている。見る者が見れば、遙《はる》か北方《ほっぽう》の国家ノーチラスの国選騎士だと分かるだろう。

……なぜ遠国の国選騎士が、こんな場所に？

疑問に思っても、ここで喋《しゃべ》ることを許されているのは、ただ二人。

物言わぬ壁は、ここで見たことも、聞いたことも、喋《しゃべ》ることはできない。

「バド・シャングスだ。今回は、ウチの組で仕切らせてもらうってことで、聞いてるはずだ。この話は、この辺の組にゃ通ってる。……で、アンタんとこの親父《おやじ》さんは、なんだって?」

煙草《たばこ》を吹かしながら、禿頭《とくとう》の男——シャングスが言う。

「ボスも、光栄な話を頂いたと喜んでおります。これを機に、そちらの組と親交が深められればとのことです。……申し遅れましたが、私はウィザース・ファミリーの若頭を務めております、サミュエル・ゴドーと申します。今回の大役を私に任せて頂けるということで……」

「そうかい」

シャングスが冷笑する。対するゴドーは、穏やかな笑みを浮かべていた。

「確認しておきたいが、これは失敗できないデカい仕事だ。関わってる組は一つや二つじゃねえんだ。ヘタクソが関わってもらっちゃ困る」

「そちらの騎士同様、手前らにも提携している国選騎士がいるので、ご協力はできると思います」

銀髪の女騎士を視線で指して、ゴドーが言う。

「そいつぁ、ありがたいね」

シャングスは鼻で笑うと、卓上で煙草《たばこ》をねじり消した。

「話と準備はもう〝出来上がっている〟……アンタんところは、オイシイとこだけ取っちまうってんで、ここには来てない他の組からも文句が出ている」

グラスの赤ワインを一口飲んで、シャングスは立ち上がる。

「当然、俺もだ」

座ったままのゴドーを、凄《すご》みをきかせて睨《ね》めつけた。

「ここに一人で来て、度胸が良いって褒められるとでも思ったか？　お前、頭わいてんじゃねえのか？　ガキの使いみてえにノコノコ後から来やがってよ、アル・ウィザースの名前があれば、手出しされないとでも？」

シャングスは、グラスの中身を、ゴドーの顔に浴びせた。

「……オディレイ始まって以来のギャングスターだかなんだかしらねえが、大方、クソ田舎でハッタリきかせてのし上がってきたんだろ。なあゴドーよ。こっちは、誰もウィザースなんか認めてねえからな？」

ゴドーは、無言で視線を伏していた。静まりかえった部屋に、ワインのしたたる音が響く。

——ガチャリ。シャングスは懐《ふところ》から拳銃を取り出し、ゴドーに突きつけた。

「ここでお前を殺して、ウィザースに手を引いてもらうってこともできる。最近じゃ、お前らの親もずいぶん大人しくなったそうじゃねえか。戦争になったところで、ウチはちっとも困らねえよ」

「…………」

拳銃を突きつけられても、ゴドーは無言を貫いていた。

銀髪の女騎士は、眉ひとつ動かさず、冷たい瞳で二人を見ている。

「なんとか言ったらどうだ。まさかブルって口もきけなくなっちまったかよ?」

シャングスの指輪が、じゃらりと音を立てる。引き金にかけた指に、力がこもる。

ゴドーは、ゆっくりと顔を上げて、指先で額をぬぐった。

「……ご冗談を」

ゴドーの顔は、あくまでも、にこやかな笑みを浮かべていた。

「……ハッ」

毒気を抜かれて、シャングスは嘲笑を漏らした。引き金から指を外し、拳銃を下ろす。

……腰抜けが。吐き捨てるようにつぶやく。煙草《たばこ》を取り出すと、手下が素早く火をつけた。

「一〇〇億の金が動く。ウィザースの取り分は一〇だ。お前らの親にもしっかり伝えておきな」

「有《あ》り難《がと》うございます」

ゴドーが頭を下げたのを見て、シャングスは座卓に背を向けた。

黒服の壁が割れて、部屋のドアが開く。煙草《たばこ》の煙とともに、シャングスは出ていった。

「……どうぞ。よろしければお使いください」

ゴドーの目の前に、ハンカチが差し出される。

白い手袋を嵌《は》めた細い指。その主は、同席していた女騎士だった。

「流れたのがワインだけで、よかったですわね」

微笑《ほほえ》んで、冗談ともつかないことを言う。顔は笑みを象《かたど》っているが、瞳は氷のように冷たい。

「……いえ、手前のものがありますので」

ゴドーは、申し出をやんわりと断った。眼鏡を外して、自分のハンカチで顔を拭く。

「あら、それは失礼……」

ゴドーの顔を見た女騎士の瞳に、初めて感情の動きが浮かんだ。驚きに目を見開き、すぐさまそれは、面白がるように細められた。

それは、ほんの一瞬の出来事。いったい、そこに何を見たのか？　当人以外に知る由《よし》もない。

「なにか？」

ゴドーが眼鏡をかけなおす。

「……いいえ。本当に、流れたのがワインだけでよかったと、思っただけですわ」

今度は、心底面白そうに、女騎士は言った。

@10. 決闘の痕《きずあと》

――ばしゃり。木桶《おけ》に汲《く》んだ湯を、肩にかける。

熱が肌の上を通り抜けていくと、その跡がじくりと疼《うず》く。クリスは思わず顔を歪《ゆが》めた。

「イッツツ……くそっ、なかなか治りきらないな」

あの化け物じみた騎士《リーロイ・ダーヴイッツ》にやられた傷跡だった。見た目はましになってきたものの、さすがに湯を浴びるとあちこち痛む。悔しいのは、これでもかなり手加減されていたであろう事実だ。

――肩に受けた痛み。それをきっかけに、かつての記憶が呼び起こされる。

あれはマイルスの騎士学校――その剣技場で、模擬戦を行ったときに受けた痛みだ。

一日たりとも、忘れたことはない。自分にとって、あれはまぎれもない〝決闘〟だった。

――息が切れた。同期では速さにものを言わせる自分の一撃が、先を読まれて流される。

時折、剣が嚙《か》み合《あ》うのは、こちらが渾身《こんしん》の一撃を繰り出したとき。……あえて受けられている。こちらに、力の差を分からせるために。

振り回す剣にあわせて、汗が飛び散った。相手は、その汗すらかいていない。絶望的な実力差……近づけたと思ったのは、騎士学校で手にした自信は、ただの思い上がりだったのか。

——やってみなければ分からないでしょう⁉

〝兄〟に刃向かったのは初めてだった。なんでもできる兄。周囲から尊敬される兄。そして国選騎士にまでなった兄は、憧れという以上に目標でさえあった。騎士は、自分の夢でもあったから。

そんな兄はいつも優しく、自分を応援してくれたが騎士を目指すことだけは公然と反対した。

——才がない。ただ、その一言だった。

納得できなかった。家族の反対を押し切り、騎士学校に入学すると、文句が付けられないように全てにおいて上位の成績を修めた。周囲にも、兄の名とは関係なく、一目置かれるようになった。……まだ及ばないことは分かっている。それでも、才能の有無だけで夢を諦めたくなかった。

せめて一太刀。奥歯を噛《か》んで、身体ごと飛び込んだ。捨て身で放った最速の突きも、しかし呆気《あっけ》なくかわされる。肩に熱が走り、地面に剣を取り落とした。鈍痛が響き、思わず膝を折る。

『これで満足か？』

『ま、まだやれます』

とっさに言葉を返す。だが、利《き》き腕《うで》はだらりと下がったままだ。

『……やってみても分からないなら、話し合いにすらならないな』

肩の熱の正体は、剣の平《ひら》で打たれた一撃。どこまで手加減されているのか。

地面に膝をついた自分を、兄はじっと見下ろした。そして、いつもの言葉を口にする。

『お前は騎士に向いていない。諦めろ、——クリスティン』


もう一度、木桶《おけ》に湯を汲《く》んで、頭からかぶる。

……兄に打たれた肩の痛みは、もうない。

それでも、最後の言葉だけは。いつまでも消えずに、胸の中で燻《くすぶ》り続けている。

兄を見返して、あの言葉を取り消させる。そのために母国を離れて、こんなところまでやってきたのに……いったい、自分は何をやっているのか。

——初戦は勝った。あのときは、当然の結果だと、信じて疑わなかった。

マイルスの旗機I.O.U《アイ・オー・ユー》に乗っているのだから。ありふれた量産機に負けるはずがないと。

しかし——そこからは二連敗。訳も分からず飛んで、訳も分からないまま負けていた。

事故《アクシデント》もあった。策謀に負けたのだと思った。……でも、本当にそれだけか？

ばしゃばしゃと、湯をぶつけるように顔を洗う。

……四戦目が近い。

勝って当然だと信じていた自分は、どこに行ってしまったのだろう？

今はただ、飛ぶのが怖かった。

『……地方《ここ》には地方《ここ》のルールってものがあるんだ。それを知らずに飛んでたのは、単なるお前の勉強不足だぜ』

『〝組む〟ことも知らないで、勝てるはずがないだろ？』

あの男に言われたことを思い出す。……組む？　国際的なレースで、同国の騎士が連携するなら、まだ理解できる。そういう戦法を得意とする国もあると聞く。でもそれを、出身も機体もバラバラな、こんな地方レースで？

騎士学校では、習ったこともなかった。だが……、

——二戦目。リーロイと、あのハーマンという男のやり取り。

——三戦目。不自然なまでに、壁に徹したビソネットの騎士たち。

——唯一勝った初戦だって、思い返してみれば……。

明文化されていない〝ルール〟——そんなものがあるとしたら、どうやって戦えばいいのか。分からない。どう飛べば、勝てるのか。どう飛べば、負けずに済むのか……。

立ちのぼる白煙を追って、天井を仰ぐ。……少し、長く風呂場《ふろ》にいすぎたかもしれない。

考えもまとまらないままに、ふらりとクリスは立ち上がった。

頭の中は、次のレースのことで一杯だった。

それだからクリスは、入り口の方から、人の気配が近づいてくることに気づけなかった。

クリスと気配の主は、磨《す》りガラスのドアを挟んで対峙《たいじ》して。

――次の瞬間、生まれたままの姿で、鉢合わせることになった。

「…………」

「…………」

しばしの沈黙。無言の中で、視線だけが交錯する。

片や、しっとりと濡《ぬ》れた淡い金髪。片や、蜂蜜を思わせる深い金髪。

片や、青空の色を宿した瞳。片や、夕焼け色を宿した瞳。ぱちくりと、瞬《まばた》きを繰り返す。

両者には、いくつかの共通点もあった。

例えば、貴族を思わせる気品ある顔立ち。無駄な肉のない、引き締まった肢体。一方は手のひらに収まってしまいそうな未成熟な、もう一方は手のひらを押し返すように成熟した胸の膨らみ。

なにより――互いに見知った顔であること。

そして、次に脳裏に浮かんだ言葉も、また共通していた。

――〝女〟湯。

「キャッ……」

そう認識した直後、大きく息を吸い込んで、

「うわぁあああああああああああああああああ!!」

クリスは、浴場に響きわたる絶叫と、盛大な水しぶきをあげて、湯船に飛び込んだ。

「……って、ちょっと！　なんでそこでクリス君が驚くのよ！　私でしょ、その役目は！」

「お、オーナー・ジゼル！　どうしてここへ⁉」

「どうしてって……ここは女湯だし、私は女の子なんだから、ここに来るのは当たり前でしょ。ここのお風呂《ふろ》、共同だし」

堂々と胸を張って、ジゼルが言う。

「もー……クリス君があんまり慌てるから、こっちが驚きそびれちゃったじゃない」

文句を言いながら、木桶《おけ》に湯を溜《た》め、さっさと身体を洗いはじめる。

「契約書のサインに〝クリスティン〟ってあったから、もしかしたら……って思ったんだけど。まさか、本当に女の子だったとはね。……クリスピアン・ミルズっていうのは変名？」

ジゼルに指摘されて、クリスは自分の失態に気づいた。……リーロイとの賭け試合に負けて、茫然自失《ぼうぜんじしつ》だったとはいえ、うっかり〝本名〟の方を書いてしまうなんて。

馬鹿正直というか、迂闊《うかつ》というか。つくづく、自分の間抜けさが嫌になる。

「あっ、あの、オーナー。これは、その」

湯船の中で小さく身体を屈《かが》め、クリスが口ごもる。濁り湯に隠れていても、身体の輪郭までは、隠しようもなかった。

「ああ、ごめんなさいね。女だって隠してたこと、別に責めるつもりはないの。女だてらに騎士だもの、男社会を渡っていくのに、いろいろ不便もあるでしょうしね。私も女の身で社長なんてやってるから、その辺りのことは理解できるつもりよ」

大人の余裕を漂わせ、にこりとビジネスライクな笑みを浮かべるジゼル。しかし、シャンプーハットを付けた姿で、決め顔をされても反応に困る。どうにも一筋縄ではいかないギャップが、この女性オーナーにはあった。

「……お、オーナー・ジゼル。ボクがその、女だってことは」

「皆まで言わなくてもいいわ。誰かに言う機会なんて、訊《き》かれない限りないから、大丈夫よ」

シャンプーを泡立てながら、ジゼルは気楽に答える。

クリスはホッと息をつき、それから思い出したように、付け加えた。

「で、できればその、ダーヴィッツにも伏せておいて欲しいんだけど。……オーナーはともかく、今さら女だって言うのも気まずくて」

「……リーロイ？」

ジゼルは手を止めて、意外そうに瞬《まばた》きをした。やがて、フッと意味ありげに笑って、

「あいつなら問題ないわ。死ぬほど鈍いから。きっと、言わなかったら一生気づかないわね。まあ、クリス君が女だって知ったら、見物だけどね。あれで、女には手を上げないとか、立派な騎士道みたいなのがあるみたいだから」

他にもねえ……と、指折りリーロイの騎士道とやらを数えていくジゼル。

それを聞いているうちに、クリスの中に、かねてからの疑問が浮かんできた。

「ダーヴィッツは国選騎士なのに……どうしてこんな地方のレースばかり出てるんだ？」

「ああ、あいつね、うちにすっごい借金してるのよ。金貸しもやってる、私の実家から」

「……借金？」

「そ、借金。もうちょっと言うと、銀行屋から即金で払うように追い込まれてるところを、うちが立て替えてあげたんだけど。これがまた法外な高利で、最低でも月一で飛ばないと減りもしないのよね……いわゆる飼い殺しね。まあ、騎士権売り払っちゃえばいいんだけど、それだとあの機体も手放すことになるでしょ？　それが嫌なんだって」

桶《おけ》に汲《く》んだ湯をかぶり、全身の泡を洗い流すジゼル。頭にタオルを巻くと、片足ずつ、確かめるように湯船に浸《つ》かる。

「あー、いいお湯ー。ここのホテル、温泉引いてるから取ったのよね。じゃんじゃん使っても、減らないっていいわー……」

気持ち良さそうに、長いため息をつく。

「……なんで、そんな借金をしてるんだ？」

「さあ？」

「え？」

あっさりとした返答に、クリスは困惑の表情を浮かべた。

「そこまでは知らないわ。ただ、アイツ、飛びたいみたいだから助けてあげたの。ちょうどZEP《ゼップ》が必要とか、適当なこと言って。あれで、昔は格好よかったのよ？　士官学校でも華の騎士課程だったし、文武両道で通ってたから、女の子からもモテてたわね。私、そのときは地味に生きてたから、話したことなんて全然なかったけど。騎士になるっていう夢に向かって、一生懸命頑張ってるのは知ってた」

どこか遠くを見つめながら、ジゼル。後半は、ほとんど独り言のようにも聞こえた。

そして、ふと思い出したように、クリスに向き直った。

「そういえば……今日のレース会場で、マイルスの騎士に会ったわ。なんだか、クリス君の知り合いみたいな口ぶりだったけど」

「マイルスの……？　オーナー！　それは、どんな騎士だった⁉」

ばしゃりと水音を立てて、クリスが勢いよく立ち上がる。

「うーんと、そうねえ。背はリーロイくらい高かったわ。目は青くて、髪の色は金で……そうそう、ちょうどクリス君みたいな！　って、あら？　もしかして……」

クリスの瞳の色、クリスの髪の色。それぞれを指さして、ジゼルは何か気づいたように動きを止めた。クリスの姿を、その騎士に重ね合わせているに違いなかった。

「間違いない。……兄さんだ」

クリスがつぶやく。ジゼルは、いかにも納得したふうに頷《うなず》いた。

「なるほどねー、顔はあまり似てないけど、こうして見るとたしかに兄妹《きょうだい》ね。……ああ、それで妹をよろしく、なんて言ってたのね。それなら、クリス君と会わせてあげればよかったわ」

「……いや。おそらく兄は、ボクを監視にきたんだ」

クリスの口をついて出た言葉に、ジゼルは顔をしかめた。

「監視？　どうして、お兄さんがそんなことを？」

クリスはしばらく押し黙っていたが、やがて重々しく口を開いた。

「……母国で、ボクの騎乗は許されていない。兄が反対したんだ、ボクが騎士になることに。……騎士の才能がない、向いてないって」

うつむきがちに、クリスがこぼす。

「でも、ボクはずっと騎士になりたくて努力してきたんだ。たとえ兄さんの言うことでも、誰かに反対されて……邪魔されて、諦めたくない。……そうしているうちに、兄さんがウィンドミルSに招待されていることが分かったんだ。そのレースが交流戦で、トライアルを勝ち抜けば、公式戦の実績がなくても参戦できることも。だから、ボクは――！」

濡《ぬ》れた髪の先から、ぽたりと水滴が落ちる。クリスは、不意に我に返って、かぶりを振った。

「あ……。ごめん、いきなりこんなことを……」

「いいえ。クリス君が何を目指して飛んでいるか、よく分かったわ」

ジゼルは小さく微笑《ほほえ》んで、「……それなら」と続けた。

「なおさらリーロイのレッスンを受けておいた方がいいわね。私、飛び方のことは知らないけど、あいつ、クリス君が考えてるよりもずっと腕が立つ男よ。伊達《だて》に、二〇〇戦も飛んでない」

「にひゃ……⁉」

思わず絶句した。そんなクリスの反応を楽しむように、ジゼルは目を細めて、

「クリス君の仕事料には、あいつのレッスン料まで入ってるんだから、その分、取り返さなきゃ勿体《もったい》ないわ。……さ、そろそろ出ましょ。クリス君の顔、真っ赤よ」

クリスの腕を取って、湯舟から引き上げる。

意外なまでに抵抗できないのは、――ちょっと湯に浸《つ》かりすぎたせいだ。

くらりと立ちくらみがやってきて、よろめいたところを、ジゼルに支えられてしまう。

「あ、ありがとう。オーナー・ジゼル」

「気にしないで頂戴。社員の体調管理も、マネージャーの仕事なんだから。ほんと、クリス君に何かあったら大変だもの。今月はあと三レース出てもらわなきゃいけないし、何よりも私のファンシー・ナイツの一員だものね。無様な負けは許されないわ」

微笑《ほほえ》みを浮かべながら、ジゼルが告げる。このオーナーの恐ろしさに、このときのクリスは、

――いや、これからもしばらくの間、気づくことはない。

@11. RE：RE：69EYES《シックスティナインアイズ》の〝夢〟

——〝夢〟だ。夢を見ていると、すぐに分かった。

繰り返し〝視《み》〟る、あのときの夢。決して忘れ得ぬ記憶。

あれは、そう——俺がアイツに負けて、それからマフィアに拾われて。プライドも何もかもかなぐり捨てて、ついに掴《つか》んだ再戦だった。

『——マイルス期待の新人《ルーキー》ルーファス、いまだ囲みを解けず！　先頭はランカスターの旗機《フラッグシップ》アイギス！　これは予想外、前残りの展開になってきた！　しかしＩ．Ｏ．Ｕ《アイ・オー・ユー》ならば、あるいは届くか⁉』

……何のざわめきだったのかは、よく覚えていない。実況の絶叫も、観客の声援も。なにもかも雑音に過ぎなかった。

覚えているのは、69EYES《シックスティナインアイズ》の持つすべての視覚を、後方のI.O.Uに集中させていたこと。同時に、その乗り手が一切の隙を見せず、こちらのミスを待っていたこと。

――ちくしょう……！　ちくしょう!!

眼《め》から熱が零《こぼ》れた。〝抑える〟だけで精一杯だった。相手は文字通りの〝化け物〟だった。

――駄目だ！　もう、――〝勝てない〟！

その事実がもたらす現実に、耐えられなかった。

――終わった、終わってしまった。自分が描いていた未来が、夢が、すべてが――このレースの終了とともに失われる。

操縦桿《かん》を持つ手が震えた。いまだ〝囲み〟を解かなかったのは、ただの意地だった。すべてを賭けて挑んだ相手を、〝勝たせたくない〟――ただそれだけだった。

対策は完璧だった。持てる技術と策略を、すべて駆使して勝負に臨んだ。――だからこそ、完璧なまでに自分は敗れた。自信。確信。夢。幻想――そんなすべてを打ち砕かれた。

相手は、こちらの存在を眼中にさえ入れていなかっただろう。だから、その「隙」さえ計算に入れて、この状況を〝編んだ〟のだ。

先頭を行くアイギスを、自機で抜くことはもはやできない。ゴール前で抜く――その限界ラインを超えてしまった。

――ちくしょう!!　ちくしょう!!　ちくしょう！！！

一〇機の〝囲み〟を、置いていくはずだった。乱戦を演出し、閉じ込めるはずだったのだ。

四機のアイギス、三機のトライデント、二機のハイドラ、二機のドレイク、一機のI.O.U

――そして、69EYESの自分。

アイギス四機は〝組んで〟くるはずだった。抜き出た実力のI.O.Uを三機が〝壁〟になって止め、一機を先行させる。他国の騎士もそれを見越して、I.O.Uにマークを集中させるのは明白だった。

だがI.O.Uは――あの男は、その程度では止まらない。必ず〝壁〟は破られる。一度負けた自分には分かっていた。だから、後半崩れるであろうマークを〝編み込む〟役目に徹したのだ。

〝大物食い〟の功名心を煽《あお》り、互いに牽制《けんせい》させ――そして偶然のように組まれた一〇機の〝囲み〟に、I.O.Uを閉じ込める。ノーマークの69EYESは、逃げ疲れて落ちてくる先頭のアイギスだけを抜けばよかった。

しかし、このマイルスの新人《ルーキー》は――この〝化け物〟は、それを許さなかった。

何度仕掛けられ、何度防いだだろう。自分でなければ、とっくの昔に勝負はついていた。決して驕《おご》りなどではない、誇ってさえいいことなのかもしれない。いずれ重賞《グレードレース》を獲《と》り、歴史に名を刻むであろう、ルーファス・ウェイン・ライトを抑えられたのだから。

ルーファスも、このレースをもう〝勝てない〟ことを分かっているはずだった。それでも、こちらのミスを狙っているのは、ルーファスもこのレースの勝敗を、自分との勝負に置き換えた証拠だった。

……だからこそ、意地でも勝たせたくなかった。この男にだけは抜かれたくなかった。

飛び立つときは「12」を開いていた《眼《め》》も、今や精神の摩耗からその半分を閉じていた。

だが、それで十分だった。もはや着順は関係なかった。たとえ表彰台に上がれなくても、入着さえできなくても構わなかった。

ルーファスにさえ勝てれば、それでよかった。

元より、優勝できなければ意味がなかった。一度、負けてしまった自分は、このレースの勝利でしか明日へと繋《つな》がらなかったのだ。

終わった。何も残るものはなかった。このレースとともに、今日までの自分は消えてなくなる。ただ夢だけを見て、それを信じて生きてきたリーロイ・ダーヴィッツは死ぬのだ。

――だからルーファス、お前にだけは負けない！

ペダルの加重に細心の注意を払う。この集団のペースを操っているのは、間違いなく自分だった。ルーファスを除けば、全員がそれに気づいていない。周りは完全に酔っていた。I.O.Uを――《不沈艦》とさえ呼ばれる怪物を、陥《おとしい》れている事実に。

一分の隙も与えなかった。一挙手一投足、見逃したつもりはなかった。一〇機を統《す》べて、ルーファスを閉じ込めた。機体のスペックなど関係ない、純粋なまでの乗り手としての勝負だった。

たとえ、このレースで勝利を挙げることができなくても。今日で未来が閉ざされても。ルーファスとの勝負に勝ちさえすれば。それがほんの一片の、些細《ささい》な傷だったとしても、この男の中では、忘れ得ぬ傷となるはずだ。

じきに消える。その最後の一瞬まで、自分が自分であるために。全てを投げ打ってでも、ルーファス、お前にだけは――!

なのに、どうして。なのに、どうして!

――どうして、お前が俺の前にいる⁉

@12. 準騎士《セカンドナイト》

「組むって、……なんだ？」

いつもお喋《しゃべ》りな奴《やつ》が、朝から静かだと思ったら、昼過ぎになって話しかけてきた。

神妙な顔での吐露にも、リーロイは目も合わせず、ホテルのランチをもくもくと食べる。

「ボクなりに考えたんだが……確かにボクは無知だ。経験も足りてない。思えば、先週のレースも、その前のときも……不自然なことは多かった。まだ八百長《やおちょう》の疑いを解いたわけじゃない。だけど、他の出場者たちが何かのルールにのっとって飛んでるっていうなら……、あんたの言うように、ボクはただ乗って、ただ飛んでいるだけだ」

「美味《うま》いな、これ」

「ああ……ってお前、全然聞いてないだろ⁉」

食ってかかるクリスを「聞いてる、聞いてる」となだめる。

「なに、殊勝なこと言うようになったじゃねえか、と思ってな。俺は俺で、お前をどう言いくるめようか考えてたっていうのによ」

「……言いくるめる？」

露骨に顔をしかめるクリスに、とりあえず席を奨《すす》め、皿を分けてやる。

クリスが座るのを確認し、（……よし、これで食事代は折半だな）と、小さく金を浮かせる。

ホテルの食事は高くていけない。注文はしたものの、手持ちが足りないリーロイだった。

「それじゃ、付いてこい」

教習料の名目でクリスに会計を払わせると、リーロイは返事も聞かずに歩き出した。

「おい、……くそっ！」

不承不承といった様子で、クリスは後から付いていく。

……向かった先は飛行訓練場ではなく、整備工場だった。

オイルの匂いが鼻《び》腔《こう》をつく。いつものような騒音がないのは、午後になって調整が一段落したためだ。整備士たちは昼食がてら、ポーカーやバカラなど、思い思いの遊びに興じている。

あのやかましい女整備士の姿は、とりあえず見当たらない。ありがたいことだった。

リーロイは整備工場の中に歩《あゆみ》を進め、一機のZEP《ゼップ》の前で足を止めた。

カンカンという軽い金属音。機体の装甲を金槌《かなづち》で叩《たた》き、強度を確かめている男がいる。翼には『セイレーン』の刻印。羽の大きさから、軽量機であることがうかがわれる。

リーロイは、男に声をかけた。

「よお、景気はどうだい？　アンタ、この辺じゃ見かけない顔だな？　出身はどこだい？」

男は整備を切り上げると、人好きのする笑みを浮かべて答えた。

「バーバラさ。そういうアンタこそ、どこの出なんだい？」

「俺はオディレイ、こっちはマイルスだ」

「……オディレイ？」

男は眉をひそめると、じっと二人を見据えた。その表情が、みるみるうちに驚きに変わる。

「もしかして、あの69EYES《シックスティナインアイズ》とI.O.U《アイ・オー・ユー》の騎士か？　……そうだ、間違いない！　ちょっと前に、クラッシュを起こした二人だ！　驚いたな、〝組んだ〟のか？」

「まあ、そんなところだ」

リーロイは、わざとらしくため息をついた。

「ちょっと、やんごとなき事情でね」

「そりゃ国を代表するアンタらが組むんだから、やんごとなき事情だろうなあ」

男も笑みを浮かべたまま、さらりと皮肉を織り交ぜる。

ポーリー・イエンと名乗った男は、チェスカに来てまだ二週間ばかりであることを告げた。

この地域でのレースも、来週が初戦。空いた枠に飛び込む形での参戦らしい。

バーバラといえば、遙《はる》か遠方に位置する国だ。チェスカよりも近いレース場はあるはずだが、わざわざ、どうしてこんなところまで足を伸ばしたのか。クリスは疑問に思った。

リーロイと世間話に興じるこの男に、レースにかける意気込みのようなものは感じられない。

「遠出なんでね。新顔の俺に期待をかける客もいないだろうし、調整がてら気楽に飛ぶよ」

クリスの価値観からすると、勝負を放棄したような態度は、理解しがたいものがあった。

――〝準騎士《セカンドナイト》〟

そんな言葉が思い浮かんだ。国選騎士に昇格できない者たちを、なかば揶揄《やゆ》するようにそう呼ぶ。彼らの中には、公式戦で勝利を挙げる栄誉よりも、ただ賞金を稼ぐことを目的に、飛び続ける者もいると聞く。

もっとも、国選騎士の中にも、金稼ぎに徹する者はいるようだが……。

そんなクリスの疑念を知ってか知らでか、リーロイは男と談笑を続ける。

「旗機に乗っての巡業も大変だろう？　国を背負って、下手な飛び方もできないだろうし」

「クラッシュは起こしたけどな」

「ある意味、客は満足しただろうさ」

そう言って、笑いあう。リーロイは、ムスッと聞いていたクリスを、振り返らずに指さした。

「俺もこの坊やに勝ってもらいたいんだが……どうも頼りなくてね。先週のレースの結果は知ってるかい？　4着、こんなどさ回りで、見事に表彰台にも乗れなくてね」

「まだ若いんだ、国選騎士だってそういうこともあるさ」

「腕の方も問題だが、なにより……」

意味深に間を空ける。ポーリーの方も、何か勘づいたらしく、笑みを湛《たた》えた表情はそのままに、鋭く目を細めた。リーロイは肩をすくめ、先を続けた。

「こういう交渉ごとも知らないみたいなんでね。……アンタに〝鈴〟になって欲しいんだ。今度のレース、アラド・スミスってのが出る。そいつを逃げさせたくないんだ。取り分は……そうだな、折半でいい」

「半分？　……貰《もら》い過ぎじゃないのか？　話がうますぎて、逆に怖いな」

「自分の飛び方を捨ててくれって言ってるんだ。別にやり過ぎだとは思わないけどな。それから、この辺を回るなら、俺の知り合いを紹介するよ。もっとも、組めるかどうかはアンタ次第だがな」

リーロイの意図するところを察して、ようやくポーリーは警戒を緩めた。形だけではない、本心からの笑みを浮かべる。

「報酬の方も、俺の腕次第ってわけか。分かりやすくていいや。こっちからすれば、願ってもない申し出だ。ちょっと自分のホームで、あちこち〝組んで〟やり過ぎて、逆に信用なくしちまってね。ほとぼり冷めるまで、この辺で飛ぼうと思ってたんだ」

「頼りにしてるぜ」

リーロイは、右手を差し出した。

「それはこっちの台詞《せりふ》だ。〝鈴〟になって、俺のZEPで勝っちまうようなことは、まずないからな。そっちのI.O.Uの兄さんに、期待してるよ」

ポーリーはがっちりと手を握り、リーロイ越しにウインクを飛ばしてきた。

クリスには、何の約束が交わされたのか分からなかったが、どうやら交渉が成立したことは分かった。


「なあ、〝鈴〟っていうのは何なんだ？」

リーロイに促されるままに、ポーリーと握手はしたが、分からないことが多すぎた。

細かい打ち合わせも、何もしてない。

整備工場から出て、次にやってきたのは、来週のレース会場だった。

リーロイは煙草《たばこ》を吹かしながら、コース地図を片手に歩く。

「おい、聞いているのか⁉」

「……ここでスピード落とすなよ。三秒数えてから落とせ。コーナーが視界に入ると、人間、無意識に落とすもんだ。せっかく〝鈴〟をつけても、お前が加速殺してちゃ話にならないからな」

「だから、その鈴って何なんだよ！　もう〝組んだ〟みたいだけど、折半って意味は……」

「なんだよ、金はあるんだろ？　ケチケチするな。実績もコネもねえヤツは、最初が肝心なんだよ。自分と〝組む〟旨《うま》みを分かりやすく伝えるのは結局、金なんだから。ここは我慢しておけよ」

「ボクが言っているのはそういうことじゃない！　賞金ならいいさ！　その、……交渉に必要なら好きに使ってくれて構わない。ボクが聞きたいのは……〝鈴〟になるとかどうとか、さっきの交渉に出てきた言葉の意味だ」

リーロイは「……ああ、そっちか」と頷《うなず》く。

「お前、鈴をつけるって意味が分かるか？　いや、分からねえから聞いてるのか。……じゃあ、ペットに鈴をつける理由は何だと思う？」

「どこにいるか分かるようにだろ、多分」

話を逸《そ》らされたように思い、クリスは憤然《ふんぜん》と答えた。リーロイは、気にも留めず淡々と続ける。

「まあ、間違えちゃいないな。場所の特定、その通りだ。ただ、違う答え方でも正解になる。ペットに、移動を嫌がらせるためだ。歩くたびに音が鳴るなんて、うるさくて嫌だろ？」

「ん、まあ、そうだな」

話は見えないものの、リーロイの例えは具体的で、想像がしやすかった。

「これをレースに置き換えてみれば分かりそうなもんだろ。逃げ馬に、鈴をつけるってことだ。ルッツェンでお前が負けた、アラド・スミスは、先行堅持の飛び方を好む。ああいう飛び方をする奴《やつ》に〝鈴〟をつけて、バテさせるんだよ。この前のレースで、どういう負け方をしたか、ちょっと思い出してみろ」

クリスにしてみれば、忌《い》まわしい記憶以外の何物でもなかったが、渋々、その指示に従った。

――囲まれた。そう表現するしかない状況だった。

本命はクリスに対して、対抗機として印を打たれていた、ガルーダのアラド。

戦法は調べてあった。逃げに近い、先行堅持のスタイル。スタートから先頭に飛び出し、リードを保ったまま、後続機を抑える……あるいは競《せ》り勝《か》つ。この前のレースでは逃げを打ってきた。

後方待機を定石とするI.O.Uは、この手の戦法と長年付き合ってきた。母国の騎士学校でも、先行機への対策を教え込まれる。しかし、対策の核は複雑なものではなく、単純に仕掛ける〝タイミング〟に重きを置いたものだった。

自機の加速と、ゴールまでの距離の計算。その正確性を高めるための目測の鍛錬。他機と比して圧倒的な性能を誇るI.O.Uならではの、正々堂々とした戦略。

タイミングの計り方には、自信があった。騎士学校の同期ではトップだったし、若手の現役騎士と比べても、見劣りするとは思っていない。

ただ、ぴったりとマークされたときに、それを外す技術が足りないのは痛感した。何より、自分の勝利を捨ててまで行われるマークがあるなんてことは、考えもしなかった。

ルッツェンでは、開始からすでに囲まれていた。それ自体は、よくあることだが……異常に気づいたのは、最後の直線に入っても、囲みを解かない二機がいたこと。

もしかしたら、たまたま二機が囲んでいただけで、あのレースに出場していた騎士は全員――、

「断っておくが、あのレースで組んでたのはビソネットの二人とアラド・スミスだけだ。他の連中も各々《おのおの》組んでたかもしれねえが、……まあ、機能してなかったな」

クリスの思考を読んだように、リーロイが言葉を挟む。

「逃げる奴《やつ》がいて、壁になる奴《やつ》がいる。端から見れば……いや、当事者のお前から見れば、連中が勝負を捨てて、アラドを勝たせたように感じるかもしれないが、展開的には逆もあった。先行していたアラドが沈んで、ビソネットのどっちかのマークが入れ替わり、先頭を獲《と》る形だ。だがアラドの奴《やつ》は、ここらじゃ頭一つ抜けてるからな、逃げさせちゃいけないんだ。お前みたいなヘタクソがモタモタ囲まれてると、追いつけない。だから〝鈴〟をつけるんだ」

過去から現在に、突然、話が戻ってきた。

「……足、止めるなよ。一つずつ教えてやるから、ゆっくり後から思い返せ。〝鈴〟ってのは要するに、単騎逃げをさせないための戦法だ。一方で、逃げ馬の後につく奴《やつ》は、大前提で自分の飛び方をしないんだから当然、負ける可能性も高くなる」

「じゃ……じゃあ、ポーリーはそれをしてくれるのか？」

「〝組んだ〟んだから、してくれるんじゃねえか？　俺たちよりも旨《うま》い話を持ちかけられたら

反故《ほご》にされるかもしれないが、……まあ、そうそう無かったことにはならないだろ」

「そうか、それで……」

リーロイが、賞金を折半にと持ちかけたわけを理解する。

「あと、お前が一番知りたがっているところだろうが……〝組む〟ことは八百長《やおちょう》じゃねえ。あくまで戦略だ」

「……戦略？」

クリスは、怪訝《けげん》そうに聞き返した。

「ああ。中央のレースでだって、普通に行われることだぜ。国際戦で、自国の騎士同士が潰し合いなんてしねえだろ？　協力して飛ぶのは当たり前だし、どっちの騎士を勝たせるかだって、ある程度は決まってくるはずだ」

「……そ、それは、個人より、国家としての栄誉を優先するからだろう？　それと、地方《ここ》で行われていることとは、まったく違うはずだ……」

反論するも、どこか歯切れが悪いのは、クリス自身、ポーリーと〝組む〟ことに葛藤があるからだろう。

「何も違わねえよ。お前の言った、〝国の栄誉〟ってやつが、そのまま〝金〟に置き換わるだけだ。確かに、中央の公式戦で金の受け渡しなんてしたら、どっかの誰かが言ってたみたいに、憲章違反の不正行為だ。金で自国を売ったってことになるからな。……だが、ここは地方だぜ？　ここにいるのは、ほとんどが準騎士《セカンドナイト》――国選から漏れた連中だ。〝国の栄誉〟のために飛んでる奴《やつ》なんていねえ。個々の利害が一致すれば〝組む〟し、その利害ってのが、分かりやすく〝金〟だってことだ」

「だ、だからって……、勝ち負けを金で融通するなんて、ボクには騎士の誇りを捨てた行為にしか……」

なおも食い下がるクリスを、リーロイは一笑に付して、

「根本的に間違えてんだよ、お前は。……例えば〝交渉〟の結果、自分に不利な飛び方をすることがあったとしても、負ける可能性が高くなるだけで、負けると確定したわけじゃない。展開の当てが外れて、組んだ相手とデッドヒートすることだって当然ある。そして、どっちに勝たせるかなんてことは決めてない。勝負は勝負だ。地方のレースだろうが、重賞《グレードレース》だろうが、仮にも騎士になっている奴《やつ》らだ。そこまで落ちちゃいねえよ。〝組む〟ってのはな、言い換えれば、本命を負かすための手段だ。例えば、明日のレースなら……」

ずいっと、煙草《たばこ》が突き出されて、クリスは後ろにのけぞった。

「……お前だ」

「ボク？」

少し煙を吸い込んでしまい、むせそうになるのを堪《こら》えて、クリスは聞き返した。

「レースに関わることなら、どんなことでも下調べしておけよ。アラドに一番人気こそ持って

かれてるが、お前だって予想単勝オッズで4倍切ってる本命だろうが。……まあ、思い上がるなよ。客はお前の腕を信頼してるわけじゃねぇ。大国マイルスの旗機、I.O.Uのスペックを信頼してのオッズだ。……あのI.O.Uが、こんな場末のレースに出ることなんざ、そうそうねぇよ。俺もそこそこ飛んでるが、公式戦以外で見たのは、お前が初めてだ。……本当、何しに来てんだオメエは」

煙草《たばこ》を吹かしながら、迷惑そうに告げるリーロイ。

「ともかく……〝鈴〟の意味と、〝組む〟ってことは、そういうことだな。……さて、講義はここまでだ。今回は、お前には勝ってもらわねぇと困るからな。レースの展開は予想してあるから、このまま付いてこい」

リーロイが再びコースを歩きはじめると、クリスはその背中に向かって、口を開いた。

「兄さんに勝ちたいんだ」

「……あ?」

「ボクが、このトライアルシリーズに出ている理由だ。このシリーズで勝てば、ウィンドミルSに出られるだろ？」

その言葉を聞いて、リーロイは思い出した。

「そういや、いつかお前が酒場でケンカ売ってきたとき、そんなこと口走ってやがったな。……なんだ、事の発端は兄弟喧嘩《げんか》かよ、しょうもねぇ理由だな、おい」

キッと睨《にら》むクリスの視線を受け流し、リーロイは肩をすくめた。

「お前には、とにかく経験が足りてねえ。今はせいぜい、俺の言うことを聞いておくんだな。……ま、その兄貴に勝つだけだったら、可能性が見えるくらいには仕上げてやるよ。お前のところ、本当は野試合禁止にしてるだろう？　国の事情はあるんだろうが、だから勝ち切れねぇんだよ。お上品な乗り方ばかりじゃ、限界があるんだ。お前の国の騎士は、アウェー戦に滅法、弱いだろ？」

「あ、ああ……そんなことまで、よく知ってるな」

リーロイの知識の豊富さに、クリスが目を丸くする。

「まあな。……昔、研究したんだよ」

リーロイはほんの一瞬、遠い目になって――すぐに、コースに視線を戻した。

「ともかく、こんだけ対策してやってんだ。今度の試合は、負けんじゃねえぞ」

@13. サミュエル・ゴドー

『勝てるわけねえだろ、こんな日程で！』

——床に叩《たた》きつけたのは、レースの出場表だったか。

周りを囲む黒服たちが殺気立つ。それも、もはや気にならなかった。殺されるなら殺されるで、別に構わない。何のために自分が飛んでいるのか——それさえも分からなくなっていた。

『……別に、〝勝て〟なんて言ってねえだろ？』

黒服たちの中央に座した男は、表情を変えることもなく、淡々と言ってきた。

『お前が勝とうが負けようが、どっちでもいい。稼いでくれさえすれば、口を出すことはない。……ただ、お前に任せてるだけじゃ稼げないことが分かったから、こっちで予定を組んだだけだ。お前には投資してるんでね……返してもらうものは返してもらわないと困るんだよ』

爪を削りながら、誰に言い聞かせるでもなく、男は続ける。

マフィアに背負った、莫大《ばくだい》な借金。飛べども飛べども、数字は減ってくれなかった。

『……勝てば、もっと早く』

『チャンスはくれてやったろう？』

男は爪を整え終えて、ふっと息を吹きかける。

『お前もこっちの条件を呑《の》んだはずだ、どこでも飛ぶって言っただろう？　文句を言われる筋合いはないな。……飛べよ、馬鹿みたいに』

『……６９ＥＹＥＳ《シックスティナインアイズ》は、……ＺＥＰ《ゼツプ》は金儲《かねもう》けの道具なんかじゃねえ。テメエらには分からねえんだ』

肩を震わせるリーロイを、男は低く嗤《わら》った。

『勘違いしてるのは、お前の方だ。おめでたい野郎だな。俺たちがあんな玩具でシノギをしようなんて考えてたと思うか？　お嬢の気まぐれで、〝買って〟やっただけだ』

顔を上げるリーロイを、男はくだらないものでも見るように、

『お前こそこっちの身になってくれよ。何年も掛けて、それこそテメエの身体を的にして作った金を、お前みたいなガキに使っちまう間抜けさをよ。それとも……本気であんな骨董品《こつとう》に価値があると思ってるのか？』

周りの黒服たちが、合わせるように冷笑する。男は、リーロイの心を見透かすように言った。

『殺して欲しかったんだろ？　――安心しろ、殺さねえよ。お前は〝特別〟だ』

――そう、自分を特別扱いした男、サミュエル・ゴドーと会うのは、一年ぶりのことだった。

ホテルの階段をのぼり、ノックをして部屋に入れば、片目に傷のある男——ゴドーがいた。

「どうも」

くだけた挨拶に、取り巻きの連中が眉根を寄せるが、当のゴドーは何も言わず、古ぼけた雑誌に目を通している。ウィザース商会に繋《つな》がれた身ではあるが、ジゼルがマネージメントに入っている今となっては、こちらが卑屈になる理由もない。

ゴドーの佇《たたず》まいは、以前にも増して凄《すご》みを感じさせた。裏街道で稼業《かぎょう》をして、マフィアと接することにも慣れたが、やはりゴドーは別格の印象だった。

「話は聞いている。面倒そうだな」

雑誌に視線を落としたまま、ゴドーが言う。

……どの話だ？　内心、冷や汗をかきつつ「ええ、まあ」と無難な返事にとどめておく。

窓の外から爆竹が鳴る音がする。ホテルは、レース会場を真下に臨むほどの場所にあった。

『——間もなく、投票を締め切ります！　ただ今の一番人気、アラド・スミス搭乗のガルーダは2・5倍！　続く二番人気、国選騎士クリスピアン・ミルズ搭乗のI.O.U《アイ・オー・ユー》は3・5倍。ご存知、現代の三大ZEP、マイルスの旗機《フラッグシップ》であります！』

会場のアナウンスが、外から漏れ聞こえてくる。

「本当なら、お前が出るレースだったんだよな。クラッシュを起こしたんだって？」

……さっそく、本題がきたか。ざわつく心のうちを悟られないように、平静を装《よそお》う。

「ええ、すいません。クラッシュ自体は大したことなかったんですけど、整備に出しておいたら、繁忙期だったらしくて、メンテナンスの順番待ちに引っかかっちまって」

すでに、クラッシュのことは知られているようだ。……だが、大したことじゃないと申告しておくことで、踏み込まれないよう予防線は張れただろう。

「……で、代乗りはマイルスの新人か。よく引っ張ってきたな」

「あっちがぶつかって来たんで、向こうから頼んできましたよ。金も掛かってません」

「なるほどな」

ペラリと雑誌の頁《ページ》をめくる。こちらとの会話など、どうでもいいかのような扱いだ。

……相変わらず、この男の考えは読めない。どうして、ここに呼び出されたのだろうか？

「さて……」

ゴドーは、部屋に入って初めて目を合わせてきた。その目は、いつだって冷めている。

「二番人気ってことは、勝つのか……〝八百長《やおちょう》〟は捗《はかど》ってるか？　一番人気なら負けて、それより下なら勝ちにいくんだったたか。勝たせてやった相手からは賞金をせしめて、ついでに主催者からの仕事料も取るわけだ。大した集金システムだな。お嬢も、よく考えたもんだ」

——八百長《やおちょう》。その言葉に、リーロイは反発を覚えた。

「八百長《やおちょう》なんてやってませんよ、一回だってね」

「負けてやってんだろ？」

「俺はいつも全力で飛んでます。真面目に飛んで、真面目に負けてるだけですよ」

反論を許さないリーロイの口調に、ゴドーは「物は言いようだな」と乾いた笑いを浮かべた。

「俺には……何が面白いのかさっぱり分からねえわ」

放り捨てるように、雑誌を投げ出す。

ゴドーが読んでいたのは、その表紙から、エアレースのルールブックだと知れた。

……なんで、今さらこんなものを？　暗い疑問が、頭をよぎる。

「マイルスの騎士が代わりに飛ぶのは構わねえ。金さえ納めてくれれば、何だっていい」

ゴドーの要求は、いつだってシンプルだった。誰にでも理解できる、無駄のない言葉。

それだから、いつだって自分を追いつめる。

「残りは、幾らだったかな」

「九千万ですよ」

取り巻きが調べる前に、リーロイが答えた。

ウィザースに負った借金の残額——自分についた枷《かせ》の重さは、忘れたことはない。

「よく減らしたもんだ」

ゴドーは、見下げるように感心した。

「馬鹿みたいに飛びましたからね。あと二年で返しますよ」

「……お前は本当に優秀だよ」

風に乗って、ファンファーレが届いてくる。八機のZEPがスタート位置につき、駆動炉《エンジン》を唸《うな》らせる。大気が揺れ、ガラス窓を静かに叩《たた》いた。

「クラッシュの件については今、報告した通りですよ。ミスったのは事実ですけど、解決済みです。……金ならきっちり納めてる。他に用件がないなら、このレースを屋上で見ておきたいんですけどね。こっちも新人との契約があるから面倒を見ないといけない」

「そりゃ悪かったな。行ってくれ。久しぶりに、お前から報告を受けたかっただけだ」

「……次にゴドーさんに会うときは、全部返し終わるときがいいですね」

やんわりと拒絶を示して扉に向かう。……結局、呼び出された意図もよく分からない。奇妙な会合だった。

「ああ……大事なことを忘れてたわ」

背中から声をかけられる。気を抜いたところに言葉を差し込まれ、リーロイは悪寒《おかん》にも似た緊張を覚えた。

ゆっくりと、ゴドーを振り返る。

「……あのオンボロ、お嬢から直す金は頂いてるのか」

「いいえ、借金に上乗せされてメンテナンスしてますよ。あと三日もすれば、いつも通り飛べるようにはなります」

いつも通りとは言っても、この三年間、69EYESが全快したことなんてない。

いつだって機体を騙《だま》し騙《だま》し、飛んできた。クラッシュからの一件も、クリスを代理に立てられたからよかったものの、スケジュールは過密を極めている。

こちらの険を含んだ口調にもゴドーは動じた様子もなく、むしろ楽しんでいるように見えた。

「……おい」

ゴドーは取り巻きに指示して、アタッシュケースを持ってこさせた。

その中から札束をいくつか掴《つか》み、こちらに向かって放り投げる。

「これでしっかり直せ。足りなくなったら、請求しにこい。代わりに払ってやるよ」

「……遠慮しておきますよ。これ以上、借金増やしたくないですからね」

「深読みするなよ、くれてやる。俺のポケットマネーだ。証文もいらねえ、拾った金だと思って使えばいいさ」

ゴドーの口調は淡々としたものだったが、拒否できない圧力があった。

……この金に裏がないわけがない。それでも突き返せないのは、事実上の〝命令〟だからだ。

嫌な予感しかしないが、機体を修理したいのも、また事実だった。

「……じゃあ、遠慮なく」

リーロイが金を納めると、ゴドーは満足げに、大きく椅子にもたれた。

「また、近々来る。そのときまでには、直しておけ。お前にとっても悪い話じゃないさ」

――そのときとは、いつなのか？　――その話とは、なんなのか？

漠然とした不安を抱えつつ、リーロイは部屋を後にした。

気味の悪さを振り払うように大股で階段をのぼり、屋上へと向かうと……レースは、ちょうどスタート・フラッグが振り下ろされたところだった。

『——先行するのはやはりガルーダ、続いてセイレーンが飛び出した！』

@14 〝コーラル・エア・カップ〟

『——集団は三つに分かれたまま、コーナーに差し掛かる！　先頭は変わらずガルーダ、続いてセイレーン、——間もなく、I.O.U《アイ・オー・ユー》、ゴスホーク、そうして、三番手集団はまとまったまま！　ここまでの経過タイムは、4分26秒！　コース平均よりやや遅いペースかっ⁉』

（——凄《すご》い！）

向かい風に揺れるコックピットのなかで、クリスは感銘を受けていた。

（——〝同じ〟だっ！　リーロイが〝読んだ〟通りの配置になってる！）

もちろん、誤差はあった。それは自分が二番手集団の、その先頭にいることだ。本来ならば中団の位置にいるはずだったのだ。

『二番手集団の前に陣取れたら、儲《もう》け物だと思っとけ。サイドに目を配ってるだけでいい。仕掛けどころさえ間違わなければ、まず勝てる。……むしろ、それで勝てなかったら廃業だな』

煙草《たばこ》を吹かしながらの嫌味を思い起こしながら、——まだ出るな！　と自分に言い聞かせる。

全身で感じているのは予感——このまま直線に入ったときに火が点《つ》く、加速の予感だった。

（……勝てるっ！）

閃《ひらめ》きが、鼓動を高鳴らせる。それがまた、クリスの集中力を高める。

『焦《あせ》るな』『止まるな』『踏み込め』

リーロイの一言、一言がよみがえり、無意識下で突っ走ろうとしている自分をなだめる。

『アラド・スミス、変わらず好ポジションをキープ！　本シリーズではすでに二勝を上げ、ウインドミルSの出場は決定的ですが、ここで勝てば国選騎士への昇格の決定打となるでしょう！　その後ろ、急遽《きゆうきよ》の参戦となったセイレーン搭乗のポーリーは、チェスカから遠く離れたバーバラよりの刺客！　未知数の実力ながら、このままアラドに続くならば、あるいは!?』

先行する二機との差。端から見れば、届くか定《さだ》かでない差も、I.O.Uに乗る者ならば〝届く距離〟と確信できた。

最終コーナーを曲がり、遠心力を振り切ったI.O.Uが本当の加速に入る。あとは、無心で飛ぶだけだった。前を、――ただ、前を切り裂くだけ。

機体の翼と心臓が、全身に伝える律動。やがて音が消え、指先の感覚さえも消え――自らが機体に重なった錯覚さえおぼえる。

今は、自由に空を駆けることが楽しくて仕方なかった。知らず、口もとは笑みを象《かたど》っていた。

『最後の直線、第二集団を抜け出たのは――、I.O.U！　前を行く二機を猛追！　さあ下馬評通りの展開となってきましたコーラル・エア・カップ！　I.O.Uが二機との距離をぐんぐん詰める！　セイレーンはもう時間の問題だ！　しかし、本命ガルーダにまで果たして届くか⁉』

（——I.O.Uなら、届く！）

先行のセイレーンが道を空ける。視界が開け、よりはっきりと目標——ガルーダが見える。

強烈な煽《あお》り風が軽量のセイレーンを揺らす。並んだ次の瞬間には、すでにセイレーンを置き去りにしていた。ポーリーが苦笑を浮かべ、I.O.Uを見送るが、それにクリスが気づくことはない。

『——ガルーダ、アラド・スミス！　前半のリードを保てるか否《いな》か⁉　脚色《あしいろ》は明らかに鈍い！いや、I.O.Uが速過ぎるのか⁉　詰めるっ、詰めるっ！　差を詰めるっ‼』

まばゆい白銀の光が疾走した。I.O.Uの加速を目の当たりにした観客がどよめく。

『やはり、速いっっ！　噂《うわさ》に違《たが》わぬI.O.Uのラストスパート！　加速が止まらないっ、これは想像以上だ！　アラド、ルーキーのリヴェンジを許してしまうか⁉　だが、ゴールも近い！』

アナウンサーの絶叫が、風に乗って会場に響く。

『——セカンドナイトか、ルーキーか⁉』

その風さえも置いて、駆け抜ける。

『——両機、ここで最接ッッッ近ッッッッッッ‼』

勝った、——そんな揺るがない事実。数秒後に訪れるだろう確定した未来。だが、透き通った視界のなかで、クリスの脳裏にリーロイの最後の言葉がよみがえった。

『かわせ』

操縦桿《かん》を下へと沈ませる。強い振動で意識が醒《さ》める。歯を噛《か》み、暴力的なまでの負荷に耐える。機体は滑空し、──ガルーダを抜き去った。

『並ぶ間もなくっ、並ぶ間さえ与えずっ、I.O.U！　後方からの大逆転！　そのまま、そのまま、位置を譲ることなく！』

前方に石畳が、……コーラルの街並みが目に入る。ゴールは、街の入り口に設けられていた。建物の屋上には人が、入り口には列を為《な》している観客がいる。

そうして、入り口の横に立てられた二つのポールの間を潜《くぐ》り抜《ぬ》けた瞬間、

『──ゴォォォォオォオォォォォォォォォォル！』

勝利を告げるアナウンス──我に返って、反射的に操縦桿《かん》を上げれば、翼が起こした風が、観客に吹きつけた。

紙吹雪が舞い上がり、やんやの歓声が巻き起こる。意図しない操縦ミスだが、勝利のパフォーマンスだと勘違いされたようだ。

『続いてガルーダが今、ゴールイン！　見事な先行もわずかに及ばず、しかし意地を見せました！　1着はI.O.U！　2着はガルーダ！　3着は、……いや、こちらはまだ混戦の模様！』

……混戦。その一言で振り返れば、ゴールを目指して、続々とZEPがやってきた。

（そうだ、ポーリーは……!!?）

目を凝らしたが、ポーリーのセイレーンは、群れの中に沈んで見えない。

『3着は、集団を抜け出たゴスホークだ！』

耳を澄ますも、アナウンスされたのはポーリーではなく、……

「優勝、おめでとうございます！」

機体を降りたクリスに、人だかりが殺到した。


「……ハマり役だったな」

リーロイは、控え室に戻ってきたポーリーを出迎えた。

汗まみれの装具を外しながら、ポーリーは苦笑いを浮かべた。

「そう言ってもらえると、嬉《うれ》しいよ。見事に沈んだからね。……8着、だったかな？　途中で〝役目〟に徹しちゃったから、着順なんか気にならなかったよ。いやぁ、巧《うま》かったなここのエ
ース。スローペースだからもう少し前に残れるかと思ってたんだけど」

「悪かったな、つまらない役押し付けて」

ポーリーに水筒を投げ渡す。たいていの場合、レース後は脱水状態になる。特に、無理な乗り口をこなした場合は、精神的にも疲弊しやすい。

「まあ、勝ったんだから万々歳さ。名誉とかを追うには年をとり過ぎたからね、楽しんで稼ぎ

たいところに、いい話を貰《もら》ったと思ってるよ」

「金は、後であの坊ちゃんから届けさせる。興奮して何言ってるか分からないかもしれないが、まあ、感謝の言葉なんだろうから適当に流してくれ。……んで、もうひとつの約束のネタだ」

ポケットからメモを取り出した。そこにはロス・ハーマンら数名の騎士の名前が書いてある。

「ここらで巡業してる古株の連中だ。俺の名前を出せば、話は通るはずだ。ハーマンは元は国選騎士で、細かいことは気にしないし、面倒見も良い。酒でも持っていけば、すぐに打ち解けられる。誰だってアンタみたいな腕利《うでき》きなら歓迎してくれるはずさ」

「ありがたいね、今回でここの顔役に泥を塗っちゃったから、後ろ盾がないとね。こういう稼《か》業《ぎょう》で一番ありがたいのはこっちだな」

ポーリーはメモを受け取って、リーロイともう一度握手を交わした。

不意に後ろの方で歓声と拍手が起きる。見れば、クリスが勝利者インタビューを受けていた。

「しかし、I.O.Uってのはとんでもないな。地元で旗機とレースしたこともあったけど、性能が段違いだ。組むのは前提として、ファルコンとかの重量機でもない限り対抗できないな」

「自分が勝つことを度外視すれば、加速させなければいいんだがな……って、真面目に答えてるよあのバカ。リップサービスって言葉を知らねえのか」

「初々《ういうい》しいじゃないか」

「公式戦じゃないとはいえもう四戦してるし、今回ので二勝目だぜ？　あーあ、こりゃ戻ってきたら、またうるさくなりそうだな」

はにかみながらインタビューに答えるクリスを、リーロイは呆《あき》れ顔で見た。


「リーロイ！　やったぞ、本当に！」

クリスの興奮といったら、まったくこちらの予想を上回るものだった。

もしも尻尾がついていたなら、きっと千切れんばかりに振っていたに違いない。

初勝利じゃあるまいし、ただの一勝で、どうしてここまではしゃげるのか。……いや、それだけこのレースに懸けていたということなんだろう。

「直線に入ったとき、今までにないくらい加速したんだ！」

「分かった、分かった」

歩きながら、もう何度も同じくだりを聞かされている。邪魔なこと、この上なかった。

向かっている先は、ジゼルとの待ち合わせ場所だ。道すがら、レースを観《み》ていた客に声をかけられ、クリスはそのたびに照れながら返事をする。サインをねだられればサインをする。

「そうだ、リーロイ！」

「あ？」

名前を呼ばれ、思わず振り返ってしまう。

「ガルーダを抜くとき、しっかり思い出せたんだ、〝かわせ〟って！」

「……ああ、あれか。ノってる最中に思い出したのは褒めてやるよ。まあ、接触《クラッシュ》を警戒したのは杞憂《きゆう》だったな。元からアラドの奴《やつ》に、そんな度胸があるとは思ってなかったけどな」

「……実際、機体ごとぶつけてくることなんてあるのか？」

さっきまでの浮かれた顔もどこへやら、真剣な眼差《まなざ》しで訊《き》いてくるクリス。

ともすれば失格になる行為に、何の意味があるのか……そんな疑問が表情に見て取れる。

「普通ならしねえよ。ただ、アイツにもセカンドで待ち続けてる意地ってもんがある……かもしれねえからな。自分の腕より劣るルーキーに優勝を攫《さら》われるのをどう思うか。要は、プライドの問題だ。今、全てを投げ打つか、それとも後のことを考えて踏みとどまるか」

試合前、クリスに自分が教えたことを思い出す。

『ラストで抜くときだけは気をつけろ。どうしても勝たせたくなくなったら、ぶつけてくるからよ。抜くときは〝かわせ〟、スピードを殺しても構わない』

そうは言ったものの、試合でぶつけてくるような奴《やつ》なんてまずいない。……自分だってそうだったのだ。後も先もない、一度きりの勝負だったとしても、ありもしない未来を考えて――、

「ボクがあそこまで速かったのは、想定外だったのかも」

それには答えず、舌打ちをひとつする。歩幅を広げて、先を急いだ。

こちらの不機嫌を察してか、クリスが訝《いぶか》しげに声をかけてくる。

「ん？　なんだ、リーロイ？　そんなに怒るなよ、ちょっと調子に乗ったかもしれないけど」

「なんでもねえよ。……昔を思い出しただけだ」

「昔って？」

歩みを速めたクリスが、隣に並ぶ。

「お前が生まれる前の話だよ」

「ウソつけ！　ボクとお前、そんなに年齢変わらないだろ！」

キャンキャンと吠《ほ》えるクリスを無視して、目的地に向かう。

どうしてか、最近、〝あのとき〟のことばかり思い出す。

……いや、理由は分かっている。マイルスの国選騎士、クリスが近くにいるからだ。希望に燃える新人《ルーキー》で、あの I.O.U《アイ・オー・ユー》に乗っているから。

相変わらずクリスに寄ってくる野次馬をあしらいながら、待ち合わせの場所を目指す。

チェスカの一等一番地。ホテルに併設されたオープンカフェは、なかなかの賑《にぎ》わいだった。

あちこちに、日除《ひよ》けのパラソルが咲いている。ジゼルのことだから、無駄に装飾をこらした帽子でもかぶっていることだろう。

ジゼルの趣味の服装は、人目を惹《ひ》くことが多い。だから衆人の視線が集中している場所を探せば、だいたい、その先にジゼルがいる。カフェをぐるりと見渡せば、……いた。あそこだ。

白いパラソルの下。優雅に紅茶を飲んでいるのは、我らが金主様《オーナー》と、もう一人。

ジゼルの向かいに座っていたのは……。

「うわー、綺麗《きれい》な女性《ひと》だなぁ」

クリスが小声で話しかけてくる。

その言葉のとおり、女は端麗といって差し支えない容貌を備えていた。

白光の下で控えめに輝く、銀色の髪。横顔は、陽光の反射を差し引いても白い。口もとには、どこか妖艶《ようえん》な笑みを漂わせていた。

女は騎士の略装をしており、身体をマントに包んでいたが、すらりとした細身であることは知れた。マントには操り人形を象《かたど》った文様が織り込まれている。それはノーチラスの旗機DOLLS《ドールズ》の騎手である証《あかし》だ。

そして腰の後ろには、短剣を二本帯びているはずだ。マントに隠された剣の存在を知っているのは……自分がかつて、この女と手合わせしたことがあるからに他ならない。

「オーナー・ジゼルの知り合いかな？　楽しそうに話してるけど……いてっ、なんだよ？」

ずいっと顔を出すクリスの頭を、強めに押さえつける。

「話しかけられても無視しろ。アレと関わるなよ。お前の狭い世界にゃ縁のない相手だ」

「え？　なんだよ、それ」

警戒するべきは、衆目を集める妖しい美貌などではなく。

あの女の裏の顔——すなわち、ノーチラスというきな臭い国の走狗《そうく》。

「殺し屋だ」

「よう、ジゼル。待たせたな」

「ど、どうも。お、オーナー・ジゼル」

視線の集中するテーブルに近づき、さらに注目を浴びる。クリスには、なるべく自然に振舞うように忠告しておいたのだが、動きがぎこちない。……まったく大根役者もいいところだ。

「あら、ご機嫌ようリーロイ。それにおめでとう、クリス君。最後の直線、痺《しび》れたわぁ！ さすが、私のファンシー・ナイツの契約第一号ね！」

「あ、ありがとう！ オーナー！」

握手に応じるクリスは、また照れている。いい加減、慣れることを知らないのか。

ファンシーだかファンタジーだかは置いておいて、横目でジゼルの客を見る。

「それにしても、珍しいのと喋《しゃべ》ってるな」

「……ダーヴィッツ卿《きょう》とご一緒でしたか」

銀髪の女騎士は、こちらの姿を認めると、立って優雅に一礼した。国選騎士は宮廷儀礼などを一通り修めている。女騎士の洗練された動作は、下手な貴族よりも堂に入っているくらいだ。

だが、この女の素性を知っている以上、隣のクリスのように見入ってはいられない。

「久しぶりだな、シャロン」

「ええ、お久しぶりですね。ダーヴィッツ卿《きょう》とは……〝仕事〟でお会いして以来ですわね」

「……ああ、そうだな」

こちらの警戒も意に介さず、シャロンは目を細めて微笑《ほほえ》んだ。

シャロンが言った〝仕事〟とは、闇の世界で行われる〝裏〟の仕事のことだ。

ジゼルが代理人として、組と自分の間に入るようになってから、その手の依頼はなくなったが……かつては、そうした仕事に手を染めていた時期があった。

この女騎士と会ったのは、その頃のことだ。その筋の要人を警護する任務にあたっていたとき、敵対する組の刺客として現れたのが、このシャロンだったのだ。

──シャロン・デート。国選騎士でありながら〝裏〟の仕事もこなす隠密《おんみつ》。《人形》の二つ名を持つ旗機DOLLS《ドールズ》に由来して、それらは《人形遣い》といった符牒《ふちょう》で呼ばれる。

「ダーヴィッツ卿《きょう》とは、もう剣を交えたくありませんわ。きっと殺されてしまう」

クスクスと、楽しそうに口もとを押さえるシャロン。

……この女騎士は、勝つ、負けるといった概念が希薄なように感じる。

「で、ジゼル。まさかとは思うが……今日の来客ってのは、この女のことか？」

「そうよ。シャロンとは、あんたの営業であちこち廻《まわ》っているうちに、よく会うようになったの。今回は、たまたまこっちに来ているようだから、私が声をかけたのよ」

「よく会うように、……って、お前……」

平然と答えるジゼルを、唖然《あぜん》と見返す。

そもそも、かつてシャロンが狙った〝その筋の要人〟というのが、他ならぬジゼルなのだ。

……一度は命を狙われた相手と付き合えるのだから、ジゼルの肝っ玉も相当なものだ。

「ちょいちょい情報交換なんてしたりしてね。せっかくジゼル・ナイツ・マネジメントも起業したことだし、あたしのファンシー・ナイツに、シャロンも誘えないかなって思ってね」

「光栄ですわ。ミス・ジゼルの行動力には、いつも驚かされます。お話はされていましたけど、本当に結社してしまうとは思いませんでしたもの」

「やーだー、そんなにおだてないでよー、それほどのこともあるけど♪　シャロンには、起業する前にいろいろ相談に乗ってもらったしね。面識のない地方の主催者に顔つないでもらったりもしたし」

「……変な入れ知恵したのはテメエか」

渋面でシャロンを睨《にら》む。ある時期から、ジゼルがやけにZEPに詳しくなったり、オディレイから離れたレースに出られるようになったりと、妙だと思っていたのだが……。

それに、シャロンがチェスカの方面にやってきている理由も気になった。この《人形遣い》が現れる――それ自体が不吉な予兆のように思えてならない。

「ダーヴィッツ卿《きょう》、そう心配されなくても大丈夫ですわ。恩人に無作法はいたしません。ミス・ジゼルは、貴方《あなた》の剣の露《つゆ》になりかけていた私を、救ってくれたのですから」

「ハッ……信用できるかよ」

「あら……ずいぶんと、嫌われてしまいましたわね」

困ったような微笑も、いちいちサマになっている。……どこまでも食えない女だ。

「ところで、そちらのお嬢さんは？」

「……お嬢さん？」

シャロンの視線を追って振り向けば、何やらわたわたと慌てているクリスがいた。……お嬢さんというのは、どうやらクリスを指して言っているらしい。

「女顔してるが、コイツは男だぜ？　事情があってな、今は俺の代理で飛ばしてる。詳しくは聞くなよ、俺が泣きたくなる」

肩をすくめて言うと、シャロンは、初めて「きょとん」とした顔を見せた。二、三度瞬《まばた》きをして、もう一度クリスをじっと見る。

「なるほど事情があるのでしょうが……ダーヴィッツ卿《きょう》も相変わらず、面白い御方ですわね」

含み笑いを浮かべると、シャロンは伝票を取って、席を立った。

ジゼルが慌てて、引き止める。

「あら、いいわよそんなの。ここの会計くらい、経費で落とせるんだから！」

「いいえ。命の恩人に対して、それでは私の気が済みませんわ。そちらの騎士殿も、今日の優勝のお祝いに、何かお頼みください。多く払っておきましょう。……それでは、ミス・ジゼル。

お誘いの返事は、次の機会に」

「うん、いい返事を期待してるわね！」

シャロンは、またもや優雅に礼をして、颯爽《さっそう》と去っていった。

今日の優勝などと言っていたあたり、クリスを知っていた風なのも気になるが。

……俺の注文の代金は出してくれないのか？　シャロンの後ろ姿を見送りながら、そんなことを考えてしまう。

ため息まじりに、クリスがつぶやく。

「本当に綺麗《きれい》な女性だったなぁ。彼女はあれで殺し屋なのか？　全然、殺気はなかったけど」

「自分は危険ですよってアピールする奴《やつ》が殺し屋なんかやるかよ。……それよりジゼル、今さら遅いが、ああいう輩《やから》とは付き合うなよ。危なっかしくてしょうがねぇ」

「あら、心配してくれてるの？　あんたもちょっとは騎士らしくなってきたじゃない」

ジゼルは冗談めかして言っているが、こちらとしては、まったくの本心だ。もしもジゼルの身に何かあったら……と、想像するのも恐ろしい。ウィザース・ファミリーからの責めは免《まぬが》れないだろう。もっと慎重に行動して欲しいものだ。

「ほらほら、座って座って。なんたってクリス君は、今日のレースの優勝者ですものね！　ジゼル・ナイツ・マネジメントの初勝利を祝して、乾杯しなくちゃね。飲み物は何がいい？」

「そ、そんな。今日勝てたのも、オーナー・ジゼルに助けてもらったからっていうか……。えっと……じゃあ、オレンジにしようかな」

「はいはーい、ボーイさん、オレンジジュースひとつね！　新鮮なオレンジ、うんと絞ってあげて頂戴！　……で、リーロイ、あんたも頼むの？」

「あたりまえだろ！　誰のおかげで勝てたと思ってんだ！」

ぶつくさと文句を言いながら、適当な酒をオーダーする。

「……ねえ、ゴドーとは何を話したの？」

不意に、ジゼルの声のトーンが落ちた。

「……別に。クリスのこと探られて、まあ、借金返済頑張れって……ああ、そうだ」

ふと思い出して、ゴドーから〝貰《もら》った〟ポケットマネーを取り出した。……厚みのある札束は、不吉な黒い予感を漂わせていた。何のために、ゴドーが金を渡してきたのか……。

考えていても答えは出ないが、ゴドーが言ったように、機体を修理するために使う分には問題ないはずだ。自分が勝てば、それだけウィザースに金が届けられるのだから。

「ジゼル、こいつで機体を完璧に仕上げておいてくれ。足りなかったら、まあ請求してくれ」

「あらお金持ち……って、飛ぶことしか能がないあんたが、どうやって稼いできたのよ!?　借金しょってる身で、ギャンブルとかいかがわしい稼ぎだったら、ただじゃおかないわよ！」

「ちげえよ。そのゴドーさんからのプレゼントだ。機体をきっちり直しておけってさ。組の金じゃなくて、ポケットマネーらしい。足りない分があったら出してくれるんだと」

「……ゴドーからの？」

ジゼルは眉をひそめて、こちらの顔と手元の金を、交互に見る。

「さっき、シャロンと関わるなとか言ってたけど、あんたこそうちの若頭と関わってるんじゃないわよ。せっかく、この私が、じきじきにあんたのマネージメントしてあげてるのに！」

「お前と関わってる時点で、底なし沼に沈んでるようなもんだろ。……まあ、直せっていうんだから、直させてもらうさ。今日のレースのおかげで、俺が追い込まれるってこともしばらくはないだろうし……」

横目でクリスを見ようとすると、さっきまで座っていた席には、誰もいなかった。

「今日のレースで二勝目でしょう！　ウィンドミルSに出るの？　凄《すご》いわ、ルーキーなのに」

声がした方を見ると、どこぞのご婦人に囲まれて、律儀《りちぎ》にサインをしているクリスがいた。

「あのバカ、いい加減に慣れろよ……」

思わず頭を抱えたくなったが、ふと気づいたことがある。

クリスは、〝トライアル・シリーズ〟で二勝目を挙げた。

つまり、チェスカの誇る重賞《グレードレース》――ウィンドミルSへの参戦権を得たわけだ。

「いやその、ボク……いや私はまだ、それほどの者では……」

顔を上気させて、しどろもどろに答えている様子を見ていると、不安しか湧いてこない。

……こんな坊ちゃんがウィンドミルSに出て、本当に大丈夫なんだろうか？

@15. 試験飛行《テスト・フライト》

「クリス君、本当に参戦するのねえ……ウィンドミルSに」

競技新聞《レーシング・ペーパー》の見出し記事を読みながら、ジゼル・ウィザースは誰にともなくつぶやいた。

記事には、クリスが三勝目を挙げたレースの詳細と、相変わらずぎこちない勝利者インタビューがまとめられていた。

——見出しは、こうだ。

『マイルスの新人騎士《ルーキー》、ウィンドミルSに参戦決定！』

ジゼルは、自治都市チェスカの飛行練習場にいた。遙《はる》か彼方《かなた》にいくつも見える風車の影は、チェスカの象徴たる古代遺跡群だ。

黒い日傘を差しながら、器用に片手で新聞をめくっていると、横から男の声が飛び込んできた。

「おい、ジゼル！　新聞なんざいつでも読めるんだ、んなことより、見ろよこれ！」

ため息をつきながら、声の主——リーロイ・ダーヴィッツを振り返る。

「見た見た、何度も見たわよ。あんた、馬鹿なの？　いい加減、飽きなさいよ」

「ほれ、操縦桿《かん》がスッと戻るだろ！　いちいち引き上げるのが面倒だったんだが、やっぱこうじゃなくっちゃな！　それになんといっても駆動炉《エンジン》の音だな、トップに入れても静かなもんだろ⁉」

リーロイが何やら操作すると、軽快な音を立ててプロペラが廻《まわ》りはじめた。

ジゼルは、もう一度ため息をついて、舞い上がった埃《ほこり》を払った。

かれこれ小一時間はこの様子で、こちらが何を言っても耳を貸さない。呆《あき》れるほどのはしゃぎようで、その姿はまるで、オモチャを手にした子どものようだ。

――69EYES《シックスティナインアイズ》が総修理《オーバーホール》を終えて、帰ってきた。リーロイがウィザース商会と契約して以来、騎手同様、その翼が十分な休養を取ったことはない。計器の狂いから始まり、操作系機器の損傷、主翼のバランスの歪《ゆが》み――三年間に渡る酷使の結果、機体はあらゆる箇所が消耗していた。整備士たちは、ここまで損耗した機体を見たことがなかったらしく、リーロイがこの翼をコントロールしていた事実に、ただ驚いていた。

「――ってわけなんだが……そうだ、ジゼル！」

解説しているうちに何か思い出したらしく、リーロイが声を張り上げた。

「……今度はなによ？」

うんざりしながら見ると、リーロイは操縦席《コックピット》から何か放り投げてきた。

「わっ……！　っとと。これって……ゴーグル？」

ジゼルが両手で受け止めたそれは、ZEP《ゼップ》の騎手が使うゴーグルだった。

リーロイは、操縦席《コックピット》の後ろを指さして、言った。

「お前、69EYESに乗ってみたいとか言ってただろ？　場所、空けてやるから後ろに乗れよ。せっかくだからオーナー様を遊覧飛行に招待してやるよ！」

「あら、……女は乗せないとか言ってなかったっけ？　私の記憶違いだったかしら」

「言葉のあやだ、言葉の！　あんなガタがきたのじゃ乗り心地悪いだけだろうが。本来の性能が戻れば、それは静かなもんなんだぜ。特に俺くらいの腕があれば、揺りかごに揺すられてるようなもんで、気づけば眠っちまうぜ？」

「眠っちゃったら、遊覧飛行の意味ないじゃないの」

いつもの軽口でやり合いながら、空に誘われて悪い気はしなかった。

リーロイに引き上げられて、操縦席《コックピット》の後部に乗り込む。

「これ、ちょっと近すぎるんじゃない？」

その場所は、思った以上に操縦者に近かった。すぐ目の前に、リーロイの首筋が見える。

「んなこと言っても、そっちは予備のスペースなんだ、仕方ねえだろ。イヤなら降ろしてやろうか？」

「の、乗ってあげるわよ」

「そうこなくちゃな。どうせ騎士の金主《オーナー》なんて酔狂やってんだ、機体の乗り心地くらい、知っておいても損はないだろ」

「……誰のせいだと思ってんのよ」

「あ？　なんか言ったか？」

「なんでもないわよ！」

リーロイは、鼻歌まじりに発進の準備を始めた。

……こちらの事情も知らないで、どこまでも呑気《のんき》な男だ。

「よし、ペダルの踏みしろもいい感じだ。駆動炉《エンジン》もあったまってきたな」

プロペラの回転数が上がるにつれて、機体から伝わる振動が徐々に大きくなる。

「ほら、アゴひかねえと舌嚙《か》むぞ。怖けりゃ、頭かかえて潜ってろ！」

「大丈夫よ、このくらい！」

駆動炉《エンジン》の唸《うな》りが、一段と高くなる。

リーロイは操縦桿《かん》を引き上げ、

「――飛ぶぞ！」

機体を中心に、風が巻き起こった――そう思った次の瞬間、周囲から重力が消失した。

身体の軸を失ったかのような、心細い浮遊感――それも一瞬のことで。

大地は遠く、空は近く――ジゼルを乗せた69EYESは、空中を飛んでいた。

「すっ……」

思わず、息を呑《の》んだ。

地上のそれよりも、冷たく速い空気が、大きく胸を膨らませた。

「すっ、ごーーい‼」

二人だけの空に、ジゼルの歓声が響く。

三六〇度――すべてが見たことのない景色だった。

緑の平原が、ところどころ地面を露出させながら、果てしなく続いている。

遠くに立ち並ぶ風車の群れが、ゆっくりと廻《まわ》っているのが分かる。

地平線の近くに、雲が落ちているように見えたのは、蒸気機関車の吐く白煙だ。

「あっ、機関車！　私、あれに乗ってきたのよねぇ！　やっほー！　向こうからも見えるかしら⁉」

「あんまり身体、乗り出すなよ。しかしお前、全然ビビってねえな……大した肝っ玉だ」

「まあね……って、その誉《ほ》め方、嬉《うれ》しくないわねぇ。でも、もっと揺れると思ってたけど、本当に静かなのね！」

「だから言ったろ？　俺くらいの腕があればってな。もっとも、ヘタクソだったらこうはいかないぜ。あとは……まあ、機体が故障寸前とかだったりな」

空は、意外なほどに静かだった。

駆動炉《エンジン》が唸《うな》る音、プロペラが廻《まわ》る音、翼が空気を切る音……。

離陸の瞬間に揺れを感じたくらいで、高度が安定してしまえば、穏やかなものだった。

座席のへりに掴《つか》まって下を見る。地上に落ちる機影の小ささに、高さを実感する。

さすがに恐怖心もあるが、それにも勝る高揚感があった。

「ずいぶん高く感じるけど、いつもこのくらいなの？」

「上がろうとすれば、もっと上がれるぜ。一応、レースには制限高度ってもんがあるから、そんなに高く飛んでも意味ねえけどな。もっとも、今日のところは慣らし運転だ。お前を乗せてるうちは、無茶な飛行はしねえよ。まあ、時にはハンデ戦ってこともあるから、重りを背負って飛ぶってことも……イテッ！　危ねえなこの野郎！　飛行中に暴れるんじゃねえよ！」

「うるさいっ！　レディーを重り扱いすんじゃないわよ、このバカ！　いいから黙って運転しなさいよ！」

握りしめた拳が、じんじんと痛む。

この馬鹿をどうにかするには、一発や二発では足りそうにない。

リーロイが、何かを言い返そうと、こちらを振り向いた。

「あっ……！」

そのとき、ジゼルの目に、何羽《わ》もの鳥の影が映った。

悠々と飛ぶ渡り鳥の群体——その進路が、69EYESの機首に交差することに気づき、慌てて声を上げる。

「リーロイ！　前、ぶつかる！」

「……ああ？」

しかしリーロイは、大儀そうに首を回しただけで、これといった減速も、進路の転換もせずに、渡り鳥の群れに突っ込んだ。

「〝視《み》えて〟ねえとでも思ったか？」

驚いたことに、６９ＥＹＥＳ《シックスティナインアイズ》の胴体や翼の間を、鳥たちが避《よ》けていく——そう錯覚したが、おそらく回避しているのはリーロイの方だ。

紙一重の回避の連続。それと感じさせないのは、大きな操舵《そうだ》もなく、機体の傾きもほとんど生じないためだ。

やがて、空を旅するもの同士の交差が終わる。渡り鳥たちは、群れにまぎれた闖入《ちんにゅう》者に慌てた様子もなく、いずこかの故郷を目指して、悠々と飛んでいった。

「まるで……魔法使いみたいね、騎士って」

そんな言葉が、口をついて出た。

「どんな風になってるの？　あんたの〝眼《め》〟って」

「69EYESのことか？　今、開いてる《眼《め》》は６つくらいか……上下左右と前後くらいはきっちり〝視《み》え〟てるぜ。レース中は、もうちっと気合い入れてるから、その倍はいけるがな」

そう語るリーロイの横顔は、どことなく得意げだ。

……この男が、こんな表情を見せるのは、珍しかった。いつもはたいてい、気だるそうにしているか、しかめっ面《つら》をしているかのどちらかだから。

その昔――士官学校の看護科に通っていた頃、遠巻きに眺めていた、あのリーロイ・ダーヴィッツの表情を思い出す。

「……クリス君、重賞《グレードレース》に出るんですって」

「らしいな。あの腕前じゃ、間違っても表彰台はねぇと思うが、一応コーチはしてやるよ」

「そうしてくれると、助かるけど……でも、リーロイだって、まだ分からないじゃない」

「……何がだ？」

「来週のレースは、あんたが飛ぶんでしょ？　最後のトライアルで勝てば、ひょっとしたらウインドミルSから招待がくるかも――」

「ハッ……」

リーロイは鼻で笑った。

「そういうのは、中央で実績のある国選騎士にいくもんだろ。そんなこと、マネージャーのお前の方がよく分かってんだろうが。7戦してたったの1勝……それが俺の全てなんだ」

突き放すようなその言葉は、どこか、自分に言い聞かせているようでもあった。

「……、リーロイ」

ためらいがちに、ジゼルが声をかけようとしたとき、どこからか一陣の風が吹いた。

「わっ――！」

吹き寄せた風に、機体が大きく揺れる。

ジゼルは、思わずリーロイの肩にしがみついて、事なきを得た。

「なっ……なに!?」

気づけば、プロペラの音がひとつ増えている。前を見たジゼルの視界に、紅蓮《ぐれん》の翼が横切った。

「女連れとはいいご身分じゃねえか、リーロイ・ダーヴィッツ！」

69EYESに並んできたのは――量産機ガルーダ。アラド・スミスの駆る機体だった。

リーロイは、わずかに面食らった表情になり――すぐさま愉快そうに笑みを浮かべた。

「よう、チェスカのエース！　調子はどうだよ、坊ちゃんに負けてから」

リーロイが問いかけると、アラドは怒気を込めた目で睨《にら》んだ。

「チッ！　やっぱり、テメエが裏にいたのか。あのルーキー、ウィンドミルSにまで出てくるんだってな。面倒なことしてくれるぜ。いいか？　俺はあのガキの腕に負けたんじゃねえ、お前の小細工と、I.O.U《アイ・オー・ユー》との機体の差で負けたんだ！」

「機体の差、ね……言い訳すんなよ、結局はお前の腕だろ？　勝つチャンスは腐るほどあったぜ？　俺の目から見ればな」

「うるせえ、クソガキが！　来週のレースには俺も出る。今回は〝組んで〟ねえから、全力で来やがれ！　……こっちはテメエのおかげで、何度も国選騎士への昇格を潰されてたんだ。いい加減、お前との因縁に蹴りつけて、母国にスッキリ凱旋《がいせん》したいからよ！」

「おお、やっと国選騎士か。そいつはおめでとう。その因縁とやらも、土産に持って帰ることになるけどな」

「……チッ！」

アラドは大きく舌打ちをして、煽《あお》るように速度を上げた。

「よく見りゃ、汚《きたね》え機体がずいぶん綺麗《きれい》になったじゃねえか！　合わせがいた方が、テストはしやすいだろ？　つきあってやるからよ！」

「そいつはありがたいが……本番前に、いきりすぎて駆動炉《エンジン》ぶっ壊すなよ！」

「ケッ、口の減らねえガキだぜ！」

二機のZEPが、呼応するように唸《うな》りを上げる。

「ちょ……ちょっとあんた、私が後ろにいるってこと、忘れてないでしょうね⁉」

やっとのことで、ジゼルが口を挟む。徐々に高くなる駆動音に、嫌な予感が止まらない。

リーロイは、不敵な笑みを浮かべて、答えた。

「別に、お前一人くらいなんてことねえ。ちょうどいいハンデだぜ！」

「だから、レディーを重り扱いするんじゃ――じゃなくて、私はあんたたちと違って一般人なんだから……」

必死の抗議もどこ吹く風。リーロイは、操縦桿《かん》を大きく引いた。

「しっかり掴《つか》まってろよ！　69EYES《こいつ》の性能を見せてやるからよ！」

「そんなの、私を降ろしてからいくらでもやりなさいよ！　きゃあああああっ――！」

ジゼルの悲鳴を、空の彼方《かなた》に置き去りにして――。

限りなく実戦に近い試験飛行《テスト・フライト》が、始まったのだった。

@16. リーロイ・ダーヴィッツ

開眼数《アイズ・スコア》——それは、オディレイの騎士にとってのみ意味を持つ数値だ。すなわち、旗機69EYES《シックスティナインアイズ》の《眼《め》》を、いくつ開くことができるかという指標である。

身体能力や操縦技術と違って、この数値は訓練では伸ばせない。それゆえオディレイは、より多く《眼《め》》を開くことができる者を、69EYES《シックスティナインアイズ》に選ばれた騎士と見做《みな》した。

オディレイの《眼《め》》を与えられる国選騎士の、平均開眼数は「15」——特に適性を発揮するものは、「20」前後を開くという。

ただし、《眼《め》》が開くことでレースが有利になるのかと問われれば、必ずしもそうではない。それがかえって騎手を混乱させ、操縦の妨げとなることもあるからだ。数多く《眼《め》》を開いても、最終的には、それを生かせるだけの腕がなければ意味がない。

一方で、例外もある。その昔、レース中に「32」もの《眼《め》》を開き、勝利した騎士がいたという。普段は平均的な開眼数だったのが、後にも先にもその一回。どういうわけか、適性を遥《はる》かに上回る数の《眼《め》》が開いた。レースを終えた騎士は言った。勝利への道が〝視《み》えた〟のだ

――と。

ただし、この開眼数「32」は、あくまで参考記録とされている。公式戦でなかったため、真偽が定《さだ》かではないからだ。

……では、オディレイが公的に認める、開眼数の最高記録とは？

それは三年前――第一〇四回の国選騎士選考において、一人の騎士候補生が出した「29」という数値である。

選考会場は、大きくどよめいた。弱冠16歳の実戦経験のない騎士候補生が、現役の国選騎士をも上回る、過去最高の開眼数を叩《たた》き出《だ》したのだから、それも無理のない話だ。

しかも、その候補生が突出していたのは、開眼数だけではなかった。適性は言うに及ばず、筆記、体術、剣技、操縦――全科目において、歴代の記録を更新し、選考を突破したのだ。

その騎士候補生は、名前をリーロイ・ダーヴィッツと言った。

『――集団を抜け出たのは、69EYES！　見事な旋回で、網の目を縫うように順位を上げていきます！　先頭は変わらず、一番人気！　アラド・スミス搭乗のガルーダ！　コーナーワークに定評のある両者、面白くなってきました！　機体性能《スペック》はほぼ互角か！　アラドにとっては本国での国選騎士昇格が決まってから初めての一戦！　そして、リーロイ・ダーヴィッツは中央では7戦1勝の紛れもない現役の国選騎士！　さあ、迫ってきたぞ69EYES！』

（……崩すならやっぱ、ここしかねえよなぁ！）

操縦桿《かん》を押し込んで、捻《ね》じ込むように機首を下げる。

69EYESは瞬間的に機体を傾け、吹き付ける風を受けて、集団を突き抜ける。

以前なら、機体に負荷をかけるような操縦はとてもできなかったが——総整備《オーバーホール》を終えた愛機は、まるで生まれ変わったかのような反応を見せてくれる。

（……なかなかいい仕上がりじゃねえか！）

あの女整備士に、おかしな改造でもされたら……と一抹の不安があったのだが、どうやら杞《き》憂《ゆう》に終わってくれたらしい。

この先の最終コーナーは、つづら折りの連続カーブ。風化して砕けた岩壁が、複雑なコースを形成している。加速など自殺行為で、乗り手は強く踏み込めない。こうなると、先頭に立っている心理的優位が、操縦の邪魔となる。

「腕に自信があればなぁ、ここは追い込み有利なんだよ！　昇格前に怪我《けが》したくねえだろう、アラドー!?」

69EYESが見抜いたコーナーの〝穴〟に、再び機体を立たせて滑り込ませる。ギョロリと眼《め》が動き、次の隙間を見つける。

ただ一機、減速せずにコーナリングを続ける69EYESに、観客たちが沸く。

――高揚が止まらない。指先にまで熱を感じる。

機体は文字通り手足となって、思い描いたように動いてくれる。

計器に目をやることもない。バランスを気にする必要もなかった。何も気にせず、――空を飛んでいる。

『あっっとぉ！　岩壁が崩れた！　迫る69EYESのプレッシャーに手元が狂ったか⁉　アラド・スミス、右翼が岩壁に接触！　しかし、ダメージは少ないか⁉　飛行に問題はない、器用に旋回、引き続きコースに乗る！　だが、その間に69EYESは確実に詰めてきた！　両機サイドに張りついているがこれはすでに並んでいる！　決着はさあ、直線一気！』

何者にも邪魔されず。何者にも縛られず。紫の翼は、自由に空を駆け抜ける。

『よもやの展開！　ファイナル・ストレートで69EYESが突き放す！　ガルーダ、伸びない、伸びがないぞ⁉　やはり、先ほどのクラッシュが影響しているのか⁉』

負けるはずがなかった。今の自分なら、誰にだって、きっと――。

胸のうちをよぎった懐《なつ》かしい感覚は、69EYESの《眼《め》》が視《み》せた、あの頃の幻想だろうか。

勝利の凱旋《がいせん》飛行を終えると、リーロイは、膝に手をついてうなだれるアラドに歩み寄った。

「よう、アラド！　悪かったな、せっかく昇格が決まったのに水差しちまったみたいでよ」

悔しそうに顔を歪《ゆが》めるアラドに向かって、右手を差し出す。

「チッ……！」

アラドはこちらの手を一度払いのけ、あらためて握手した。

「完敗だよ、クソッタレ！　てめえの腕で、なんで六回も負けてんだよ！　中央ってのはそんなにスゲエのかよ！」

「まあ、お前くらいの腕のヤツなんてごまんといるぜ？　負けてせいぜい身の程を知れよ」

「うるせえよ、年下が！　ちったあ年上を敬いやがれ！」

アラドの拳をスウェーでかわし、距離を取る。……ふと見ると、会場スタッフが、こちらに向かって手を振っていた。忘れていたが、勝利者インタビューの時間らしい。

「おっと、優勝者の仕事が残ってたわ。まあ、俺とやるときはもっと腕を磨いて、その上でコースを研究してからこいや！　あばよ！」

アラドに背を向け、手を上げながら、その場を離れる。

「リーロイ！　まだこの辺のレースに出るんだろ？　もう一回、勝ってこい！　それでウィンドミルSに出てこい！　あの勘違いのルーキーも連れてな！　まとめて借りを返してやる！」

――ウインドミルS。アラドの口から出た言葉に、思わず振り返る。

「……お呼びじゃねえんだよ。あんなもん出たって、金にならねえだろうが」

それでも、今の自分なら――、そんな反駁《はんばく》の声が心の中でするのは、どうしてなのか。

そんなものは、錯覚に違いないのだ。……もう夢は見ないと、決めたのだから。

勝利者インタビューでも、ウィンドミルSを意識した質問を投げかけられたが、適当に答えておいた。

インタビューを終えての花道では、サインを求めるという、観客のお約束のパフォーマンスを受け流して、手だけで応える。……何もかもが久しぶりだった。

機体にガタがくるようになって以来、勝ちを捨てて、裏方に回る〝仕事〟ばかりだった。

……束《つか》の間《ま》でも、こうして陽《ひ》の目を見るのは、やはり心地いい。

自分の勝利を祝って、舞い散った紙吹雪のあとを踏みしめながら、観客席を見渡す。

……ふと、気が付いた。

ジゼルがいない。

（たしか、『今日は観《み》にいってあげる』とか、言ってたよな……？）

そういうときは、やかましく、いの一番にやってきて金を回収するはずなのだが。

久々の快勝なのに、どんな形であれ、喜んでくれる相手がいないのは、物足りない気がした。

「……リーロイ！」

息を切らせて、クリスがやってきた。

「おお、クリス！　俺の雄姿は目を皿にして見たか？　いいか、あのレースの要はな……」

「リーロイ！」

クリスは、こちらの肩に手をかけて、大きく息をついた。

そして、青い瞳に焦燥を浮かべて、言った。

「オーナー・ジゼルが誘拐された！」

「……ああ？」


窓ぎわのテーブルには、飲みかけのティーカップが置かれたままになっていた。

その下で、砕けたティーポットの残骸と、零《こぼ》れた紅茶のシミが床に広がっている。

ソファーのクッションは破け、詰め物の羽毛が飛び出している。

ドアの鍵は、工具のようなものでこじ開けられた形跡があった。

スイートルームだったはずの部屋は、無残にも踏み荒らされ、その借り主が無法に連れ去られたことを静かに物語っていた。

クリスが、必死に状況を説明してくるが、頭に入ってこない。

ジゼルが誘拐された――クリスのその一言だけが、ぽっかりと宙に浮いていた。

「失態、……だな」

部下を連れて、現場にやってきたゴドーが、重苦しくつぶやいた。

室内の惨状に、目を釘付《くぎづ》けにされていたリーロイは、やっとのことで言葉を押し出した。

「……、すいません」

ゴドーは眼鏡を外し、目を細めながら室内を見回した。

「よりによって、この街に俺がいるときに起こってくれたもんだ……で、お前、何してたんだ？　お嬢と同じ行動をとっているときは、お前が担当だろう？」

「……すいません」

同じ言葉しか、返すことができなかった。

クリスが、かばうように前に出た。

「レースに出ていたんだ、仕方ないだろう⁉　それにリーロイは、ちゃんと対策を講じてたんだ！　代わりにボクが護衛を任されていた！　オーナー・ジゼルは……ボクがその、ちょっと買い出しに行っている間に」

「……黙ってろ」

クリスの言葉を遮って、後ろに押し戻す。

ゴドーは、書斎机の近くに落ちていた羽根ペンを拾い上げ、こちらに視線を向けた。

「……クリスピアン・ミルズ、お前とクラッシュを起こした相手だったな？　マイルスの新人とか言ってたか。自分の面倒も見られない奴《やつ》に、お嬢を任せて気楽なもんだな。お嬢の温情のおかげで、呑気《のんき》に飛んでられる現在《いま》があるのに」

目の前にいるクリスを、まったく無視するかのような口調で、ゴドー。

「……おい。間取り、あるか」

ゴドーが顎をしゃくると、部下がひとり進み出て、リーロイに一枚の紙を差し出した。

受け取って広げてみると、なるほど、間取りを写した図面らしかった。

後ろから、クリスが覗《のぞ》き込《こ》んでくる。

「なんだ、これ……？　どこかの、建物みたいだけど……」

見たままの感想を、クリスがつぶやく。

リーロイは、図面が意味するところを即座に理解した。ゴドーに向かって、問いかける。

「……場所は？」

「ノブル通りの郊外にある廃屋だ。元は貴族の邸《やしき》らしい。もう追い込んではある。……残りは、五、六人だそうだ」

ウィザース・ファミリーは、ジゼルの失踪を把握した直後に、すでに動き始めていた。

ゴドーは淡々と、現状を伝えてきた。

――誘拐犯たちは、一〇人ほどの徒党だった。

――背後の関係者は不明。これから雇い主を洗い出す作業に入る。

――追い込みの過程で、何人かを殺してしまった。ゆえに相手は怯《おび》え、気が立っている。

事務的に言い終えると、ゴドーは凄《すご》みのきいた目で、リーロイを睨《にら》んだ。

「……三時間くれてやる。てめえでケツを拭いてこい。自分の人生を救ってもらった恩人なんだ、命を賭けろよ。お嬢の身は自分の身だってこと、忘れるんじゃねえ」

「…………」

しばらくの沈黙の後、ゴドーは自ら視線を切り、踵《きびす》を返《かえ》して去っていった。

部下たちもゴドーに続く。部屋には、リーロイとクリスだけが残された。

「すまない、リーロイ。ボクが目を離した隙に……」

申し訳なさそうな顔で、クリス。

「気にするな。アイツの性格だ、護衛がいないなんてことはよくあった。今回は、たまたま攫《さら》われちまったってだけだ」

「でも……！」

「いや、謝るのはこっちの方だ。こんなことに巻き込んじまってすまないな」

なおも言いかけるクリスを止めて、書斎机の上に、間取り図を広げる。

「すまないついでに、ちょっと手を貸してくれ。……お前のZEP《ゼップ》が必要だ」

「――畜生！　何が楽な仕事だ！　何者なんだよ、このガキは！」

男は覆面をはぎ取ると、流血する肩に、乱雑に縛り付けた。

露《あら》わになった顔には、一面、焦《あせ》りの色が浮かんでいる。

しきりに窓を覗《のぞ》いては、腰に差している拳銃を確認する。

銃は、火打ち式《フリント・ロック》の安物だった。時代遅れの骨董品《こっとう》と言ってもいいだろう。

(末端の構成員……って言えば、見えなくもないけど。お粗末すぎるわね、この対応)

カビくさい匂いがむずむずと鼻腔《びこう》をつく。

ジゼルは、クシャミが出そうになるのを、すんでのところで我慢した。

(うー、危ない。クシャミひとつで、うっかりぶっ放されちゃったら、笑い話にもならないわ)

鼻の頭を掻《か》きたいが、後ろ手に縄で縛られているので、それもできない。

薄暗い部屋の中には、銃を持った四人の男たちがいた。

一人は、自分の隣に。一人は窓の側《そば》に。あとの二人は、ドア付近に。

(隙をついて、なんとか脱出……っていうのは、さすがに無理かしら)

じとりと横目で、男たちの様子をうかがうが、警戒を解く気配はない。男たちは一様に目を血走らせて、見えない敵に怯《おび》えるように、部屋の内外に視線を巡らせている。

「この場所は、バレてねえだろうな?」

「分からねえ」

「もう約束の時間だぜ!? なんで来ないいんだよ! クソッ、とっとずらかりてえのによお!」

男たちは、明らかに気が立っている。

……無理もない。仲間が、躊躇《ちゅうちょ》なく殺されるのを見ているのだから。

(そういえば……ここ最近、こういうことってなかったわよね)

マフィアの娘という立場上、血を見ることには慣れていたが、この手のもめ事に巻き込まれるのは久しぶりだった。

そんな中で、ぼんやりと思い浮かんだのは、リーロイのことだった。

(リーロイは、ここまで来るかしら……)

組の護衛がいないとき、リーロイがそれとなく守ってくれていたことは、知っていた。

おそらく組に依頼されてのことだろうが、それでも、悪い気はしなかった。

(なんだかんだ言って、アイツ、優しいからなぁ……)

だから、リーロイには、この場所に来て欲しくなかった。

ここに来てしまったなら、必ずどちらかの血が流れることになる。

……殺すか、殺されるか。そういう決断を迫られる。

ウィザース・ファミリーは、誘拐犯たちを、全員殺すつもりで対処するだろう。

もしかしたら、ただ死ぬよりも、むごい目に遭わせるのかもしれない。

犯人たちの目的はどうあれ、組の面子《めんつ》がかかっている以上、容赦はない。マフィアというのは、そういうものだ。

「ガフも、レッティも殺《や》られちまった……畜生、ローセンもだ！　ただ女を攫《さら》ってだけなのに、なんでこんなことになってんだよ⁉」

「馬鹿野郎！　声がでけぇ！　あの黒服どもに聞こえたらどうすんだ！」

「ひっ！　あいつら、き、来てるのか⁉」

「そうじゃねぇ！　こっちに銃を向けるな！　落ち着けってことだ、馬鹿！」

男たちのやり取りを見ていると、今さらながら、疑問が浮かんでくる。

（……ていうか、こいつらの目的って、なんなのよ？）

話を聞いている限り、誰かに依頼されたようだ。

ウィザースに敵対する組には、心当たりはいくらでもある。が、どうも腑《ふ》に落ちない。

なぜ、その依頼人は来ないのか？　偶発的に自分が殺されるのを待っているのか？　それとも、組織同士の抗争を誘発したい、第三者がいるのか？

……どれも、的外れな気がする。

そもそも、武闘派のウィザースに火の粉を掛けて、得するところなんてないのだ。シノギだって少ない。闇雲に拡張路線を歩んでいたときならともかく、父親は現状に満足しているし、引退の意向も示している。今回の誘拐は、言ってみれば、寝ている獣を起こすようなもの。考えれば考えるほど、理屈に合わない。

「……ねえ、アンタたち。ウィザースって聞いたことある？」

「あぁ、ウィザースだぁ⁉」

男の一人が、威嚇するように声を荒らげる。

……どうやら、知らないらしい。オディレイから離れていても、同じマフィアなら組織の名前くらいは知っているはずなのに。

この反応から察するに、この男たちは、どうやら末端の構成員ですらないようだ。

（と、なると……）

ひとつの可能性が、浮かび上がってくる。

ある意味、最悪とも言える想定。もしかして、とは思ってはいたが――、

（……私、誰かと間違えられてんじゃないのコレ？）

あまりにも馬鹿馬鹿しい誘拐劇。導き出された答えに、軽い目眩《めまい》を覚える。

だが、そう考えると、この状況にも辻褄《つじつま》が合ってしまうのだ。

「なんだか知らねえが黙ってろよ、お嬢ちゃん。お前の命なんか、どうだっていいんだ。このまま依頼主が現れなかったら……」

「おい、油断すんじゃねえぞ。その女は騎士だって話だからな」

「うるせえ！　分かってるよ！　……いいか、お嬢ちゃん。依頼主が現れなかったら、それこそ俺たちの機嫌ひとつで……」

どこから借りてきたのやら、お決まりの台詞《せりふ》が続く。

こんな拙い脅しにさらされている我が身が情けない。

（それに、今〝騎士〟とか言わなかった？　勘違い確定じゃないのよ、もう！）

ため息まじりに、男たちに声をかける。

「ねえ、何もなかったことにしてあげるから、私を解放なさい」

「なんだと？」

「あのね。貴方《あなた》たちの取引、もう失敗してるの。どんな指示が出てたか知らないけど、誘拐する相手、間違えたんじゃない？　依頼主が来ないのも、貴方《あなた》たちがミスったからだと思うし。下手すると、その依頼主の方に殺されるかもよ？　だから――、ッ！」

灼熱《しゃくねつ》が走り、目の前が白く飛ぶ。

――口の中に血の味が広がった。

何度か目を瞬《まばた》かせてから、男に殴られたことを理解する。

「……ったぁーい！　なにすんのよ、このチンピラ！　自分たちが間違っておいて、まずはごめんなさいでしょうが！」

「うるせえ！」

髪を掴《つか》まれ、頬に銃口を押し付けられた。男の指が、ゆっくりと引き金にかかる。

「こ、こっちは仲間が殺《や》られて気が立ってんだ……！　次に何か喋《しゃべ》ってみろ、ぶっ放すぞ」

押し付けられた銃口からは、男の震えが伝わってきた。

脅しが本気かどうかはともかく、いつ誤発砲してもおかしくない状況だ。

さすがのジゼルも、口をつぐむ。

（これって……私、意外とピンチかも？）

下手に動くと、素人《しろうと》は本当に撃つから怖い。

このままじっとしていれば、じきにゴドーたちがやってくるだろう。

……が、武闘派のウィザース・ファミリーは、正面きっての抗争は得意でも、今のような人質を挟んでの膠着《こうちゃく》戦は、もっとも苦手とするところだ。

組の連中には、交渉なんて器用な真似《まね》はできない。武力を誇示して、威圧をかけるくらいがせいぜいだ。とはいえ、この怯《おび》えきった三下たちに威圧なんてしようものなら、逆に暴発しかねない。

（……最悪、銃撃戦に巻き込まれるわね）

救いは、サミュエル・ゴドーが指揮を執るだろうこと。

ゴドーも武闘派ではあるが、馬鹿ではない。自分の組の得手不得手くらいは、理解している。

真正面からの突撃を避けて、他から手を回すくらいのことはするはずだ。

となると、期待したいのは……思いもよらない方向からの、状況の打破。

膠着《こうちゃく》に陥る前に、相手の思考を停《と》めるような、大胆な行動。

もし、そんなことができるとしたら、それは――。

「おい、なにか……聞こえねえか？」

窓の近くにいた男がつぶやいた。

ジゼルを含めて、部屋にいる全員が、耳をすませた。

――どこかで唸《うな》る、プロペラの旋回音。

（これって、まさか……）

自分には聞き慣れた音だったが、男たちは、それが何なのか分からないようだった。

「……なんだ、音がデカくなってねえか⁉」

空気の震えに共鳴して、窓ガラスがガタガタと揺れる。

地鳴りのような旋回音が、部屋中に響きわたった。

何が起ころうとしているのか、漠然と想像しつつも、事態に対処が追いつかない。

（ちょっとちょっとちょっと！　大胆な行動に出てくるとは思ってたけど、限度ってもんがあるでしょう⁉）

「おっ、おい！　なんだよ、この音は⁉」

「下の連中からの合図はどうなってんだ⁉」

男たちは、音の正体に、まだ気づいていない。

今のうちに〝被害〟が及ばない範囲に避難したいが、どこに逃げていいのか分からない。

結局、男たちと一緒に、恐慌《きょうこう》状態に陥るしかなかった。

旋回音は、邸《やしき》全体を揺るがすほどに、大きくなっている。振動に耐えかねて、ガラスが順々に割れていく。

「なんだぁ⁉　何が起こったァ⁉」

外を確認しようと、男の一人が窓へと近づき、覗《のぞ》こうとしたとき――ひときわ派手な音を立てて、ガラスが蹴破られた。

破砕音と同時に、影が飛び込んでくる。覗《のぞ》き込《こ》んだ男は、窓ガラスと一緒に吹き飛ばされ、壁に頭を打ち付けて、気を失った。

影はそのままドア付近にいた男たちに、一人は肘を入れ、もう一人は裏拳を叩《たた》き込《こ》んで昏倒《こんとう》させる。

――それは、一瞬の出来事だった。

残された男は、愕然《がくぜん》と事態を見送ることしかできなかった。

銃口をジゼルに向けてはいるが、状況が把握できていないのは明白だった。

影が部屋に視線を這《は》わせる。猛禽《もうきん》を思わせる鋭い眼光が、獲物を探すように男を見る。その手にある銃を見る。銃を突きつけられたジゼルを見る。

目が合った瞬間、影の――リーロイ・ダーヴィッツの行動に、零コンマ以下の空白が生まれた。わずかに視線を切って何かを見ていた。おそらく――ジゼルの顔につけられた傷を。

「なっ……⁉」

男は、自らの手の中にある銃に、初めて気がついたような顔をした。

（――っ、失敗した！）

ジゼルは、自分の失態を悔やんだ。逃げるなら、この数瞬の間だった。

もはや余計な行動は、男を刺激する危険性の方が高い。

「……コ、コイツをぶっ放すぞぉぉおおお⁉」

ことさら銃を突き立てるように構えて、男が叫ぶ。

男の指は、引き金にかかっていた。安全装置は、すでに解除されている。

リーロイは、小さく舌打ちをして、ゆっくりと立ち上がった。

「なんだこりゃあ⁉　何が起こったんだ、クソッ！」

男は、部屋を見回しながら、喚《わめ》き立《た》てた。

興奮のせいか、いっそう強く銃口を押し付けてくるのが、痛い上に鬱陶しい。

「てめえ、何者なんだ⁉　どこから降って湧いた⁉　どこから入ってきやがったァ⁉」

リーロイに向かって、男が捲《まく》したてる。

（……どう考えても空から、どう見ても窓からでしょうが）

支離滅裂な言動に、哀れみさえ感じる。

ドアの近くで倒れている二人を見ると、動きはしないものの、微《かす》かにうめき声を上げている。

どうやら、殺したわけではなさそうだ。ジゼルは内心で、ホッと息をついた。

リーロイは、無言を貫いたまま、その場に立っている。

何を考えているのか。何かを待っているのか。佇《たたず》まいからは、窺《うかが》い知ることはできない。

ようやく落ち着いたらしい男は、相手が帯剣こそしているものの、銃を持っていないことに気づく。

「ち、近づくんじゃねえぞ！」

「ちょっ……いったいってば！　離しなさいよ！」

襟首を掴《つか》まれて、ずるずると後ろに引きずられる。当然、銃は向けられたままだ。いっそう激しい震えが伝わってきて、男がうっかり引き金を引いてしまうんじゃないかと、ジゼルは気が気でなかった。

「おいっ、お前ら、起きろ！　下の奴《やつ》らを呼んでこい！」

男が倒れている仲間に呼びかける。一人がうめきながら仰向けになるが、まだ起きあがることはできなそうだ。

ジゼルがちらりと窓の外を覗《のぞ》くと、下の階にいた男の仲間たちが、邸《やしき》の外に向かって走っていくのが見えた。

「……逃げてるみたいよ、他のお仲間」

「あっ!?　……あいつら、チクショウ！　待て！」

必死で静止する声も、聞こえているやら、いないやら。男の仲間たちは、蜘蛛《くも》の子を散らすように逃げていく。

どうせ、野盗くずれのチンピラの集まりだろう。元より信念も、強い目的意識もない。

その上、命まで取られかねないとなれば、こんな連中の結束力なんてたかが知れている。

……ギィ。古びた床がきしみを立てる。

慌てて男が振り向くと、リーロイが身体についた埃《ほこり》を払っていた。

「……動くな！　俺の指示なく動いたら、コイツの命はないと思え！」

またしてもお決まりの文句で、リーロイを牽制《けんせい》する。

――そのとき、外から銃声が聞こえた。

「……っ⁉」

ビクリと、男が身体をすくめる。

断続的な銃撃に続いて、悲鳴。一階にいた連中が、逃げていった方からだ。

リーロイだけでなく、邸《やしき》の周りには、ゴドーの手下も配置されているらしい。

男は、怯《おび》えた目で、窓の外とリーロイとを、交互に見やった。

カチカチと、歯の根の合わない音がする。

「……逃げられそうなところ、教えてあげて」

「アァ⁉」

凄《すご》む男を無視する。助かりたいなら黙っていて欲しかった。今、この場から遠ざけなければ

ならないのは、自分たちへ感情を消して相対する――、

「……邸《やしき》の周りは完全に包囲されてるが、南の裏門だけは比較的に甘い」

リーロイが口を開いた。そして、視線で部屋のドアを示す。

「行けよ」

「うっ……、嘘《うそ》じゃねえだろうな⁉」

その問いかけに、リーロイは答えない。

男の目に戸惑いが浮かぶ。

だが、それが嘘《うそ》であろうがなかろうが、動かざるを得ないのだ。この場所に留《とど》まっていても、増援はない。それどころか、敵は増えるばかりなのだから。

「クソッ！　テメエは人質だ、一緒に来い！　お前らも、いつまでも寝てるんじゃねえ！」

「イッタタタ……痛いって言ってんでしょ！」

ジゼルの腕を掴《つか》み、引きずるようにして、男はドアに向かって歩きだした。

倒れていた男たちも、よろめきながら、どうにか身体を起こす。

わずかな希望が射《さ》し、弛緩《しかん》する場で、ジゼルだけが目を見開き、張りつめた声を上げた。

「やめて、リーロイ！」

すれ違う際、――銀色の光が、目の前をよぎった。

次の瞬間、……ジゼルを拘束していた力が消失すると同時に、男は壁にのめり込むように叩《たた》

き付《つ》けられていた。

ジゼルは恐る恐る上下に視線を這《は》わせ、男の五体が、繋がっている、ことを確認した。それから
リーロイの抜き放った剣が背を返していることを認め、胸を撫《な》で下《お》ろした。

「……殺してないでしょうね？　私の前で許さないわよ」

「甘いんだよ、お前は」

リーロイが剣を抜き放った瞬間を、誰ひとり視認することはできなかった。

起き上がって銃を構えようとしていた二人は、再び戦意を喪失した。窓の近くにいたもう一
人も、腰が砕けてその場にへたり込む。

リーロイは、へたり込んだ男に向けて顎をしゃくった。

「……仲間を連れて、とっとと失《う》せろ。南側が手薄なのは、本当だ」

男たちは言われるがまま、倒れた仲間を担《かつ》ぎ、足をもつれさせながら部屋から逃げ出した。

リーロイはそれを見送ってから、剣を納め、ジゼルに歩み寄った。

ジゼルの拘束を解き、無事を確かめる。

「悪かったな、手間取って。中の様子は、見えてたんだけどな。一人、予想より多かった」

ジゼルの顔の傷を見ながら、すまなそうにリーロイが言う。

意表をつく形で、部屋に侵入したまではよかったが――ジゼルが傷つけられていることに気
づいて、一瞬、動きを止めてしまった。それこそが、部屋にいた誘拐犯たちを制圧しそこねた、

本当の理由だった。

「別にぃ。どうってことないわよ。このくらい」

頬をさすりながら、ジゼルが言う。遠くプロペラの音が響き、窓の外に視線を転じた。

「ZEPに乗ってたのは？　ひょっとしてクリス君？」

「ああ、協力してもらった。なるべくなら巻き込みたくなかったんだが……本人も、責任感じてたみたいだったしな。後で礼を言ってやってくれ」

「そうね。それにしても……大胆なことするわねえ、あんたたち。さすがに、二階の部屋に窓から突っ込んでくるとは思わなかったわ」

「並みの機体なら、ここまで無茶はできねえよ。……とにかく、無事で良かったよ」

リーロイが言うと、ジゼルは意外そうな顔をして、すぐににんまりと笑みを浮かべた。

「あら。嬉《うれ》しいこと言ってくれるじゃない」

「お前の身は俺の身だからな。……行こうぜ、さっさとゴドーさんに報告しないと生きた心地がしねえよ」

リーロイに促され、ジゼルは部屋の外に出た。

邸《やしき》には、もはや人の気配はなかった。ここにいた誘拐犯たちは、全員《おお》、外に逃げていったようだ。その後、ウィザースの包囲網に捕まったか、無事に逃げ果せたのか、そこまでは分からないが……。

（……勘違いの誘拐だったとしたら、誰と間違えられたのかしら、私？）

人心地はついたものの、依然として謎は残っている。

（アイツら、〝騎士〟とか言ってたわよね。ってことは……）

――女騎士。そう考えて、まず思い浮かんだのは、クリスの顔だった。

男装してレースに参戦してはいるが、れっきとした女騎士だ。

（まさか、クリス君と私が間違えられた、とか……？）

誘拐される直前、ホテルではクリスといる時間が長かった。

そのせいで、誘拐犯たちが間違えたとしたら――。あながち、有り得なくもない推測だ。

（でも、分からないわね……）

クリスを誘拐して、どうするつもりだったのだろうか？

そもそも、誘拐犯たちが言っていた女騎士とは、本当にクリスのことだったのだろうか？

今となっては、すべては闇の中――疑問が明かされることはない。


――走る。

息を切らせて、男は走っていた。

「……ひっ、……ひぃっ……！」

泣き笑いのような呼吸音。

森の中をめちゃくちゃに駆け抜けてきたので、全身は擦り傷だらけだ。

それでも、走ることを止められないのは、耳の奥に銃声と、仲間の断末魔の叫びが残っているからだった――南側は手薄だと言った、あの騎士の言葉は本当だろうか？

わずかな可能性だとしても、それを信じて、走り続けるしかなかった。

細い枝葉を掻《か》き分《わ》けて、森を抜け出す。

すると、そのすぐ先に……白い装束に身を包んだ、仮面の女が立っていた。

女と解《わか》ったのは、長い銀髪。そして、女にしては長身なものの、華奢《きやしや》な痩軀《そうく》。

敵なのか、味方なのか。この期に及んで味方と期待してしまうのは、少なくとも、自分たちを狩った黒服たちとは異質の雰囲気からだった。

足を止める。

「ア、アンタは……」

声が続かない。だが、女は心を見透かすように、期待通りの言葉をかけてくれた。

「……ご安心ください。私は、貴方《あなた》の依頼主から、遣わされたものです」

――助かった！

ようやく現れた味方に、男は内心で快哉《かいさい》を上げる。

「よ、よかった！　な、なあアンタ、あのガキは一体、何者なんだ!?　あんな連中が出てくるなんて聞いてなかったぞ⁉　皆、殺されて……、ウプッ！」

銃弾の餌食《えじき》になって、死んでいった仲間たちの声。凄惨な光景がよみがえり、思わずえずく。

「……生き残ったのは、貴方《あなた》ひとりなのですか？」

「い、いや……邸《やしき》を出たときには四人いたが、はぐれちまった。今はそんなことはどうだっていい、とにかく、ここから離れねえと……」

「……大丈夫ですわ。追っ手なら来ませんから」

仮面は、顔の上半分だけを覆っている。口もとには、紅《あか》い唇が妖艶《ようえん》に色づいていたが、男には、なぜだかそれが不気味に見えた。

「六人、でしたかしら。この先にいましたが、始末しておきましたわ」

抜き身の剣を見せて、仮面の女が言う。血に濡《ぬ》れた二本の短剣が、ぬらりと輝いた。

「ろ、六人も……！」

男は、身のすくむ思いがした。

この女より早く、追っ手の方に出くわしていたら、命を落とすところだった。

「始末って、アンタ、やってくれたのか⁉　助かった……！」

だが、安心するのはまだ早い。銃声の数からして、追っ手はさらに控えていると考えるべきだ。

「礼を言うが、早くずらかった方がいい！　アンタもかなりの手練《てだ》れのようだが、向こうにも、とんでもなく腕の立つ騎士が――、あ？」

白装束がふわりと舞った。

男が言い終える前に、仮面の女が、真横を通り抜けていた。

――走らないといけない。

そんな意識とは裏腹に、かくりと膝が落ちた。

――走る。走らないと――。

身体が前に倒れ込む。呼吸が苦しい。視界が暗くなっていく。

男が最期に記憶したのは、仮面の向こうに見えた、ぞっとするほど冷たい瞳だった。


「あちらに三人……これで四人目。どうやら、これで全員〝片付いた〟ようですわね」

首筋から血を流し、地面に倒れ伏した男に、仮面の女は言い捨てた。

仮面に手をかけ、取り外すと、銀色の髪が額に下りた。

素顔になったシャロン・デートは、仮面とそう変わらない表情で、空を仰いだ。

低空に、白銀に輝くI.O.U《アイ・オー・ユー》が旋回していた。

乗り手の名前は――クリスピアン・ミルズ。

「まったく、面倒なことをしてくれましたわね……」

その言葉は、自分の雇い主に向けたものだった。

クリスピアン・ミルズという女騎士の存在は、彼女がウィンドミルSに出場を内定させた時点で、雇い主であるバド・シャングスに報告しておいた。

マイルス出身の新人騎士《ルーキー》ということ以外、正体不明の存在だが、請け負った〝仕事〟の邪魔になるほどではないと、申し添えもしておいたはずだが……。

「私もずいぶんと信用がないのですね。悲しくなってしまいますわ」

雇い主は、自分の与《あずか》り知らぬところで、クリスピアン・ミルズを排除すべく動いていた。実力も未知数と見て、不確定要素を嫌っての行動だろう。それ自体は、慎重に保険をかけたと評価できなくもないが……。

「よりにもよって、ウィザースのご令嬢に手を出してしまうなんて……」

女騎士と報告したはずが、どこをどう間違って伝えられたのか、ジゼル・ウィザースを誘拐してしまったらしい。そのせいで、現地に滞留しているウィザース・ファミリー総出の事態を招いた。そこで、誘拐の実行者たちの口封じのために、自分が駆り出されたのだった。

「結局、私に処理させるなら、最初から任せてくれればいいものを……」

クリスピアン・ミルズを攫《さら》って、脅迫か監禁でもしようと思ったのか……何にせよ、デビューしたての女騎士と侮《あなど》って、あの程度の連中を雇ったのが、そもそもの失敗だったのだ。雇い主の杜撰《ずさん》な仕事ぶりに、ため息しか出ない。

「剛胆なようで、その実は臆病。慎重なようで、その実は粗雑。……所詮はならず者、といったところですわね」

――ジゼル・ウィザースに手を出すことが、どれほど危険なことか。

実行者たちが口を割って、マフィア同士の抗争が起きようが、そんなことは知ったことではないが、リーロイ・ダーヴィッツを敵に回してしまうことだけは避けなければならなかった。

マフィアの片棒を担《かつ》ぐ程度の副業で、殺されてしまっては割に合わない。

短剣についた血を拭って、腰の後ろに納める。

ふと、思い出したように、地面に倒れたままの男を見下ろした。

「ああ、そうでした。ご忠告、どうもありがとう。私も退散させていただきますね。それでは……、ゆっくりおやすみなさい」

白装束が、吹き付けた風に煽《あお》られて、大きく広がった。

風が止《や》んだ後には、物言わぬ男の死体が、ひとつ残されているだけだった。


目の前には、扉があった。

廊下と部屋を隔てて存在するそれは、息苦しいほどの圧迫感を持って、リーロイの前に立ちはだかっていた。

夜もすっかり更《ふ》けている。だが、扉の先にいる部屋の主は、昼間と何も変わらない様子で、自分を待っていることだろう。……しばらくの逡巡《しゅんじゅん》の後、静かに二回、扉を叩《たた》いた。

「……開いている。入れよ」

部屋に入ると、ゴドーが椅子に腰かけていた。机には、ワインボトルとグラスが置いてある。

夜も遅いせいか、いつもの取り巻きの姿は見当たらない。ゴドーの呼び出しは何度か受けているが、一対一で会うのは初めてだった。

「どうした、難しい顔して……遠慮するな、掛けろよ」

警戒していても話は進まない。仕方なくゴドーの対面に座ると、グラスに酒を注がれた。

「お嬢を誘拐した奴《やつ》らだがな」

ゴドーが口を開く。

先に邸《やしき》から逃げた連中が、全員殺されたことは聞いていた。

……だが、その後で逃がした四人はどうなったのか？

あのときかけた言葉を信じて、南に逃げたなら、まだ助かる可能性もあっただろう。

「……どうなったんですか？」

「殺されてたよ。四人だったか、喉をかっ切られてな」

予想外の答えだった。

喉を切られて、という手口は、ウィザース・ファミリーではないだろう。

「……意外な顔をしているな？　せっかく逃がしたのに、殺されて残念だったか？　まあ、そんなことはどうでもいい。こいつらは、口封じに殺されたってことだ。問題は、誘拐を仕組んだ奴《やつ》が……お嬢をウィザースの者と知っていたのか、知らずに手を出したのか。どの道、うちの沽券《こけん》に関わる問題だ。知って手を出していたなら、全員を最後まで攫《さら》う。もっとも、そっちはお前には関係ない話だがな。何にせよ、お嬢を取り戻せたのは良かった。……命拾いしたな、お前も、俺も」

「……どうも」

無難な言葉を述べておく。

ゴドーの話し方は、もやがかかったように、掴《つか》みどころがない。

「……ところで、優勝したんだってな」

唐突に話が変わった。優勝というと、今日、一勝を挙げたレースのことだろうか。

「……ありがとうございます」

とりあえずの礼は言っておいたが……一体、ゴドーは何の話がしたいのか。

怪訝《けげん》に思って見返すが、ゴドーは気にした様子もなく、煙草《たばこ》を一本、箱から取り出した。

マッチを擦って、火を点《つ》ける。

「トライアルとやらはこれで一勝か。……よくやった。体面は整えておいた方がいいからな」

ゴドーは、一服を終えると、胸ポケットをまさぐって、一通の封筒を取り出した。

「主催者から、預かってきた」

こちらに向けて、机の上に置く。……主催者？　レースのだろうか？

受け取って封を開けると、それが招待状であることが分かった。

まず目に入ったのは『GⅢ』の文字。レースの名前は——、

「……グレード、Ⅲ？　ウィンドミルS？」


『——リーロイ・ダーヴィッツ殿　貴殿を、ウィンドミルSに招待致します——』


思わず、顔を上げる。

目が合うと、ゴドーはさも可笑《おか》しそうに嗤《わら》った。

「喜べ、仕事を紹介してやる。——一〇億の仕事だ」

リーロイは、この招待状が自分の運命を決めることを、まだ知らない。

@17. クリスティン・ティナ・ライト

鳥のさえずりがする前に、とっくに目は覚めていた。

枕元に置いておいた書状を手にとって、窓からぼんやりと差し込む光にかざす。


『――クリスピアン・ミルズ殿　貴殿を、ウィンドミルSに招待致します――』


差出人はチェスカ市長と騎士憲章との連名。チェスカ有する唯一の公式戦にして、グレードⅢの重賞《グレードレース》――ウィンドミルSの招待状だった。

この書状が届いたのは昨日のことだ。そのせいで、昨夜は興奮してよく眠れなかった。

……ポーリーと組んで勝利して、さらに翌週の〝トライアル〟で三勝目を挙げた。その時点で本戦への出場は内定していたらしいが、まだ実感が湧かなかった。

しかし、こうして招待状を手にすると、実感が湧いてくる。

正式なエントリーの前に、名前の方も登録し直さなければいけない。クリスピアン・ミルズとしてではなく――〝クリスティン・ティナ・ライト〟として。

さすがにリーロイは、ボクが女だということに気づくだろうか。そのときの反応を想像すると、なんとなく気恥ずかしい。……もっとも、オーナー・ジゼルが言うように、最後まで気づかないという可能性もあるが。

……いよいよ、対決しなければならない。あの兄――〝ルーファス・ウェイン・ライト〟と。

競技新聞《レーシング・ペーパー》はもちろん、一般誌でさえも、今月のウィンドミルSの記事を連日のように書き立てている。中でも、とりわけ目につくのは、やはり兄の記事だった。

『――ルーファス・ウェイン・ライト。公式成績は11戦10勝。すでにグレードⅡをも制し、皇騎士《クラウンナイト》の称号を戴《いただ》くマイルスの国選騎士。機体は、あの《不沈艦》GⅡ《グレード・ツー》I.O.U.《アイ・オー・ユー》。ユース世代最強とも言われる〝マイルスの至宝〟は、世界が最も注目する騎士の一人である』

……知っている。そんなことは、誰よりも。

あの兄は、重賞《グレードレース》にあっても、ずば抜けた実績を持つ本命として扱われていた。どの記事を見ても「誰が勝つか」ではなく「どう勝つか」を論じるものばかりだ。

記事には、現段階で出場が決定している騎士の、予想単勝配当率《オッズ》がまとめられていた。中には見知った名前もいくつかあった。

I.O.U《アイ・オー・ユー》　ルーファス・ウェイン・ライト（20）　1・0倍
I.O.U《アイ・オー・ユー》　クリスピアン・ミルズ（15）　15倍
DOLLS《ドールズ》　シャロン・デート（21）　6・0倍
ガルーダ　アラド・スミス（20）　20倍
ファルコン　ロス・ハーマン（41）　30倍
ファルコン　ユマ・エバンス（37）　40倍
ファルコン　コール・ポーター（27）　☆（50倍以上）
ファルコン　リッチー・バイラーク（29）　☆（50倍以上）
レイヴン　リトル・ゲームス（22）　20倍
バッジー　アントニー・ミーア（32）　30倍
バッジー　ハロルド・ニックス（33）　☆（50倍以上）
（出場者未定　1）

配当率《オッズ》は、実力の指標になる。それによると、シャロン・デートが二番目の実力者と見做《みな》されているようだった。注釈には、公式成績9戦6勝とある。

記事は『ルーファス―シャロンの1、2着で決まり』『単勝だけでなく連勝でさえ1・0倍

『プロが予想する意味がない』、そんな予想屋のコメントで締《し》め括《くく》られていた。

兄の実力は、よく分かっている。……だから、悔しかった。まるで自分が存在しないかのように扱われることが。

配当率《オッズ》がどうだろうが、世間がどんな予想をしようが、そんなことは関係なかった。……必ず、ボクは兄さんに勝つ。勝って、認めさせてやる。

……それに、ウィンドミルSの参加者は、これで全員じゃない。主催者推薦枠がまだひとつ、残っている。兄《ルーファス》に対抗できる騎士が、そこに入ることだって有り得る。そうすれば、こんな予想なんて、意味のないものになる。

ウィンドミルSは、〈中央〉と〈地方〉の交流戦を趣旨とした重賞《グレードレース》だ。例年だと、国選騎士と準騎士《セカンドナイト》の出場比率は半々程度らしいが、出場表を見ると、今年は国選騎士の数が少ない。『ルーファスの参戦が決まったことで、打診していた国選騎士たちの辞退が相次いだ』なんて記事もあったくらいだが……その真偽はともかく、こうなると主催者推薦枠には、ほぼ間違いなく国選騎士が入ってくるはずだ。

例えば……そう考えて浮かんだのは。６９ＥＹＥＳ《シックスティナインアイズ》を駆る、オディレイの――。

「いらっしゃーい、あ、クリスくん！」

整備工場に足を運ぶと、整備士のソラがボクを出迎えてくれた。

彼女とは、ボクがリーロイの代わりに飛ぶことになった、あの賭けレース以来の付き合いだ。

あのとき、なかば強引に押し切られる形で、この整備工場にZEP《ゼップ》を預けることになったのだ。

当初はかなり不安だったが……I.O.Uが性能を損なうことはなく、むしろ前よりも操作性が上がったように感じる。どうやら、ソラの腕前は確かなようだった。

「やあ、ソラ。I.O.Uの状態はどう？」

「仕上がりは上々だよ！　なんたってもうすぐウィンドミルSだからね！　クリスくんが思う存分に飛べるよう、毎日、ピッカピカに磨いてるよ！」

ソラは胸をドンと叩《たた》いて、機体の万全をアピールした。

「そう、助かるよ。ソラの整備のおかげで、前よりも操縦しやすくなった気がする」

「いえいえ、こちらこそ。おかげさまで、I.O.Uの取り扱いにもずいぶん慣れたからね。世界三大ZEPに毎日触れるなんて、……もう、しあわせ！」

うっとりと頬に手を当てて、ソラが言う。こういう部分には、まだ若干の不安が残るが……。

「えーと、その……ところで今日は、来てないかな？」

整備場を見回しながら訊《き》くと、ソラはにやりと笑った。

「分かってるよ。機体より、そっちが本命でしょ？」

「いや、そういうわけじゃないんだけど……」

「ダーヴィッツさんに会うために、毎日、足しげく整備工場に通ってくるなんて……もう、クリスくんってば、意外と一途《いちず》なんだから！」

「いちっ……⁉　だから、ただリーロイに話があるだけだってば！」

「冗談だよ、じょうだん！　もう……クリスくんは本当にからかい甲斐《がい》があるなぁ」

力を込めて反論すると、ソラは笑いながら、ひらひらと手を振った。

「ダーヴィッツさんも、ウィンドミルSの参戦が決まってるもんね。いろいろ打ち合わせもあるんでしょ？　それにしても……ウチの工場から、まさか重賞《グレードレース》に二機も出るなんてね！」

――そう。リーロイのウィンドミルSの参戦が発表されたのが、つい先日のことだ。考えていたことが、本当になったのだ。

「ダーヴィッツさんがレースに勝って、69EYESを預けにきたのが先週だったから……そろそろ、機体の状態を見にくる頃だと思うんだけどね。……あっ、噂《うわさ》をすれば、ほら！」

ボクの背中越しに、ソラが誰かの姿を認めて、屈託のない笑顔になる。

「いらっしゃい、ダーヴィッツさん！」

「……よう、ソラ」

振り向くと、整備工場の入り口から、リーロイがやってきた。

兄と同じくらいの長身で、黒髪黒目の騎士。やってきたのは、リーロイ・ダーヴィッツに間

違いなかったのだが――、

「機体なら、完璧に仕上がってますよ！　ウィンドミルS、頑張ってください！」

「……そうか。仕上がってるなら、安心だ」

どうしてか、ボクはリーロイの姿に違和感を覚えた。

一週間ほど会わないうちに、印象が変わったのだろうか？　怪訝《けげん》に思いながら、声をかける。

「リーロイ、久しぶりだな！」

「なんだ、クリスもいたのか。……ウィンドミルSに出る〝準備〟は進んでるか？」

〝準備〟と言われ、いつか受けた挑発まがいのコーチングを思い出す。このピリリと効いた毒舌は、やはりリーロイのものに違いなかった。

「何度か現地に行って、コースの分析は進めてるよ。それより、驚いたよ。リーロイもウィンドミルSに出場できるなんて。ちょうど空いてた主催者推薦の枠に、招待されたんだって？

すごいラッキーじゃないか！」

「……ああ、ラッキーだな」

リーロイの返事はどこか他人事《ひとごと》めいていた。このとき、抱《いだ》いていた違和感の正体に気づいた。

身に纏《まと》う雰囲気が、以前と違うのだ。どこか覇気がない、そんな風に思える。

……だが、やる気がないわけがないのだ。ジゼルから聞いた話では、公式戦には一年以上、出ていないらしい。機体の消耗が激しく、まともに飛べる状態ではなかったのだという。

それも、今は機体の総整備《オーバーホール》も終えて調子を取り戻したようだし、何より久しぶりの公式戦が重賞《グレードレース》なのだ。外面には現れていないだけで、内なる闘志を秘めているのかもしれない。

これまで故障寸前の機体で飛び続けていたというのも信じがたい話だが、それが本当なら、全力のリーロイはどれほどのものだろう。もしかすると、あの〝兄〟にさえ──。

「なあ、リーロイ」

「……ああ?」

ボクは、リーロイの参戦が決まってから、ずっと考えていたことを口にした。

「今度のレース、ボクと〝組んで〟くれないか?」

リーロイに向き直り、まっすぐにその目を見る。

「勝ちたいんだ。兄さんに。……ルーファス・ウェイン・ライトに」

兄の名前を口にすると、リーロイは何事か考えるように口をつぐみ、

「……ルーファス」

確かめるように、その名前を繰り返した。……リーロイの声色は無機質で、それでいて、激情を隠したような──得体の知れない感情が宿っているように思えた。

「……ルーファスか。ああ……お前、アイツの兄弟なんだってな。顔も乗り方も似てねえから、全然気づかなかったが……そういや、そんな話も聞いたか」

自分に言い聞かせるように、つぶやく。

「いつだったか、兄貴に勝てる可能性が見えるくらいには仕上げてやるなんて言ったが……悪いな、何をしたってアイツには勝てねえよ」

返ってきたのは、予想もしない言葉だった。

「ルーファスは、……お前の兄貴は、正真正銘の天才、〝化け物〟だよ。凡人がどうこうして勝てる相手じゃねえよ。操縦技術は確かに高い。コーナーワーク、ブレーキング、すべてが一級品だ。だが、一番の武器は……レースを逆算し、自分を中心に展開を組み立てられることだ。機体の速度や消耗、すべての性能を完璧に把握した上で、ゴールまでの展開を常に逆算しているる――正確に、寸分の狂いなく。動き続けるレースを、シナリオを、即興で立て直し続けてるんだ。こんなこと、並みの騎士にできることじゃ――」

「ま……待ってくれ！　だからこそ、ボクは」

たまりかねて口を挟んだ。だがリーロイは、戸惑うボクを鼻で笑い、「〝組んで〟どうにかなる相手だと思っているのか？」と一蹴する。

「おだて過ぎだと思うか？　それなら、お前は兄貴のことを何も解《わか》っちゃいない。……アイツが負けることなんてねえよ。勝ち続けるんだ。これまでも、これからもな」

「に、兄さんだって負けたことがある！　リーロイだって知っているはずだ、出ていたんだろ⁉　調べたら名前があったんだ、ユース選抜のレースで……」

「それじゃあ、お前だって知ってるはずだ。しっかり、俺は〝負けて〟たろ？」

リーロイの瞳には、昏《くら》い焔《ほのお》が揺らめいていた。ボクは、思わず言葉を呑《の》み込んだ。

「その前のレースも調べたか？　兄貴が当たり前のように〝勝った〟レースだ。そこでも俺は負けてるんだぜ？　……俺は、アイツに二度負けている。ベストの状態で飛んで、二度もな」

リーロイが、横を通り過ぎていく。その背に、ボクは声をかけることができなかった。

〝交渉〟は呆気《あっけ》なく決裂した。そもそも、公式戦。それも国家の名誉を背負う重賞《グレードレース》。私情で他国の騎士と〝組む〟なんて、虫が良すぎたかもしれない。

それでも、……黙っていたくはなかった。

「兄さんが――ルーファスが強いのは知っている！　悔しいけど、今のボクではとても敵《かな》わないかもしれない！　だけど、……だからって、諦めるなんて、ボクは嫌だ！」

誰かに自分の限界を決められるなんて、御免だった。リーロイに、そして自分に言い聞かせるように、ボクは声を張り上げた。

「ボクは勝つ！　笑われたって、馬鹿にされたって、兄さんを倒しにいく！　諦めるもんか！　ボクが見てきた夢は、そんな軽いもんじゃない！　――リーロイだって、諦めるために飛んできたわけじゃないだろう!?」

@18. ウィザース・ファミリーの幹部たち

「そんなの認めないわ。リーロイは私の担当のはずよ！」

凛《りん》とした声が、部屋に響く。……ジゼルの目の前に集まっているのは、いずれもウィザース・ファミリーの幹部たち。若頭のゴドーを中心とした、五人の顔役たちである。

「お嬢様、これは決定事項です。我々としても心苦しい限りですが……どうかご了承ください」

頭を低くして、ゴドーが言う。

「準備は、万事順調に整っています。報酬は、一〇億。我々が関わるに十分な対価かと」

「……一〇億？」

ジゼルは、ぴくりと眉を動かした。……一度のヤマでは滅多に目にしない、大それた金額だ。

たしかに、それだけの額が積もっても不思議ではない。チェスカ二〇万の住民と、一〇万を超える観光客が落としていく、ウィンドミルSに集まる金なのだから。

だが、対価《リターン》が大きければ、それにともなう代償《リスク》も大きいはず。……いや、今回の話は、あまりにリスクが大きすぎる。

――公式戦で、〝八百長《やおちょう》〟をするなんて。

ウィンドミルSの主催は、自治都市チェスカだけでなく、全世界の騎士の統括的組織である騎士憲章との連名だ。騎士たちはプライドが高い。万が一、不正が発覚したとき、必ず追及を受けることになる。騎士憲章から徹底的に潰しを受ければ、いかなウィザース・ファミリーとはいえ、地方の一マフィアなど、ひとたまりもない。

「……この話、本当に堅いんでしょうね？」

「はい。ボスが親交のあるファミリーから頂いたお話です。まず、チェスカが開催するレースに、実力の抜き出た騎士を招き、連勝配当率が1・0倍になるように操作します。一方で、それ以外の騎士に関わる配当率を意図的に引き上げ、元返しを嫌がった客の賭け金が、集まるように仕向けます。あとは、本命と対抗の騎士が、その着順でゴールする――それだけです。客への配当は1・0倍の元返しで最小。逆に運営の利益は、最大になります」

「……その運営の人間への、根回しは？」

「それも済んでいます。チェスカは、自治都市と謳《うた》ってはいるものの、累積的な貿易赤字を抱えています。財政の実態は、目も当てられないほどの状況。今回の計画は、ウィンドミルSでの収益を最大化するもの……この提案には、市長から財政当局までが、きれいに転んでくれたそうです」

にこやかな笑みを浮かべて、ゴドーは続ける。

「お母様がお亡《な》くなりになり、ボス——お父様は、お嬢様のために危険な仕事から手を引いていました。お母様に後を託された私どもとしましても、今回のシノギはウィザースの安定に必ずや貢献するものと考え、こうして事を進めている次第です。どうか、お許しください」

後ろの者たちとともに、頭を下げる。……慇懃《いんぎん》無礼《ぶれい》、そんな言葉が浮かんだ。

彼らとは長く時を過ごしているが、こちらをボスの娘と認識しているゆえか、自分の考えは決して口にしない。

「……アイツはなんて言ったの？」

「アイツと言いますと？」

「……リーロイ・ダーヴィッツよ」

ああ、とゴドーは頷《うなず》いた。

「合理的な判断で、承知してくれました。今回の件で役割を果たせば彼の借金は帳消し……そういう約束をしましたので」

ジゼルは、思わずため息をついた。

「……パパが指示したなら、たしかに私の意見でどうなる話じゃないわね。好きになさい」

「ありがとうございます」

ゴドーたちは、再び一斉に頭を下げた。

ジゼルは組の者に付き添われながら、足早に部屋を出た。

結局、この話は八百長《やおちょう》を請け負う意志次第。リーロイは、承諾したということだったが……。

——たかが、借金を返すために？

ジゼルの足は、自然とあの男の元に向かおうとしていた。

@19. ルーファス・ウェイン・ライト

何のために飛んできたのか。何のために飛ぼうとしているのか。

答えの出ない問いかけを、何度も何度も、繰り返す。

真っ暗な視界に映るのは、あのときの記憶だけだった。

すべての希望が打ち砕かれ――絶望に染まった瞬間の記憶。


――公式成績、3戦1勝2敗。

ルーファスに二敗を付けられてから、すべてが狂っていった。

マフィアに拾われ、言われるままに地方レースで飛んで、意地になって勝ち続けて――。

四戦目の公式戦が巡ってきた。――あのときのことは、忘れない。

それは、無茶な乗り方がたたって、ついに69EYES《シックスティナインアイズ》にガタがきたレースだった。

決して弱い面子《めんつ》じゃなかった。グレードこそ付かないが、そこに出ていてもおかしくない騎士が揃《そろ》っていた。全盛期こそ過ぎていたが、重賞《グレードレース》を獲《と》った皇騎士《クラウンナイト》だっていた。自分の腕を試すなら、絶好のレースだった。それなのに、……。

——前に出られない。

尾翼のわずかな狂いが、加速を鈍らせた。旋回に伴う遠心力が、操縦席《コックピット》を揺さぶった。計器が乱れ、高度が安定しない。集中が乱れて《眼《め》》が次々と閉じていく。違和感が積み重なって、先頭とはいつしか取り返しのつかない距離が生まれていた。

わずか「6」つの視界に広がるのは、絶望だった。どこまでもどこまでも、離されていく。集団にさえ入れない。

『——全機、メインストレートに突入！　……おっと、後方に一機取り残されているぞ⁉　紫のボディに刻まれた眼《め》は、オディレイの69EYES！　出場選手中、最年少のルーキー、リーロイ・ダーヴィッツ！　故障を起こしたか⁉』

実況が他人事《ひとごと》のように聴こえた。……震えていたのは機体なのか、それとも自分自身なのか。

——そこから先は、泥沼だった。

16着、9着、11着……。

もがけばもがくほど、沈んでいく恐怖。転げ落ちた末路。……もう、現実の自分を〝視《み》る〟ことすらできなかった。

——これは俺じゃない。俺のはずがない。認めない。俺はもっと速いんだ、誰にも負けない。強がりなんかじゃない。俺は——

七戦目は、最下位だった。レースを終えたところに、ジゼルがやってきた。

『一番強いやつに、勝てばいいじゃない』

うなだれた俺に、淡々と告げる。あのとき、ジゼルはどんな表情をしていただろう。

『そうすれば、あなたが一番だって証明できる。私がそういう〝仕事〟を用意してあげる』

そのときを境に、飛ぶ目的が変わった。機体をすり減らしてまで、優勝は狙わない。ただ、一番速いやつを落とすことだけを考えて、飛んでいた。

『ルールブックを読んだんだけど。公式戦じゃなければ、成績には数えられないのね。じゃあ、地方の、他のレースなんて、練習みたいなものよ。……それなら、自分が思った通りのレースができれば、いいじゃない』

手を抜いたことはない。いつだってレースを支配することを目的に、全力で飛んでいた。

一〇〇戦、二〇〇戦。名も無きレースを飛び続け、いつしかそれが〝仕事〟になった。

空戦ギャンブルの胴元としての、主催者の依頼——どんな複雑な着順を求められても、それが一番人気を勝たせるものでない限り、その通りにレースを〝創って〟きた。

賞金と、組んだ相手からの分け前と、主催者からの仕事料と。

ちっぽけなプライドと、ガタのきた機体をすり減らしながら、自由を買う金を稼いだ。

『お前の借金を消してやる。この仕事が終わり次第、お前を自由にしてやる』

——悪魔が囁《ささや》いた。

『とあるヤツを勝たせてくれるだけでいい。そいつはこの話を知らない。つまり片八百《カタヤオ》だ』

──片八百《カタヤオ》？

今までやってきたことも、勝ちを捨てて飛んでいたという意味では、確かにその通りだ。騎士の誇りをかなぐり捨てた、薄汚れた戦歴に違いなかった。だが……、本当にそうなのか？

『なに、難しいことじゃねえさ。いつもやっていることだろう？』

──違う！　俺がやってきたことは……！

『──ルーファス・ウェイン・ライトを勝たせろ』

……ノックの音が聞こえた。

なかば停《と》まっていた思考が、わずかに反応する。気だるげに、ベッドから身体を起こした。

「入るわよ」

部屋に入ってきたのは、ジゼルだった。

頭の先からつま先まで……こちらの姿を、物珍しそうに視線でなぞる。

「馬子《まご》にも衣装ってところかしら？　一応、ウィンドミルSの出場者が揃《そろ》うパーティーだものね」

ジゼルの言う通り、リーロイは礼服に装《よそお》いを替えていた。

チェスカ主催の歓待パーティー。参加するのは、ウィンドミルSに参戦する騎士と、主催者の市長をはじめとする、地元の有力者たちだ。

この部屋は、パーティーの参加者に与えられた客室でもあった。

「……お前は出ないのか？　目立つところ、好きだろ」

「別にいい、私は招待されてないしね」

肩をすくめて、ジゼル。

「……ゴドーから聞いたわ。引き受けるらしいわね」

「……ああ」

短く答えて、言葉を切る。ジゼルは、紅玉のような瞳で、こちらを見据えた。

「あんた、今まで何のために飛んできたの？　国元からの公式戦の出場要請を断ってまで、地方巡業を優先したのは、負けの記録がつかないようにでしょ？　これから自分が何をしようとしてるのか、本当に分かってるの？」

何のために飛んできたのか——それは、先ほどまで自問していたことだった。

だが、ジゼルの言葉がどこか空虚に響くのは、何故《なぜ》だろう。

「お前だって知ってるだろ？　これまで機体を騙《だま》し騙《だま》し、どうにか飛んでこられたんだ。これから、また同じように飛び続けられる保証がどこにあるんだ？　……この二ヶ月だって、たまたまクリスが代乗りをしたから、スケジュールが狂わずに済んだんだ。俺には不似合いなくらい運が良かったよ、おかげで機体も全快だ。でも、こんな幸運が俺に続くわけがないだろう」

ジゼル・ウィザースが教える エアレース 解説

Air Race Commentary

実況者 （アナウンサー）

エアレースの隠れた醍醐味よ！　レースの実況をするわけだけど、ただZEPの並びを伝えるだけじゃつまらないでしょう？　コース解説しながら、如何に参戦している騎士たちに華を添えていくかが実況者の腕ならぬ口の見せ所ね！　観客はドラマを、ストーリーを求めているのを彼らは知っているから、事前の人気から<主役>をあらかじめ決めて実況することも珍しくないわ。もちろん、実況者によってスタイルは色々あるけどね。大レース専属の実況者もいるくらい重要な役目で、彼らの実況から騎士の二つ名だったり、エアレースでの格言も生まれたりすることもよくあるのよ。あと、名実況の秘訣は<位置取り>なんですって。アナウンス専用のZEPに乗って、たとえばレースの高度制限より上空で俯瞰的に実況すれば正確に展開が把握出来るけど細かい機微を拾えないし、だからといって、数機を中心にマークするみたいに近づいていると、それこそ大胆な展開を見逃して実況が破綻しちゃう。近すぎても遠すぎてもダメで、騎士たち以上に勝負所を見極められるかが大事みたいね。

ジゼルは、腕組みをしたまま、黙ってこちらを見ている。

「お前には感謝してるよ。でももう、自由になれるチャンスはないかもしれないんだ。たった一回、我慢すりゃ……いつも通り、いや、いつもより楽かもしれない。……あのルーファス・ウェイン・ライト。出場者中、唯一のダブル・クラウンだ。このレースに出るのだって、実力不相応なくらいだ。小細工なんてしなくたって、確かにアイツなら負けやしねえよ」

「あんたが大層な御託並べて、レースで負けた相手でしょ？　それも、二回も」

思わず握った拳に、力が入る。……が、それもすぐ、自然に解《ほど》けていった。

リーロイは自らを嘲るように、力なく笑った。

「知ってたか？　クリスの兄貴なんだってな。どうりで最近〝あのとき〟のことばかり思い出すわけだ……顔もZEP《ゼップ》の腕も、まるで似てねえのにな」

ジゼルは、ため息をついた。

「さっき、〝いつも通り〟って言ったわね？　違うわね、あんたには分かってるはずよ。……どうしても分からない振りをするなら、今日までのよしみで、私が訊《き》いてあげるわ。——あんたに、本当に〝八百長《やおちょう》〟ができるの？」

……すぐに答えることが、できなかった。ジゼルから視線を外して、言葉を絞り出す。

「……借金返すために、お前らの指示通りに勝って、負けてを繰り返してよ。今までのレースも八百長《やおちょう》だって言われりゃ、確かにそうじゃねえか。端から見りゃ、大して変わらねえんだよ」

息苦しさをごまかすように、煙草《たばこ》を取り出し、口もとに寄せる。

「……それ、本気で言ってるつもり？」

「今さら……なに言ってんだよ。最初に八百長《やおちょう》の仕組みを考えたのはジゼル、お前じゃねえか。俺は、いつだってその通りに──」

──パン。

乾いた音が、部屋に響いた。

煙草《たばこ》が、弧を描いて床に落ちる。……頬に受けた熱は、ジゼルに叩《たた》かれたものらしい。

リーロイは、どこか他人事《ひとごと》のように、現状を認識した。

「──ざっけんじゃないわよ!!」

目の前には、怒りに瞳を燃え上がらせたジゼルが立っていた。

襟を両手で掴《つか》まれて、ベッドから引き起こされる。

「何が感謝よ！　そんな格好悪いところ見るために、あんたに付いてきたわけじゃないわよ！　私がどうとか、ゴドーがどうとか、そんなことは関係ない！　あんたは何者なの？　あんたはどうしたいの!?　あんたは今まで、何のために飛んできたの!?　答えなさいよ、リーロイ・ダーヴィッツ！」

互いの息づかいさえ感じられる距離で、二人の視線が交錯する。

──きんと、耳に痛いほどの沈黙が下りる。

「……あんたが決めたのなら、私から言うことはないわ。ただ、誰かに決められたみたいな言い方はやめて頂戴。そんなやつのために三年も付き合ったと思うと、自分が情けなくなるわ」

……そのとき、誰かが部屋の扉を叩《たた》いた。

「リーロイ、入るぞ——って、あれ？」

顔を覗《のぞ》かせたのは、クリスだった。

ジゼルがいることに気づき、同時にただならない雰囲気を察したのか、その場で硬直する。

「……せいぜい、後悔しないように考えなさい」

そう言い残して、ジゼルは踵《きびす》を返《かえ》した。部屋の入り口で固まっているクリスに声をかけ、

「あら、クリス君。似合ってるじゃない、その格好」

「そ、そうかな」

やはりパーティに招かれているクリスは、タキシードに身を包んでいた。……ジゼルに誉められ、何故《なぜ》だか複雑そうな表情を浮かべる。

「ウチとの契約は四試合、最後がウィンドミルSになったわね。期待してるわよ、クリス君」

「あ、ああ……ありがとう。オーナー・ジゼル」

ジゼルが部屋から出ていくと、クリスはぎこちない動きで、リーロイの前にやってきた。

「……なんだ、オーナーと喧嘩《けんか》でもしたのか？」

「さあな。……俺も、なんでアイツが怒ってるのか分からねえよ」

リーロイは襟を直し、簡単に服装を整えた。

「……さて、行くか。俺も久しぶりなんだ、パーティー。せっかくのタダ飯だ、美味《うま》いもんでも食いに行こうぜ」

ふらりと立ち上がり、何か言いたそうなクリスに背を向ける。

ジゼルに叩《たた》かれた頬は、きっと腫れているに違いなかった。


――煌《きら》びやかなシャンデリアの下、楽団が奏《かな》でるリズムに合わせて、紳士淑女が優雅に踊る。卓に並んだ美味珍味。酌《く》み交《か》わされる名酒美酒。街の夜景を一望できるテラスでは、広間を抜け出たカップルたちが、何事か囁《ささや》き合っていた。

「……これのどこが、財政難なんだよ」

ゴドーから〝仕事〟を依頼されたときに、チェスカの財政難の話は聞いていた。……にもかかわらず、目の前では贅《ぜい》を尽くした宴《うたげ》が催されている。政治家たちの放蕩《ほうとう》ぶりに呆《あき》れつつ、普段の我が身の暮らしとの落差に、リーロイはため息をついた。

「ん？　なにか言ったか？」

皿に料理を取り分けていたクリスが、こちらに顔を向ける。

「……なんでもねえよ」

今回の仕事が終わったら、すぐにでも出る街だ。チェスカが廃れようと、栄えようと……どうでもいい話だった。

「よーう、ダーヴィッツ！」

大きな声で名前を呼ばれ、そちらを見れば、ロス・ハーマンが手を挙げていた。

酒の入ったボトルを片手に、おぼつかない足取りで、ふらふらとやってくる。

肩を貸している細身の騎士はユマ・エバンス、呆《あき》れ顔で付いてくるやや年かさの騎士はリッチー・バイラーク——どちらもファルコンの騎手だ。

「相変わらずの飲みっぷりだな、ハーマン」

「おうおう、まだまだ序の口だぜ。そういうお前は、しけた飲み方してんじゃねえだろうな？国選騎士のリーロイ・ダーヴィッツ！　主賓はもっと中心にいるもんだぜ？」

「アンタだって元は国選騎士だろう。……それに俺は、主賓なんてもんじゃない。たまたま空いてた枠に招待されただけだ」

「そう謙遜するなよ、オレはお前の腕を認めてるんだからよ。なあ⁉」

リッチーに話を振るが、肩をすくめて返される。

リッチーもユマも、いくらか気後れしているように見えた。どちらとも組んだことがあるから、腕が確かなのは知っているが、重賞《グレードレース》の経験はないはずだ。だから、この手の歓待には慣れていないだろう。

その点、ハーマンは元国選騎士だけあって、堂々としたものだ。久しぶりの重賞《グレードレース》で、気を良くしているのだろう。この調子だと、酒をひっきりなしに飲んでいたようだ。

「おおう、あのルーキーも一緒かよ！　あの後、二勝したんだって⁉　ダーヴィッツに仕込まれたか⁉　……〝組む〟って意味は分かったか？　ん？」

「おかげさまで」

酒臭い顔を近づけられ、クリスは苦笑いを浮かべた。

ハーマンは、テーブルに手をついて、バルコニーを見上げた。

「さっき、あの良い女に挨拶しようと思ったけど、フラれちまった」

大げさにため息をつく。

「アラドの野郎がいたからなぁ。アイツ、国選騎士と見ると喧嘩腰《けんかごし》になるからよ」

ハーマンの視線を辿《たど》ると、黒のドレスで着飾ったシャロンがいた。

男臭いこちらのテーブルとは違い、あちらは華やかな雰囲気だ。男たちが口説こうと近づき、また、女たちが女性騎士の物珍しさに寄ってきている。

……あの女騎士の本性も知らず、呑気《のんき》なものだ。

ふと目が合うと、シャロンは意味ありげに目配せを送ってきた。一瞬のやり取りだったが、ハーマンはそれに気づいたようだった。

「なっ、なんだ今のは⁉　おいダーヴィッツ、まさかテメエ、あの女と！」

「別に……そんなんじゃねえよ」

ゴドーに〝仕事〟の内容を聞かされたとき、説明されたことを思い出す。

『――協力者は、お前の他に、もう一人いる。そいつには2着に入ってもらうことになる』

ゴドーの言った、もう一人の協力者が、ノーチラスの《人形遣い》シャロン・デートだった。

あの女騎士なら、この辺りのマフィアと繋《つな》がりがあっても不思議はない。

すっかり、酔いが醒《さ》めてしまった。いや……最初から酔ってなどいなかったのかもしれない。

――不意に、会場の空気が変わった。

パーティー会場が、突如として熱気を帯びたのが分かった。熱は会場中に伝播《でんぱ》し、歓声と嬌声《きょうせい》を沸き上がらせる。それらは、本当の主賓の登場を意味していた。

今回のウィンドミルSの主役――ルーファス・ウェイン・ライトの登場を。

「兄さん……！」

掠《かす》れた声で、クリスがつぶやく。

ルーファスは、市長をはじめとした重役たちに声をかけられ、一通りの挨拶を済ませると、誰かを探すように会場内を見回した。

やがて、こちらのテーブルに気づくと、人ごみを掻《か》き分《わ》けて真っ直《す》ぐに向かってきた。

クリスと同様に、リーロイもまた、その姿に釘付《くぎづ》けになっていた。

ルーファス・ウェイン・ライト。自分に二度の屈辱を与え、同時にすべてを奪っていった相手。

……もっとも、ルーファスは、自分のことなど覚えてはいないだろう。勝者とはそういうものだ。敗者を顧みることなく、高みへと昇《のぼ》っていく。

ルーファスは、すぐそこまでやってきている。

「兄さん、ボクは……！」

クリスは挑むような目で、兄を見た。

——だが。

「……ユース選抜以来だ、覚えているかな？」

ルーファスは、意気込むクリスの前を素通りし、リーロイの前で足を止めた。

差し出されたのは、右手だった。

「リーロイ・ダーヴィッツ。会えて嬉《うれ》しいよ。君との再戦を、ずっと楽しみにしていた」

大きく、鼓動が跳ねた。

呆然《ぼうぜん》と、見返すことしかできなかった。

「以前、君が出るはずのレースの会場に足を運んだことがあったんだが、そのとき君は欠場していてね。前の対戦から、どれほど腕を上げたか、本当に楽しみだよ」

かろうじて出せた右手で握手を終えると、ルーファスは主催者に呼ばれ、テーブルから離れていった。

ルーファスは、クリスとは目を合わせないまま、

「……クリス。お前の行動は、本国でも問題になっている」

去り際、淡々と、突き放すような口調で告げた。

「お前のやっていることは、旗機の私物化に等しい。そうまでして、僕に挑みたいのか？」

「兄さん、ボクは……」

「やってみろ。もし僕に勝てたなら、認めてやる。できなかったら、もう諦めろ。ライトの名はもう名乗るな」

そう言い捨てて、ルーファスは去っていった。クリスは悔しそうに、兄の背中を眺めていた。

「……リーロイ。今度のレース、やっぱり、ボクはどうしても……」

クリスが声をかけてくるが、返事をすることができなかった。

ぎりぎりと奥歯を噛《か》み、強く拳を握りしめる。

——ただ、ルーファスの言葉だけが、リーロイの中に渦巻いていた。


暗闇の中で、揺らめく〝火〟を見つめていた。それはまるで自分の感情のように、時に静かに、時に大きく、絶え間なく揺れ動いていた。

『——69EYESは〝生きている〟』

思い出したのは、士官学校で受けた、引退した国選騎士の講義だった。

『69EYESが《眼《め》》を開くように、ZEPがときに搭乗者の精神に感応するのは、それが触れたものと《同化》し、自らの内側に取り込もうとするからだ。その働きは、自然界でいうところの捕食活動にも通じる――ゆえに、〝生きている〟』

《眼《め》》を開くには――。まだ乗ってもいない69EYESに対する、候補生からの恒例の質問に、講師は答えて言った。

『自分の視覚に頼らず、すべての感覚を69EYESに預けることで、開眼数《アイズ・スコア》は向上する。言い換えれば、自分の感覚を機体に〝食わせる〟ということだ』

そのときは、比喩的な物言いだと思ったが、実際に69EYESに触れるようになって、気づいた。――自分の視覚に頼らない、ここに本質があった。

普段から、俺は〝視《み》え〟すぎていた。だから、69EYESへの適性がなかった。ただ目を閉じただけでは、開眼数《アイズ・スコア》は上がらない。69EYESに、本当の意味で視覚を委ねるためには――。

マッチの棒が焦げ、独特な匂いが鼻腔《びこう》をついた。

――「29」――後にも先にも一回だけ、この〝方法〟で《眼《め》》を開いた。選考試験だった。あいつ《ルーファス》との対戦では、この〝方法〟は使わなかった。開眼数が増えたところで速くなるわけじゃない。何より、実行すれば肉体的負荷がかかる。何度もやれるものではなかった。

だが——もし、俺が《眼》《め》を開いていたら、勝負の行方はどうなった？

何も変わらない——確かに、〝俺ひとり〟ならそうかもしれない。だが、もし……。

——扉が開く音がした。同時に風が吹き込んで、マッチの火をかき消した。

「くっらいわねぇ」

真っ暗な控え室を見回して、ジゼルが言う。

「……またお前かよ」

「悪い？　一応、レースが終わるまでは、あんたのマネージャーですからね。明かりくらいつけなさいよ。それとも《眼》《め》の使い手は、集中するために明かりをつけないわけ？」

「……それ、誰から聞いたんだ？」

「べつに。ただ、なんとなくよ」

そう言って、ジゼルは備え付けのランプに火を入れた。

部屋の中に、光が満ちる。リーロイは瞬《まばた》きもせずに、じっとその様子を見つめていた。

「で、覚悟は決まったの？」

腰に手を当てて、ジゼルが訊《き》いてくる。

「……うるせえよ」

低い声で、唸《うな》るように言う。

また怒り出すかと思ったら、ジゼルはこちらの顔を覗《のぞ》き込《こ》んで、満足そうな笑みを浮かべた。

「ふふん。ちょっとは、いい顔に戻ったじゃない」

顔を上げると、ジゼルは扉の外を親指で示して、言った。

「――行ってきなさい。するんでしょ、〝交渉〟？」


控え室から出ると、廊下でクリスと鉢合わせた。

「リーロイ！　どこ行ってたんだ⁉　急にいなくなるから、心配してたんだ」

「……セカンドの連中は、まだ残ってるか？」

「ん？　ああ、会場はもう片付き始めているけど、オーナー・ジゼルが声をかけていたから……。あっ、もしかしてリーロイ、彼らと〝組む〟のか⁉」

クリスの瞳に、期待の光が宿る。組む――それが意味することは、ルーファスとの対決だ。

「さあな……それは分からねえ。だが、話をしておく必要はある。……クリス、お前ともな」

「……えっ？」

自分を指さして、クリスはぽかんと口を開けた。

「お前も勝ちたいんだろ？　……俺も気が変わったんだよ。〝組む〟なら組もうぜ」

「ほっ、本当か⁉」

興奮気味に、クリスが言う。

「ああ、本当だ。ただし、お前が、俺の言う条件を呑《の》めればの話だけどな」

「あ、ああ……いいさ、どんな条件だって聞いてやる！　兄さんに勝てなければ、ボクはいつまで経《た》っても、本当の意味で騎士になんかなれやしないんだ！」

視界が晴れていく。もう、何の迷いもなかった。自然と、笑いがこみ上げてくる。

「これから出るのはその辺の野良《のら》レースじゃないぜ。……いいか？　勝ちたかったら、俺が言うことをよく聞けよ――」

何のために飛んできたのか。そんなことは、――言葉にするまでもない。

@20. 〝ウィンドミルS《ステークス》〟

騎士憲章により訓示と諸注意が確認され、剣を掲げて〝誇りをかけた一戦〟を誓わされる。騎士たちは皆、一定の基準を満たした、制式の飛行服《フライトスーツ》に身を包んでいた。いずれも公式戦ならではの光景である。

……それが終われば、自機の操縦席《コックピット》で待つだけだ。

「おい、リーロイ！」

肩を掴《つか》み、声をかけてきたのはアラド・スミスだった。

「さっきからフラついてんじゃねえか！　そんなんでレースに出られるのかよ⁉」

「ああ、……これか」

視界はぼやけていた。アラドの輪郭が、何重にもぶれて見えた。真《ま》っ直《す》ぐ歩いているつもりでも、どうしてもバランスが崩れてしまう。

「ちょっと、前がよく見えなくてな。まあ、気にするなよ。もうすぐ〝視《み》える〟ようになる」

答えてやると、アラドが肩を怒らせるのが、かろうじてわかった。

「……てめえ、昨日あれだけ吹いておいて、クスリで飛んでんじゃねえだろうな⁉」

アラドの剣幕に、他の騎士たちも何事かと注目する。

クスリで飛ぶ。その言葉に、知らず笑みが零《こぼ》れる。……確かに、似たようなものだ。暗闇の中、灯《とも》した焔《ほのお》を見続けることで、自身の〝眼《め》〟を灼《や》いたのだから。

そう何度もできることじゃない。だから、今までやらなかった。……そもそも、そんなことをしたところで、大した変化があるわけでもない。

操縦技術が向上するわけでも、機体が速くなるわけでもない。ただ〝視《み》える〟ようになるだけ。……たった、それだけだ。

「聞いてるのか、オイ！」

「……安心しろよ、お前こそしっかり頼むぜ」

「……ぐっ」

ゆっくりと肩を掴《つか》む手を離させる。こちらが込めた力に、アラドが顔をしかめる。

「昨日、話した通り、俺が前へ出る。勝ちたかったら〝サイン〟を見逃すなよ」

アラドに伝えたわけではない。こちらを見ていた、準騎士《セカンドナイト》たちへ向けての言葉だった。無言ながらに、彼らも視線で昨日の〝交渉〟を了解する。

「ダーヴィッツ、掻《か》き回《まわ》せよ。何をやるのか知らねえがな」

楽しげなハーマンの声掛けに、リーロイは片手を上げて応えた。

霞《かす》んだ視界のなかでさえ目映《まばゆ》く輝く二機。片や自分のすべてを奪った才気溢《あふ》れる実力者、片や分不相応にも挑みかかってきた新人《ルーキー》。似ても似つかない大国の騎士、その兄弟。

すれ違いざま、クリスがこちらに視線を向ける。その青い瞳に、迷いはない。

「……ダーヴィッツ卿《きょう》。今日のレースがどんなものなのか、分かってらっしゃいますね？」

自機の横には、シャロン・デートが待ち構えるように立っていた。微笑《ほほえ》みながら〝仕事〟を確認してくる。

「……ああ、よく分かってるよ」

「頼もしいお言葉ですわ。……それでは、また。空でお会いいたしましょう」

満足げな返事を残して、シャロンが去っていく。

「……ずっと〝待ってたんだ〟、邪魔されてたまるかよ」

己のZEP《ゼップ》に乗り込んで、駆動炉《エンジン》に火を入れた。目を閉ざすと、視界が黒に染まっていく。

――黒い世界のなかで一つ、景色が開いた。捉えたのはファルコン……ハーマンか。また一つ、景色が開く。ファルコン。これはユマ。ひとつ、またひとつと、黒が削《そ》がれ、景色が開いていく。そのすべてが一枚の絵のように頭の中で処理されていく。

ギョロリと開いていく景色のなかで、最後を埋める一機のZEPは、

「覚えててくれて嬉《うれ》しかったぜ、ルーファス……」

白銀に輝くI.O.U《アイ・オー・ユー》――〝あのとき〟と変わらず、心臓が高鳴る。閉じこめていた記憶を

解き放ち、血がたぎる。込み上げてくるのは歓喜だった。いつまでも忘れられなかった〝あのとき〟を取り戻す最後のチャンス。

何のために生きてきた？　そんなことは決まっている。

「……俺も忘れたこと無かったぜ」

もし、ここにオディレイの騎士たちがいたならば、戦慄さえ覚える姿がそこにあった。６９ＥＹＥＳ《シックスティナインアイズ》の《眼《め》》が次々に開いていく——その数は「20」を超えても、留《とど》まるところを知らなかった。

「——お前に負けたことを」

吐き出した言葉とともに、「33」の《眼《め》》が開いた。

『本日、集まった観客は主催者発表、三〇万の大台です！　さあ、投票の締め切りまで残り時間もわずか、現在のオッズを確認しておきましょう！　ファルコン搭乗ロス・ハーマン、55倍！　ファルコン搭乗ユマ・エバンス、73倍！　バッジー搭乗ハロルド・ニックス、１０６倍！　レイヴン搭乗リトル・ゲームス、35倍！　ガルーダ搭乗アラド・スミス、42倍！　——、』

——ホテル・ビーナス。その最上階は眺めの良い展望席となっていた。毎年、ウィンドミルＳの行われる日は、市長が招いたＶＩＰが集められ、酒を酌《く》み交《か》わしながらの歓談が行われるのが通例だった。

だが、今年は……。

『――そして、トライアルよりもう一人、ご紹介させて頂きましょう！　公式戦の経験の無いまま、本レースにてデビュー！　しかし変名で参戦したトライアルにて5戦3勝の実績は文句無しの選出！　I.O.U 搭乗、はねっかえりの女性騎士クリスティン・ティナ・ライトのオッズは、26倍！　堂々の三番人気です！』

会場の熱狂とは対照的に、部屋にはうすら笑いさえ浮かべた者たちが集まっていた。結果の決まっているレースに熱を上げる観衆が愚かしく、しかし、彼らが自分たちの用意した空の箱に金を惜しみなく投げ入れてくれることを、愛《いと》おしくも思っていた。

『では、改めて開催者が招待しました屈強な国選騎士のオッズをご紹介！　69EYES 搭乗のリーロイ・ダーヴィッツのオッズは50倍！　次に DOLLS《ドールズ》 搭乗、こちらもクリスティン同様、女性騎士シャロン・デート、12倍！　二番人気です！　前日のオッズでは6倍から8倍の間を変遷していましたが、まさかの二桁のオッズとなっています！』

――おおっ！　会場の方からどよめきの声が寄せられる。

二番人気に与えられた、想定外の高配当。すべては〝シナリオ通り〟に運んでいた。

『シャロンの戦績は9戦6勝！　敗れた三戦はいずれも重賞《グレードレース》、二着惜敗という好成績！　しかし、次に控える本命――いや、大々本命はこのシャロンの戦歴さえも霞《かす》ませるのか!?　一番人気、I.O.U搭乗、ルーファス・ウェイン・ライトの単勝オッズは圧巻の1・0倍！　支持率は88％超のレコード・オッズ！　世界が注目する新星です！　続いて、連番のオッズをご紹介！　やはり、ルーファス関連のオッズは、先ほどのシャロンを筆頭にどのオッズも――』

一番人気《ルーファス》と二番人気《シャロン》の連番でさえ、配当は1・0倍の元返し――それは勿論《もちろん》、この部屋にいる無法者《マフィア》たちが操作したものだった。これで観客の賭け金は、他に流れることになる。

……あとはレースが始まり、そして、〝シナリオ通り〟に終わるのを待つだけだ。

用意された席はひとつを除いて埋まっていた。その最後の空席も、レースの始まる直前に、サミュエル・ゴドーがやってきたことで埋まった。

宴《うたげ》を取り仕切っていた禿頭《とくとう》の男バド・シャングスが鼻を鳴らして、声をかける。

「おう、ゴドー。ずいぶん遅かったな」

「申し訳ございません。色々と準備に手間取りまして」

この場を占めるうすら笑いとは違う、ゴドーの仮面の笑み。それが分かるからこそ、シャングスはこの男が気に入らなかった。

「お前らに準備することなんてあったか？　それともレース終わりに歓待でもしてくれるのか？　それなら是非とも頼みたいもんだ。子飼いの三流騎士を潜り込ませて一〇億か。ボロいもんだな」

「心苦しい限りです」

「……何が面白いんだ、テメエ」

シャングスがゴドーの胸ぐらを掴《つか》んで凄《すご》めば、慌てて周囲が引き離した。ゴドーはやはり表情を崩さず、そのまま何もなかったかのように乱れたスーツを正す。

「……めでたい席だ、今回は見逃してやる。お前らに次はねえと思うが、顔合わせることになったらしっかり包んでこい。それで身の安全は保障してやるよ」

およそ同業者へ向けるものではないシャングスの言葉に、取り巻きが声を押し殺して嗤《わら》った。

ゴドーは先に待機していた自分の部下へ視線を向けて、〝戦果〟を訊《き》いた。

「売り上げは幾らになったんだ？」

「会場で七〇億、各地の場外券売場で五〇億、合わせて一二〇億です」

「……素晴らしい。場外の売り上げが予想以上に伸びていますね」

ゴドーが感嘆するようにこぼすと、シャングスが答えた。

「場外を今年から開けさせたのは俺だ。我ながら慧眼《けいがん》だったぜ、市の連中は観光客が減るってんで最後まで渋ったがな。……倍率の操作もハマった。市長は抱き込んでいるからな、もうこっちの言いなりだ。あとはレースが無事に終われば一〇〇億、いや一二〇億とご対面だ」

会場より、レースの開幕を告げる、実況者の声が響き渡った。

『さあ、空へ貴方《あなた》の夢を託し、盛大な拍手で迎えましょう！　第七四回ウィンドミルＳ！』

すでに〝勝ち〟を確信し、次々にグラスを重ねる、本来なら招かれざる黒い者たち。そんな光景を眺め、その中心に自分がいることにシャングスは満足した。そうして、これからの自らに敷かれた〝道〟に思いを馳《は》せる。

……いいや、まだ喜ぶのは早い。すべてはレースが無事に終わってからだ。

シャングスは、昂揚《こうよう》を抑えるように葉巻を噛《か》んだ。それから、

「……わりぃな」

火を差し出してきたのは、ゴドーだった。

『絶対の勝者がその絶対を歴史に刻むのか⁉　それとも、よもやの番狂《ジャイアント・キリング》わせは起こるのか⁉　長らくお待たせしましたっ、チェスカが誇る風車の祭典！　さあさあ、とくとご覧あれ！　チェスカの空に集いし、空の覇者たちの入場です！』

「……私も記念に一口買わせて頂きました」

「ああ？」

「伝説の証人になろうと思いましてね」

「……くだらねえこと言ってんじゃねえよ」

シャングスはつまらなそうに鼻を鳴らし、席へと向かった。それだから、彼は気づけなかった。自分の後ろで、……サミュエル・ゴドーが仮面を剝ぎ、本当の顔を垣間見《かいまみ》せたことを。

「レースがどうなるか、非常に楽しみです」

そして愉快げに、空を駆ける紫の《眼《め》》を見送ったことを。

操縦機器の具合を確かめ、大きく深呼吸を繰り返す。落ち着け。そう心に言い聞かせながら、それでも、感情の昂《たかぶ》りを抑え切れない。

クリスの目の前には、石畳の街並みが広がっていた。普段と違うのは路上に人がいないことだ。いや、ホテル、マンション、家屋……それぞれの屋上に運営の指示を無視して潜んでいる人がちらほらと見える。市街地をコースに取り込んだエアレースにはよくある光景だ。

あの夜――リーロイが自分に授けた策を、もう一度、思い返した。

『――勝ちたかったら〝逃げろ〟。それだけだ』

――逃げる？　I.O.U は重量機だ。先行策なんて、自国では聞いたことがなかった。

『前だけ見て突っ走れ。最初から全開《フルスロットル》で吹かすんだ。それこそ、スパートかけるつもりでな。間違っても振り返るなよ？　万に一つでも、お前が勝つ方法はそれしかねえ』

――そもそも、I.O.U で逃げ切れるのか？

疑問をぶつけると、リーロイは嗤《わら》って言った。

『最後に失速する、そのリスクは承知の上だ。だが、前にも言った通り、まともにぶつかったところで、勝ち目はゼロだ。たしかに I.O.U の逃げなんて、セオリーとは言えない。……それだからこそ、意味がある。あのルーファスを崩すには〝想定外〟を起こす必要があるんだ』

（……出だしから飛ばせって、やっぱりプレッシャーが掛かるな）

緊張から喉が渇いていた。ごくりと唾を嚥下《えんか》しても、それで潤うこともない。

目の前から先のコースを思い描く。緩やかなカーブこそあるものの、市街地のルートは直線に思えなくもない。市街地を抜けてから、あの大風車の群れを縫っていくことを考えれば……、

（確かに、ここでスパートを掛けるのも面白いかもしれない――……）

……謀《はか》られている可能性もある。これは結果が残る公式戦。金よりも、名誉が賭けられるレース。持ちかけたのは自分だが、国選騎士が他国の騎士と〝組む〟なんてことは本来は有り得ない。

（〝逃げる〟、〝組む〟、確かに有り得ない、有り得ないよ――それでもっ！）

意を決し、奥歯を嚙《か》む。そうして、最後の〝直線〟を前にしたように、スロットルを全開まで押し上げる。駆動炉《エンジン》の音は、すでに遮蔽物さえ震わせるほどに鳴っていた。

（まともに飛んでどうする⁉　そんなことをして兄さんに勝てる⁉　想像できないな、確かに想像できないよ‼）

操縦桿《かん》を前へ倒し、機体の頭を押し下げる。周りの騎士たちはクリスのI.O.Uを奇異の目で見る。いや、クリスが何をしようとしているのか分かってはいる。……しかし、その行為に何の意味があるのか理解できず、静かに佇《たたず》むもうひとつのI.O.Uの出方を勘ぐった。

『スタート地点はチェスカの大広間！　ここ、ウィンズ・パーク！　各機、起点配置に付き、駆動炉《エンジン》を起動！　裂帛《れっぱく》の駆動音が早くも臨界点を迎える！』

……最初からスパートなんて有り得ない。常識が他の機体をクリスのI.O.Uから遠ざけた。意図さえ不明な、作戦とも思えない行動——新人《ルーキー》騎士の暴走のとばっちりを受けることを恐れた。唯一オディレイの《眼《め》》だけが、ガラ空きとなるだろう、その後ろを狙っているようにも見えた。

（……リーロイは、リーロイだ！　後ろは、もう見ない！）

『ひるがえる、準備完了のフラッグ！　風が唸《うな》りを上げる大草原！　役割を終えた大風車の厄介極まりないバリケード・アート！　それらを切り抜け、戴冠するのは誰か!?　しかし、その前に自治都市チェスカの優雅な街並みを空の勇者たちに堪能《たんのう》していただきましょう！　高度制限は30m！　ノイズ・カウントが入ります！』

Bｏｏｏｏ！

『——THREE！』

大音量の甲高いノイズが、三〇万の観衆に、一二機のZEPの出発の時を報《しら》せる。

Bｏｏｏｏ！

『——TWO！』

それは同時に警報となって、屋上に潜む観衆たちの好奇を煽《あお》り、恐怖を伝播《でんぱ》した。

誰もが身を屈《かが》め、そして、限界まで膨れ上がったウィンズ・パークの熱に引き寄せられ、眼下を覗《のぞ》き込《こ》んだ。

Ｂｏｏｏ！

『――ＯＮＥ！』

光が走り、遅れて人ならざるモノの雄叫《おたけ》びが聴こえた。最後のカウントが鳴った瞬間、すべての機体の駆動炉《エンジン》は解放されていた。遠くにあったものが近づいてくる。自分たちへ向けられたノイズと暴圧された駆動炉《エンジン》が嚙《か》み合《あ》い、フィードバック・ノイズとなって――

『騎士たちよ、風車を廻《まわ》れ！　第七四回ウィンドミルＳの火蓋が今、切って――』

――ッ！

実況の絶叫は届かない。ウィンズ・パークにいる観衆は、コンマの光景を捉え、その刹那の後には爆音に圧倒されていた。一斉に飛び立った一二機のZEP。軽量機と呼ばれるカラフルなバッジーが、不吉なオディレイの《眼《め》》が、黒いレイヴンが抜け出していく。しかし、その中にあって次元を曲げるような一閃《いっせん》の光が突き抜ける。誰しも目を見張ったその光に、

『I.O.U‼』

――その光に名前がつけられていることを思い出したのは、実況者の一文字一文字確認する

ような連呼からだ。

『先頭はっ、先頭はっ、I.O.U！　それも、――クリスティン・ティナ・ライトだっ！　バッジーの二機、これに……続っっけないっっ⁉　離される⁉　離されているか⁉　バッジーたちの指定席をまさかの強奪‼　はねっかえりのクリスティン、ヴァージン・フライトでセオリーを無視した大逃げだ！　予想外、予想もしていなかったスタート・ダッシュ！　いや、これはスタート・スパートか⁉　電撃の疾走でコーナーを曲がる！』

余裕のないアナウンスが、観衆の嬌声《きょうせい》を煽《あお》る。正面から迎えた命知らずの観客たちは激突を予感して手をかざし、目を瞑《つぶ》った。強烈な風、そこから数瞬遅れての風の群れ。慌てて、まぶたを開けば他機のZEPの背が目に入った。――実況者の絶叫が続く。

『ルーキーの暴走にばかり目を取られてはいけないっ、後ろもゴチャゴチャしているぞ⁉　続くバッジーの二機は順当ながら、面白いのはすぐ後ろを追尾する69EYES！　セカンドポジションを獲《と》るつもりか⁉　道を塞ぐスリーワイドを展開！　少し離れてレイヴン、DOLLS、ガルーダの縦列！　ここは落ち着いた対応と言えるでしょう！　そして、ルーファス・ウェイン・ライトのI.O.Uはファルコン四機を従えて貫録十分、悠然と後方に構えます！』

暴走の一言で片づけられているクリスの〝スパート〟――だが、当人もまた戸惑っていた。

（……はっ、速過ぎだろっ、何だこれ⁉　技術以前の問題だ、こんなんじゃあぁー！）

コースをきわどく選択していく。緩やかなカーブは急カーブへと変貌し、操縦桿《かん》は鉛のように重い。食いしばる歯がギリリと軋《きし》む。

（……こんな乗り方、二度とするもんかぁあああ！）

心中で慌ただしく毒づきながら、クリスは今あるテクニックを十全に発揮していた。前方に敵のいない、事実上のタイム・アタック。終盤の駆け引きを放棄してしまったが、それに見合うだけの利をこの新人《ルーキー》は手にしていた。新人《ルーキー》にとってレースでもっとも大事なことは、実力を発揮する状況を整えること。クリスは参加者全てが〝格上〟という絶望のなか、奇跡的にもそれを叶《かな》えていた。

（──クソッ！　これでいいんだろう、リーロイ!!）

現在、当人でさえ自覚していないその事実を知っているのは、この策を与えたリーロイ・ダーヴィッツと、あと一人……

『先頭は引き続き、クリスティンのI.O.U！　バッジー二機と69EYES織り成す二番手集団も前を塞いだまま！　その後ろも変わらないか!?　最後尾、ファルコンの一群がルーファスを囲む形になった程度の変化！　ポジションは膠着《こうちゃく》状態のまま、市街地を疾走しております！』

横のバッジーの動きに注意しながら、飛び出さないように〝鍵〟を閉め続けていた。焦《あせ》りは無い。ひどく冷静に戦況が把握できている。

――《眼《め》》が開いていた。誰がどこにいるのか、何を狙っているのか、すべてが〝視《み》える〟。捉えきれないのは、デタラメな速さで前を行くクリス。カーブの度に、一瞬〝視《み》〟失う。

（……ハマったな、〝保険〟は）

クリスが勝つならこの方法しかない。メンバー中、最低のテクニック。技術の向上は見られるものの、I.O.U の性能だけで勝ってきた事実は否定できない。

「……まあ、あのクソ度胸は買えるけどな」

自分の言葉を盲目的に信じて、スタートからの〝スパート〟――鬼気迫る駆動音は他機への威嚇にもなった。自分がこうして二番手をすんなりと確保できたのも、クリスの働きのおかげと言える。

『おっと、ガルーダが動くか⁉　高度制限ギリギリに上昇！』

アナウンスに釣られて、ギョロリと《眼《め》》が後方に集まる。後ろではレイヴン、DOLLS、ガルーダが弓なりに縦列していた。アナウンスの通り、アラドのガルーダがDOLLSより高度を上げて前出しようと試みるが、その前に構えるレイヴンも高度を上げてガルーダの前出を阻《はば》んだ。

（ゲームス、だったか。アイツもまだこのままがお望みか、こっちとしてもその方が都合が良い……が、しかし旗機となると、本当に見境なく喧嘩《けんか》売るなアラドの野郎）

小競《こぜ》り合《あ》いの景色に小さく笑う。しかしどこに視線を集中させても、リーロイは〝一機〟の動きだけは常に気を配っていた。

自分の斜め下を飛ぶハロルドのバッジーがスピードを上げる。

「……おいおい、ゆっくり行こうぜ?」

ため息とともに、スロットルを開け、前に出る。〝レースの均衡を保つ〟——その一点だけのために。

「……動くならもっと後だろ?」

後方でファルコンに囲まれながら、不気味なまでに沈黙している白銀のZEPを見やる。

(……下手に動いたって、アイツに舐《な》められるだけだぜ? 気合い入れてくれよ。〝お前ら〟には頑張ってもらわねえと困るんだよ)

〝視《み》えて〟いた。現在、〝誰〟が〝何〟をやりたいのか、手に取るように。このレースで飛んでいる騎士たちは、誰もが勝とうとしていた。……誰に? そんなことは決まっている。

『……勝て? あのマイルスのエリート様に?』

リーロイの不可解な要求に、ハーマンたちはただ戸惑った。〝勝て〟、それを伊達《だて》や酔狂で言っているのでないことは分かっている。

準騎士《セカンドナイト》たちは、完全に呑《の》まれていた。リーロイの次の言葉をただ待っていた。

『そうだ、勝つ気で乗ってくれるだけでいい。お前らがその気になってくれれば、俺がアシストしてやるよ。公式戦だ、金のやり取りは出来ねえけどな』

ただ〝勝て〟という、およそ持ちかけられたことのない、異常な〝交渉〟。居合わせた面々が言葉を紡《つむ》げず、呆気《あっけ》にとられるなか、口を開いたのはアラド・スミスだった。苛立《いらだ》ちを隠そうともせず、リーロイを睨《にら》みつける。

『腹割れよ！　何が目的だ、リーロイ！』

『……金稼ぎが染《し》みついて、入着狙《あい》いされると困るからだよ。俺が苦労してコース潰しても、お前らがさっさと諦めてルーフアスに道を譲ったら話にもならねえからな』

「ああ？」

凄《すご》むアラドを無視して、リーロイはソファーに寄りかかり、ポケットから煙草《たばこ》を取り出した。

『お前らがそれなりの腕を持ってるのは知ってるよ。準騎士《セカンドナイト》って言っても最初の選考で落とされただけで、重賞《グレードレース》に出られるくらいの経験値を考えれば、その辺の国選騎士よりもよっぽど実力は上だ。乗ってる機体がヘボなだけで』

――瞬間、殴りかかろうとするアラドをハーマンが羽交い絞めにして押さえる。

『離せよ、旦那！　コイツ、ブッ飛ばしてやるっ！』

『落ち着け、落ち着け……いやに絡《から》むじゃねえか、ダーヴィッツ？　〝交渉〟の仕方、下手なんじゃねえか。ここにいるのはセカンドだ。そんな煽《あお》り方されりゃ、組めるもんも組めなくなるぜ？』

たしなめてくるハーマンを、紫煙をくゆらせ、声に出さずにリーロイは嗤《わら》った。

『プライドあるか調べてんだよ、国選騎士落ちのロス・ハーマン。後進のために身を引いたみたいな言い方されてるが、引退突きつけられたんだろ？　いつまでも皇騎士《クラウンナイト》になれねえからよ。お前、何のためにまだ現役にしがみついてんだよ』

『いっ、いい加減にしろよテメエ！　旦那、離せ！』

青筋を立てて吼《ほ》えるアラドを羽交い絞めたまま、ハーマンは頭を振った。

『……分かった、お前に乗ってやる。普通に飛んでりゃいい話だ。入着狙いなんてショボい真《ま》似《ね》しないでな』

ハーマンは同調を促すように、周りを見渡した。全員が一連のやり取りに面白くない顔をしていた。それはもちろん、リーロイの不遜な態度に対しての反応だったが、リーロイが来る前まで交わしていた入着狙いの会話へのばつの悪さもあった。

『……ゲームスだったか、お前さんはどうする？』

外様《とざま》といえる遠方からの参戦者ゆえ、様子見を決め込んでいたリトル・ゲームスにハーマンが面倒見よく話を振る。少し間を空けて、ゲームスが答えた。

『この辺の、……〝交渉〟は面白いな。こうまで険悪にして組むなんて初めての経験だ』

『別に組もうなんて言ってねえぜ？　ただ、勝つ気で飛んでくれって頼んでるだけだ。ケチな金なんて狙わないで優勝賞金目指せよ。ついでに、名誉までついてくるんだぜ？　ドサ回りで忘れちまってるかもしれねえが』

茶々を入れるリーロイに、再び、アラドが——。ハーマンが腕のなかで暴れるアラドを押さえながら、盛大なため息をついた。

『あーあー、何を考えてるのか知らねえが、若いんだよお前ら。オッサンに無駄な力を使わせるなよ。ここにいたって堂々巡りだ、時間の無駄だな。話に乗るやつは退散しろ、勝つために考えないといけねえだろうからな』

ハーマンの一言に不承不承ながらも、一同は場から流れはじめた。

『……そうそう、言い忘れてたわ』

背を向ける準騎士《セカンドナイト》たちへ向けて、リーロイが声をかける。

『お前らがどう飛ぼうと明日、俺は前に出るからよ。迷ったら俺を見ろ、意地を張らずにな』

リーロイは、自分の〝眼《め》〟を指さし、怪訝《けげん》そうに振り返る騎士たちに告げた。


『——一人旅を続けるクリスティンに降り注ぐ声援！　先頭のI.O.Uが潜《くぐ》り抜《ぬ》けていく石造りの円形のアーチは、このコースがその昔、排水路だったことを示しています！　超速で逃げるクリスティンには視界不良は何とも厳しいところ！　その背後、かろうじて姿が確認できる二番手集団からすれば、ここで少しでも詰めておきたい！　この先には事実上のバック・ストレート、市街地から風車の墓場を繋《つな》ぐ長い長い直線が待っている！　クリスティンの独壇場がさらに続いてしまうぞ⁉　果たして、後続はクリスティンの奇襲をルーキーの暴走と放置して大丈夫なのか⁉』

——問題なく、届く。

断片的なアナウンスから距離を測って、ルーファス・ウェイン・ライトはそう判断した。

仮にこのままならば、最後の直線に入る前にもクリスを〝捕まえられる〟。強引な加速で前線へ躍り出たクリスの奇襲には驚かされたが、……理に適《かな》っている。定石通りの後方待機では、ルーファスのI.O.Uを含めた重量機五機との展開は困難を極めただろう。ならば、自分との戦いを貫く方がより結果はついてくる。

（……5着、あるいは4着。このメンバーなら大健闘だな）

妹を侮《あなど》っていた。それはルーファス自身、素直に認めるところだった。I.O.Uのスタートからのスパート、セオリーに無い大胆な奇策。お陰で〝先頭〟を測るのが複雑化した。だが、それも修正できる。I.O.Uのことなら誰よりも知っていた。あのスピードでは大風車の〝折り返し〟を過ぎたところで失速するだろう。

なだらかにコースが下っていく。光が離れ、影が差しこんでくる。それと重なるように両隣のファルコンが自分の前方に出る。

（……巧《うま》いな）

ファルコン四機は〝組んでいる〟ように感じられた。スタートから徐々に、探り合うように自分の包囲を完成させている。だが、マークを受けることには慣れている。

（……何も問題ない。……〝彼〟が何も仕掛けて来ないならば）

前方で揺らぐ不吉な《眼《め》》を注視しながら、ルーファスはゆっくりと仕掛け始めた。

しかし、その《眼《め》》よりも遥《はる》か前方——クリスの勢いは止まっていない。

『突入するは全長１・５㎞のストレート！　逃げる、逃げる、クリスティン・ティナ・ライト！　圧倒的な性能差を生かし、二番手集団以下をさらに突き放していきます！　大胆不敵、傲岸不遜！　ルーキーらしからぬ快走を続ける！　さあ、観衆は耳を塞げ！　ウィンドミルＳの名物、騎士たちを称《たた》えるキャノン・アトラクション！　しかし、先頭に合わせての並列点火は、ここまで二番手と離れた距離ともなると、クリスティンを祝うためのものとしか思えない！』

晴れ渡る空に号音が轟《とどろ》く。音とともに噴水のように昇っていく白煙。鮮やかなファイア・ワークス。観客の視線が眼下のZEPから空へと逸《そ》れる。その一瞬の間にも、後続では駆け引きが行われる。しかし、順位の変わらないそれは実況されることもなく、何事も起こらなかったものとして流される。……いや、実際に駆け引きはあまりに高度化し、レースに奇妙なまでの膠着《こうちゃく》を招いていた。それはクリスがレコード・ラップで市街地を抜け、いよいよ風車が待つ郊外へと躍り出ようとしたとき、すべてのZEPがストレートへと突入したとき、——顕在化した。

……〝違和感〟があった。

ルーファスは、この感覚を過去に経験していた。だからこそ、背筋を伝う汗は冷めていた。

（まだ十分、間に合う。……だが、悠長に構えていられる状況でもないな）

違和感。その正体はすでに解《わか》っている。だが、それを信じられない自分がいた。

『さあ、クリスティン！　荒れ狂う風をどう乗りこなすか⁉　最後尾、ルーファスを取り囲むファルコンの一群もストレートを疾走！　さすがの重量機、迫力の加速を展開！　前方との差を詰め始めた！』

湧き立つ会場。クリスの奇襲にルーファスが動じることなく、淡々と追走しているという錯誤。だが、実際はこのストレートにおいても、ルーファスのI.O.Uは力を発揮しきることはなく、周りに合わせるように駆けているに過ぎなかった。

周りを囲うファルコンは、ルーファスに堅牢《けんろう》な黒い〝檻《おり》〟を連想させた。この檻《おり》を突破すべく、何度となく、幾重にも仕掛けていた。だが、その試みはいずれも失敗に終わっていた。

才足らず、二流とそしられる準騎士《セカンドナイト》たち。……しかし、この乗り手たちは一言、

（……巧《うま》過ぎる）

にわかに信じられない状況だった。マイルスの至宝と謳《うた》われる自分と互角ないしそれに準ずる腕があった。それ故に、……頭は醒《さ》めている。そんなことは有り得ないと理解できている。

〝組んでいる〟のは間違いない。現に、何度も突破しているにもかかわらず、壁を作り直すように相互に補い合っている。

フェイントを織り交ぜ、マークを外す。その外したマークを補う隙を突くまでが一連の仕掛けだった。だが、――それが見切られる。

（……こんな連携が、彼らにできるのか？　いや、この状況は……）

ルーファスは知っていた。過去に唯一勝利を逃した、あの試合。――状況は〝あのとき〟に酷似していた。

違和感の正体に気づいたとき、ルーファスはこの〝檻《おり》〟を誰が保っているのか確信を持った。

……〝彼〟がどう指示しているのかは解《わか》らない。だが、レコード・ラップで駆け抜けるクリスとともにこの後方集団もまた、記録的なスロー・ペースのはずだった。すべては、このレース中、最速の翼を持つ自分と勝負するために。

（……面白い）

ふつふつと、ルーファスは己の内で歓喜が湧くのを自覚する。〝あのとき〟もこうだった。

このバック・ストレートで差を詰められなかったのは大きな代償を払ってしまったと云《い》える。

『バッジーの二機、そして、69EYES、ヴァーレー・ストレートを抜けて、間もなく後半、ウインドミル・ヘリテッジへ突入！　さあ、風に乗れるか!?』

この市街地で囲いを解いていれば問題なかった。だが、〝あのとき〟と同じように、自分はまたものの見事に〝彼〟の罠《わな》に気づけなかった。このレースの勝敗は、折り返しまでで決まる。

ずっと、〝待っていた〟相手だ。知らず、ルーファスの口もとは笑みの形を象《かたど》った。

（――まだ、間に合う）

はるか前方の《眼《め》》を定め、ルーファスの双眸《そうぼう》が爛々《らんらん》と輝いた。


『――とくとご覧あれ、チェスカが誇る風車の遺産を！　潜《くぐ》り抜《ぬ》けろ、空の勇者たちよ！』

ウィンドミルＳの出場者は、巨大な風車群――ウィンドミル・ヘリテッジの威容に目を奪われた。穏やかな風が流れ込み、悠然と回る風車の威容は、人々に有無を言わせず感嘆させる。

だが、風は悪戯《いたずら》だ。風車たちはその悪戯《いたずら》に付き合い――その翅《はね》を気まぐれに凶器《きょうき》へと化した。

『中央の大風車を目指し、各機、直進！　いいや、曲進！　これがウィンドミルＳならではの騎士へ強いる変則フライト！　都市内外に轟《とどろ》く、最高難度Ｓに認定されるコースだ！』

草原の果てにある大風車を折り返し、熱戦を見守る市街地、会場へ設置されたゴールへ向かう。それがウィンドミルＳの後半のコース・レイアウトだった。

その大風車の前方。他の風車はらせんを描くように配置されていた。翅《はね》は大きく、遠近法により隣り合うようにさえ映り、乗り手を惑わせた。そして、目印をつけられた二つの風車の間を通り抜けねばならない適用ルールにより、大きく迂《う》回《かい》しながら進まねばならなかった。

恐ろしいのは、——その際に、廻《まわ》る翅《はね》に巻き込まれることだった。タイムを縮めたければ内へ切り込むしかない。しかし、風が風を呼び込み、進路を不規則に妨害した。

——GⅢ《グレード・スリー》、ウィンドミルS。その過去をさかのぼれば、出場者の実力が拮抗《きっこう》したときほど、レース中にクラッシュ・アクシデントが起こっていた。

(見惚《みと》れてしまいましたわ……)

後方で展開されるI.O.Uとファルコン四機の攻防。前方にはバッジーと69EYESが飛ぶ。その緩衝地帯と言える第三集団で、シャロン・デートはひとり、うっとりとため息をついた。ルーファスを捉え続ける準騎士《セカンドナイト》たちの、一糸乱れぬ連帯飛行《シンクロ・フォーメーション》。それがどれほど高度なものなのか、同じく連帯《シンクロ》を武器とする《人形遣い》の自分には分かる。

その完成度の高さは、逆に猜疑《さいぎ》心を呼び起こした。……準騎士《セカンドナイト》が？　それも重量機で？　そんなことは有り得るはずがないのだ。

それだからシャロンは、ルーファスよりも早く、そして正確に、ファルコン四機を操る《眼《め》》の存在に気づいた。

リーロイは、準騎士《セカンドナイト》たちに指示を出している——69EYESの《眼《め》》を動かすことで。

——上へ、あるいは下へ。——右へ、あるいは左へ。

ルーファスがフェイントで一機ないし二機を動かすたびに、崩れかけた列を、他のファルコ

ンが補う。フェイントは相手を〝迷わせる〟ものだ。そのたびにリーロイは《眼《め》》を揺らして、
ルーファスが真に進む方向を示していた。
リーロイが、準騎士《セカンドナイト》たちを集めて話をしていたのは知っている。それとなく覗《のぞ》いていたが、
喧嘩《けんか》を嗾《けし》けているようにしか見えなかった。……が、どうやら、あれが〝交渉〟だったようだ。
（まさか……そんな方法で連帯《シンクロ》を可能にするとは、思いませんでしたわ）
畏怖にも近い、賞賛の感情。I.O.Uとファルコンとの攻防は、そのままルーファスとリーロ
イとの〝読み合い〟だった。
レースは不自然なまでの膠着《こうちゃく》が続いている。この状態から、明らかになったことが二つある。
一つは、リーロイがどうやら、あのルーファスと伍《ご》する実力を持っていること。戦績的には
三流としか評しようがないが、この連帯飛行を見れば、その評価が誤りなのは明白だ。
そしてもう一つは、彼がこのレースを〝勝つ〟つもりで飛んでいることだ。……それ自体は、
さほど驚くに値しなかったが、その実力がルーファスに匹敵するとなれば、話は別だ。
請け負った〝仕事〟は、ルーファスを勝たせること。それを遂行するためには、ルーファス
を支援しなければならないが、ああも後方にいられると、手の出しようがない。
（……あら、お客様。……後にしてくださらない？）
いかにも自己主張の強そうな、朱色のZEPが仕掛けてきた。乗り手はアラド・スミスとか
言ったか。積極果敢に——言葉を変えれば、無策無謀に攻めてくる。観察するに、上下の動き

は滑らかだが、左右の動きには粗さが目立つ。不必要にも思えるアクロバットな飛行を繰り返すのは、技術にコンプレックスでもあるからか。

『ヴァーレー・ストレートよりトライアルを荒らす黒い無法者たちに守られ、ついに主役が到着！　ルーファス・ウェイン・ライトだ！』

バックミラーに映るのは、白銀を囲む黒の一団だった。いよいよI.O.Uが動き出した。しかし、位置を上げてきてはいるものの、いまだ〝囲み〟自体は解かれていない。

後方に注意を向けていると、今度は下から迫《せ》り上がるようにガルーダが仕掛けてきた。

(もう、しつこいお客様ですわね。……〝退出〟していただこうかしら)

『——風に振り回されながらの悪戦苦闘！　いまだサビつくことのない先達が研いだ風車の鉄扇、目の前を過ぎれば断頭台の刃にさえ思えることでしょう！』

ノーチラスの旗機DOLLSは、他の機体にはない特性を備えている。それは、同機種同士での意志疎通を可能にする連帯飛行《シンクロ・フォーメーション》で知られていた。

しかし、それはあくまで表向きのものに過ぎない。公にはされていないが、この能力は本来、同機種以外に対しても、ある程度の干渉を可能にする。

それは、ほんのわずかな干渉には違いない。それでも、こうしたコースなら——。

(助けてさしあげますわ、マイルスの騎士様。……でも、下手したら死人が出てしまうかも)

風車の翅《はね》が幾重に降りてくる。それらを巧みにかわしながら、シャロン・デートは妖艶《ようえん》な笑みを浮かべ、DOLLSの〝力〟を解放した。

『クリスティン、折り返しの大風車を、――今、回ったァァッ！　経過タイムは9分19秒！　もちろん、これは破格のレコード・ラップ！　しかし、すでにスタートで魅せたあのダッシュは影を潜めている！　風とコーナーに振り回され、走行距離を大分稼いでしまったか!?　さあ、ここからが正念場だ！　そして後方ではいよいよ動き始めたぞ！　もう一機のI.O.U！』

――恐怖に、近かった。

風を、風車の翅《はね》をかいくぐり、何度となく弧を描き、風車の間をすり抜けていく単純作業は、激情で覆い隠していた過去の記憶を、負の感情を浮き上がらせる。

操縦桿《かん》を持つ手に力を込めるのは、逃げ出したくなる己への叱咤《しった》からだ。

（……来やがったな、チクショウ!!　〝壁〟ごと押し上げてきたのか!?）

集中力の乱れに《眼《め》》が閉じようとする。ルーファスが来る、そう自覚するたび、69EYESに預けていた自分の感覚が戻ってくる。

（……折り返しまで持つか!?　いや、あの乗り方をされたら折り返しもクソも関係ねえ！）

《眼《め》》が捉えたルーファスの規格外の戦法。己の前に陣取るファルコンの真後ろで同じラインを取り、さらに前へ押し出す、――なかば脅迫的な飛行。他の〝壁〟三機は追随しているだけに過ぎない。むしろ風除《かぜよ》けにさえなって、I.O.Uのパワーの温存に貢献してしまっている。

（……クソったれ、どうする⁉　俺自体を〝壁〟に組み込むか⁉）

混戦は望むところだ。仮に自分を〝壁〟に組み込まざるを得ない状況に陥ったとしても、全てのZEPを巻き込めば勝機は十分にある。

（……信じろ！　腕なら、俺が上だ！　何のためにここまで負け続けた⁉　アイツに勝つためだ、それだけのために――現在《いま》を生きてきた！）

大風車を折り返し、前方から近づいてくるクリスのI.O.Uを《眼《め》》が捉える。クリスのI.O.Uはふらつき、機体制御に手間取っているように見えた。

（……クリスの野郎、止まったか⁉　飛び方がブサイク過ぎんだよ！　パワーに頼り過ぎなんだテメエは！　兄貴を見習いやがれ！）

再び《眼《め》》がルーファスのI.O.Uを捉える。差は確実に縮まっていた。想像以上に、速い！

このままいけば大風車の折り返しの直後、あるいは、その一歩「前」でクリスを除いたすべてのZEPが合流する。そこに隙が生まれる。アイツはそれを見逃さない。それが〝狙い〟だ。

（壁が上がってきたなんて考えるな――壁を固める手を考えろ！　アイツも焦《あせ》ってる！）

自分がルーファスを恐れているように、ルーファスもまた、自分を恐れている。駆け抜ける思考が、操縦桿《かん》を握る手を震えさせた。挑まれる恐怖、挑まれる歓喜。その相反する感情が奔流となって、リーロイの集中力を極限まで高める。

噴き出る汗を拭う暇なく、《眼《め》》は常時、せわしなく動き続け、すべてのZEPの位置を捉える。頭ではあらゆる手立てを考え、選択肢を並べ、選び、組み立てる。

『ここで勝負を賭けてきたか⁉　チェスカの徒花《あだばな》、アラド・スミスのガルーダが前進‼』

後ろを視《み》れば、ガルーダが素早く鮮やかに沈み、DOLLS、レイヴンから先頭を奪った。

（……アラドの野郎、ここで動くのかよ⁉　早過ぎるだろ⁉）

ハーマンたちファルコン組と違い、アラドたちに指示は出していない。言って聞くような連中ではないのが一番の理由だが、何より後半までは〝動かない〟と踏んでいたからだ。

（……いや、違う、チャンスだ！　今のうちにコイツらを巻き込めば！）

元より〝壁〟を増やすことは予定していた。その機が早まっただけとも言える。誰もが〝勝つ〟気概で臨んでいるのだ。流動的になるのは仕方がない。だが、それぞれの騎士たちが勝つ方法は限られている。だからこそ、予想がつく。これからの展開は必然的に――、

（……〝勝つ〟？）

脳裏に走ったのは、このレースでただ一人、〝勝とうとしていない〟騎士の存在だった。

――シャロン・デートは〝あちら側〟の人間だった。ルーファスを勝たせるために動くはずだ。それが何故《なぜ》、アラドへ先頭を譲ったのか？

風車の翅《はね》が降りてくる。風は荒れ狂い、機体制御を奪う。思考の収束の邪魔をする。

リーロイが目の前に気を取られている一瞬の間に、シャロンのDOLLSが再びポジションを

奪うべく仕掛けていた。ガルーダの後ろに強引につき、そこから内へ潜り込むように――、

（……何だ⁉　何を狙ってやがる⁉）

シャロンはルーファスの先行を、そして、自身の二番手を狙ってくる。ルーファスたちはいよいよ前方の集団に迫ろうとしていた。しかし黒の〝囲み〟は維持されたままだ。

「――アラド！　――下がれッ！」

知らず、リーロイは届くはずのない声を出していた。風車の翅《はね》が勢い良く回る。ガルーダが吸い寄せられるように、回転する翅《はね》に巻き込まれ、大きな破砕音を立てて墜《お》ちていく――その瞬間、69EYESの《眼《め》》は、DOLLSを操るシャロンが、妖しい笑みを浮かべるのを捉えた。ガルーダに何が起こったのかは解《わか》らない。だが、シャロンの狙いは解《わか》っていた。

『ガルーダ、クラァァァァァァァァ――――ッシュ！』

絶叫のアナウンスが事実を告げる。大小、散り散りに砕けたガルーダのパーツが大風に舞う。それは凶器となって、高速で空を駆ける騎士たちに動揺を与える。

レイヴンがコースを失った。仕掛けたDOLLSも態勢を崩している。風が強い。前を行く二機のバッジーのところまで巻き上がったソレが降り注ぎ、回避を図らせる。

《眼《め》》も破片を捉えた。操縦桿《かん》を倒し、翼を立てて回避する。……いや、そんなことはどうだっていい。――スペースを〝空けて〟しまった。

――ドクン。

そして黒の檻《おり》から抜け出し、迫りくる白銀のZEPをリーロイは〝視《み》〟た。

『ルーファス・ウェイン・ライト、この悪夢の大混乱から抜け出し、今――』

アナウンスの声は耳に入ってこない。それよりも近く、早鐘をつくような鼓動が煩《うるさ》かった。

『集団を突破ァーアア！　他機、いまだ立て直せず！　いや、69EYESは視《み》えていたか⁉』

――光が迫り、駆け抜ける。

ドクン！　と大きく鼓動が鳴ったのが聴こえた。操縦桿《かん》を引き起こし、スロットルを全開にし、――考えるよりも早く、誰よりも速く。リーロイ・ダーヴィッツはそれを追った。

『これにすぐに続く！　期待集めるもう一機DOLLSは続こうとするも、もたつくバッジーの両機を迂回《うかい》するロス！　抜け出た二機に離された！』

――逡巡《しゅんじゅん》はなかった。数瞬の思考さえ拒んだのは、ひとえに〝直感〟だった。二〇〇戦近い経験が敗北の予兆を伝えていた。

風車が《眼《め》》に入る。翅《はね》が唸《うな》りを上げて廻《まわ》っている。

――「34」――「35」――「36」

風車が《眼《め》》に入る。翼を立て、横風を推進力に避《よ》ける。その瞬間、

（……くそったれ！　何やってんだ、俺は⁉）

理性が戻った。全身から沸騰するような熱が放たれ、焦燥が脳を灼《や》いた。

(……最短のラインを獲《と》れ！　離されるな！　もう後ろは期待出来ねえ！)

操縦桿《かん》を目まぐるしく動かした。冷静に努める、その心さえ邪魔に思えた。一瞬の判断ミスが取り返しのつかない絶望を運ぶ。すべてに完璧を求める、精密精緻な作業に取り掛かっていた。

――「36」――「36」

目の前に広がる景色への違和感がリーロイを少なからず惑わせていた。だが、違和感の正体を探る時間など、眼前にまぶしく映る、白銀の機体が与えてくれない。

(……ミスれっ、ルーファス！　チクショオオオ!!)

『食らいつく69EYES！　しかし、世界三大ZEPに数えられるI.O.Uの加速性能を考えればもはや離されるだけだ！』

(……分かってんだよ、んなことはァァア!!)

風車が廻《まわ》る。先ほどよりも高速で廻《まわ》る翅《はね》を捉え、風が強いことを知る。

(アイツの真後ろに付け、風除《かぜよ》けだ！　内へ切り込め！　ビビるな、自分を墜《お》とす気で曲げろ！)

しかし、それでも差は――、

『いや、……これはどうしたことか⁉　離されないぞ69EYES⁉　ルーファスのI.O.Uが伸びていないのか⁉　差は縮まりはしていない！　が、しかし付いていっているぞ、69EYES⁉』

またたく間に離される――そんな予想を覆《くつがえ》す異様な光景に、観客たちはどよめきを上げる。

『いや、これは錯覚でも何でもないっ！　間違いなく離されていませんっ！　I.O.Uはしっかりと加速もしている！　これは凄《すご》いっ、何が起こっているのか⁉　まさか、よもやのI.O.Uと69EYESのデッドヒートが展開！　やはり一筋縄ではいかないぞ、今年のウィンドミルS！』

逆巻く風が強まる。観覧するすべての客たちが瞠目《どうもく》するデッドレースを繰り広げている当人たち、リーロイ・ダーヴィッツとルーファス・ウェイン・ライトの想《おも》いは、奇《く》しくも同じだった。

――「「巧《うま》いッッッ！」」――

それは、戦慄的な響きを持って互いに向けられた。自分と同等。一方は己の輝かしい実績が何の意味を持たないことに、一方は築いてきた辛酸のキャリアをもってしても決定的な差を得られなかったことに衝撃を受けていた。

その意味においては、より焦《あせ》りを募らせているのは、リーロイの方と言わざるを得ない。

（クソッタレがぁああ！　コーナーで詰められないでどこ《こ》で詰めりゃいいってんだぁああ！）

『凄《すさ》まじいまでのデッドヒート！　あまりに不自然な膠着《こうちゃく》状態！　彼らの前には折り返しより戻ってきたクリスティン！　前半の主役は完全なブレスアウト、ゴールまで遠いぞ、どこまで持つか⁉　そして、兄と第三の男のよもやの決闘をどう見る⁉　ペースが合わずサイドが違うかっ、交錯することなく三機、今、一瞬の邂逅《かいこう》！　I.O.U、69EYESの後ろはかなり離れて二番人気DOLLS、その後ろにファルコンが一機、色別のゼッケンは赤、ロス・ハーマンが抜け出ている！　そこからバッジーの二機、差なくファルコン三機の順！　しかし、これら後方集団は果たして上がって来られるか⁉　ルーファスとリーロイの二機が集団より飛び出ている！』

（……詰めるなら、――違うっ！　〝抜く〟ためにはアイツより内をえぐるしかねえ！）

――「36」――「37」

《眼《め》》が視《み》せる景色。風車の位置。翅《はね》の角度。風の、……〝何か〟が《眼《め》》に入る。

――「38」

後ろをもはや〝視《み》〟ていなかった。《眼《め》》はリーロイの意志を汲《く》み取《と》り、前だけを捉えていった。白銀のZEPのラインを追っていた。

（……クソッ、どうなってやがる⁉　そんなデカい機体で、どうしてそこまで攻められる⁉）

ベストのコースライン――それは風車の翅《はね》との接触《クラッシュ》さえ予感させる危険な空の道。だが、自分の覚悟も水泡に帰すように、ルーファス・ウェイン・ライトはその道を飛んでいた。極度の緊張が目尻を震わせた。心臓が弾《はじ》けるように鳴っていた。

――「39」――「40」

幾つもの景色が己の飛ぶ道を用意してくれる。しかし、それらすべてがルーファスへ届かない道だった。敗北を決定づける道だった。

わずかに見出《みいだ》す一縷《いちる》の望みは、ルーファスがミスを犯す、その一点のみ。……それを待ったために、宿敵の背を〝視《み》〟続ける屈辱に耐える。

(チクショウ、間に合わねえ!)

——「39」——「38」——「37」——「36」——「35」——

風車が廻《まわ》る。I.O.Uと風車の翅《はね》、その間にわずかな隙がある。そう〝視《み》〟える。

(あそこだ、あそこから!)

——「34」——「33」——「32」——「31」——「30」——隙がある、そう〝視《み》〟える。

——折り返しまでに、自分が前にいれば——、
壁を失い、状況が変わった今、そんな自分の言葉に意味が無いことはリーロイ自身、理解していた。だが、それは今や脅迫観念となってリーロイの思考を蝕《むしば》んでいた。

〝負ける〟恐怖に耐えられなかった。故に、リーロイは在るはずのないラインを見誤り、

『69EYES、強引に仕掛ける! 勝負を賭けるか、ギャンブル・イン! I.O.Uよりもさらにきわどいコース取りだ! だが、間に合うか⁉ そこには風車の翅《はね》がやってくるぞ⁉ いやっ、やはりこれは間に合わないっ、これは————ッッ‼』

——クラッシュ。

誰もがそれを予感し、観客たちは目を背け、あるいは見逃すまいと目を開いた。しかし次の

瞬間に飛び散るZEPはなく、そこには翅《はね》を避《よ》け、背を向けて回避する69EYESの姿があった。

『──間一髪！　危なかったたっ、69EYES！　直前で回避、すぐさま立て直した！　だが決死の特攻も痛恨の不発！　I.O.Uについに離された！　失速の間にDOLLSに詰め寄られる！　これは勝負あったか⁉　さあルーファスが折り返すぞ！　残るはクリスティンただ一人！』

前を行くルーファスは、自分を振り返ることなく離れていく。

度《ど》し難《がた》いまでの失態が、緻密な制御を狂わせた。背後からはDOLLSが迫ってくる。

（──負けた、もう、……間に合わないっ）

『DOLLS、69EYESを抜いて三番手に浮上！　鮮やかな弧を描いて大風車を折り返し、ルーファスの追撃に入る！　69EYES、どうしたのか⁉　先ほどまでの勢いが見られない！　あるいは、先ほどのアタックで風車の翅《はね》と接触していたか⁉』

DOLLSに抵抗することなく、好位への侵入を許す……折り返しから戻ってきたシャロンはそんなリーロイを意外そうな顔で見て、追い抜いていく。

大風車が《眼《め》》に入る。──まだ、頭の整理がつかなかった。自分は〝負けた〟のだ。

──ただ、

（……なんで、避《よ》けられた？）

『69EYESの後ろ、ファルコンたちも伸びてきた！』

（……何を、俺は〝視《み》〟たんだ？）

避《よ》けられないはずだった。だが、降りてきた風車の翅《はね》とともに、〝視《み》えた〟のは——。

肌が粟立《あわだ》った。痛みさえ感じている両眼が力強く脈打つ。

大風車を折り返す。震える操縦桿《かん》を押さえつけ、一縷《いちる》の希望を空に〝視《み》〟る。高度制限ギリギリに駆け上がり、S字を描いていく騎士たちを見下ろす。ファルコンがいた。バッジーがいた。折り返したDOLLSが彼らとすれ違う。そのさらに前方には光り輝く、まぶしいアイツの——。

コースすべての全貌が、はっきりと〝視《み》えた〟。

風が渦を巻いていた。それが風車に吸い込まれ、かき消され、また吐き出され、新しい風となって巡っていた。まるで路《みち》のように流れていく風の跡。〝視《み》えた〟のは、風が示す〝道〟だった。

——「31」——「32」——「33」——「34」——「35」——「36」——「37」

《眼《め》》は、閉じていたはずだ、摩耗していたはずだ。——視界は、いつから戻っていた？

——「38」——「39」——「40」——「41」——「42」——「43」——「44」

「ルーファス、お前に勝てるなら……」

〝視《み》えた〟のは、すべてが〝負ける〟道だった。しかしこの《眼《め》》が視《み》せてくれたのは、そんな〝新しい〟道だった。絶対に届かない道。それでも、自分ひとりでは〝視《み》えなかった〟道だ。

（……何度、負けたっていい。全部視《み》てやる。もう逸《そ》らさねえよ。だから、……頼む。もっと

視《み》せてくれ。輝く――あの光まで）

あの輝く光まで、最短の、本当の距離。それは風車の合い間ではなく、――の合い間を通る道。

（……ルーファス、〝あのとき〟のお前もこうだったのか？）

〝あのとき〟を思い出す。ルーファスに勝てればいい――そう心を決めておきながら、先を見てしまった。傷つくことを恐れ、まだ見ぬ将来を見据えて、自分を守ってしまった。だがあの男は、開かない前をこじ開けようと、接触《クラッシュ》さえ厭《いと》わず突き上げてきた。ルーファスは、〝あのとき〟、己のキャリアを捨てる覚悟で挑んだのだ。――名も無き自分に勝つために。

『スタートから荒れに荒れたウィンドミルS！　しかし、終盤になってみれば、シナリオ通りに役者が主役へと駆け上がってきた！　異次元の加速でルーファス！　そこから離れてはいるがシャロン！　二人が襲い掛かるは前半の主役、クリスティン！』

――「45」――「46」――「47」――「48」――「49」――「50」――「51」

視界が晴れていく。目の前の一枚の絵はすべてを映そうとしていた。

もはや迷いはなかった。たとえ進む先に、乱立する風車の〝翅《はね》〟があろうとも。

『リードを保てるか!?　もはや余力はない！　そうなれば、ブロッキングの技術が鍵を握ることになるが、果たしてルーキーにそれを望んでいいものか!?』

――「52」――、レースの趨勢《すうせい》が決まったそのとき、リーロイの《眼《め》》は、輝く光まで〝真《ま》っ直《す》ぐ〟に結ばれた一本の道を〝視《み》〟た。

『――何が起こっている、ウィンドミルＳ⁉』

アナウンスはよく聴こえなかった。悲鳴まじりの爆発的な歓声が打ち消していた。それでも、何が起こっているのかはいずれバックミラーに映る姿で確認できることだろう。

笑いがこみあげてくる。やはり自分の相手は〝彼〟だった。クリスを逃がし、壁を作り、そして、今また――、

許されるなら、叫びたかった。本当の自分を呼び覚ましてくれるこの感動を、感情のままに吐き出したかった。

『目を覆いたくなるような惨劇の予感！　刃《やいば》と化した風車の翅《はね》！　しかし、これをかわすっ、かわしてっっ、DOLLSはもはや射程圏内に入った！』

誰もが羨むI.O.Uという完璧なZEPを与えられた。何もしないでも勝てる――それが自分の愛機だった。それが、どれほど退屈なことだったのかを教えてくれたのは〝彼〟だった。

〝あのとき〟のレースの後、調べてみればすでに一度、エアレースで相見《あいまみ》えていたことを知った。一度目の勝利は、記憶に無かった。どんな勝ち方をしたのかも覚えていなかった。きっと、そのレースにはどこにも自分がいなかったからだろう。ただ乗って、ただ勝っただけだ。

『クラッシュが怖くないのか、69EYES！　リーロイ・ダーヴィッツ！　風車の翅《はね》をかいくぐり、DOLLSのブロッキングを物ともせず躱《かわ》し、命を賭《と》したアクロバットを続けるっ!!』

模範であろうとした。そのように求められていた。幸いにも、それを演じるだけの才にも恵まれていた。——だが、そのどこに〝自分〟がいるというのだろう？

『……限りなく直線に！　己の障害となる風車の翅《はね》を無視するように！　廻《まわ》り込むことなく、風車の、翅《はね》の合い間を縫っていく69EYES！』

にわかに信じがたい光景がバックミラーに映る。歓声に途切れるアナウンスを裏付ける、リーロイ・ダーヴィッツのデタラメな飛行。

——真《ま》っ直《す》ぐに。自分、あるいは、ゴールまでの最短距離を結んでいる。ヒリヒリとうなじを焦がす、殺気のこもった〝視〟線を感じる。

（……〝化け物〟だ）

——もはや耐え切れず、口端《くちはし》が歪《ゆが》んだ。ずっと〝待っていた〟相手だった。

〝あのとき〟ルーファスは、自分と同等な存在に出会い、初めて本当の〝勝負〟を知ったのだ。

勝ちの約束されたレース——そんなものには一片の価値もなかった。

己の内に渦巻く獣性を、狂気を開放したかった。後ろから迫ってくる相手は、それをぶつけるに足る強敵だった。

「壊れるなよ、I.O.U！　おれの全力《いい》に耐えてみせろ！　さあ、——〝勝つ〟ぞ！」

ルーファス・ウェイン・ライトは知っている。

——自分が、誰よりも〝勝利〟に餓《う》えていることを。


『——クラッシュが起こらないままッ！　クラッシュが起こらないままッッ！　——69EYES、前に残すマイルスの二機へと迫る！』

（……もっと、視《み》せろ！）

限りなく直線に——そんなアナウンスには語弊があった。操舵《そうだ》はせわしなく動き、描いた弧は小刻みに揺れていた。コンマの判断ミスがクラッシュを招き、そこですべてが終わる。降りてくる、あるいは、自らかいくぐる風車の翅《はね》。《眼《め》》はどこまでも捉えていた。両目に熱がこもり、頭の回線が灼《や》けていく。砕けんばかりに歯を噛《か》みしめ、息をする間も惜しんだ。

——「53」——「54」——「55」——「56」

（……ダメだ、このままじゃ届かねえ！）

ルーファスが、I.O.Uがまた加速していた。近づけば近づくほど、遠くに感じる。

開いていった《眼《め》》。それが視《み》せる幾つもの景色、鮮明にしていく風の道。

——この路《みち》は⁉　ダメだ、負ける！　——これも届かねえ‼　——クソッ、これもか⁉

『マイルスの《不沈艦》、それもルーファスのI.O.Uを追い上げるZEPを、誰が想像できたでしょうか⁉　迫ってくるぞ、69EYES！　その《眼《め》》に映るは己の勝利か⁉　追うはI.O.Uの二機！　しかし、クリスティンのI.O.Uはもはや止まっている！　後続の二機に抜かれるのは時間の問題だ！』

視界が痺《しび》れていく。それが痛みなのかも解《わか》らない。もはやすべてが未体験の域に入っていた。

（……頼むっ、もっと視《み》せてくれ！）

確実にあの〝光〟に迫っていた。だが、ルーファスの前に出ることは叶《かな》わない。I.O.Uは加速していた。スピードそのものも勿論《もちろん》、リスクを負って風車の内へ切り込むように飛んでいく。

（……〝化け物〟め！）

風が踊る。――形になって空へ残る。

風車が廻《まわ》り、風を切り裂く。――断片になって散らばった。

プロペラが廻《まわ》り、風を集める。――翼をなぞらせて路《みち》へと変える。

意志が乗る。――勝利と敗北が運命の調べとなって観衆を狂喜させる。

時が止まる。――誰のために？

（――動けっ！　止まるなっ！　もう二度とっ、ここへはやってこられないっっ！）

〝あのとき〟は前を奪われ、突き放されるだけだった白銀のZEP。今度は逆だった。

ルーファスの背の向こう。そこに取り返したかった景色があることを、自分は知っている。

――「57」――「58」――「59」――「60」

　一瞬、嗤《わら》うルーファスが視《み》えたような気がした。獣のように感情を剝き出《だ》しに、I.O.Uを従える。その操舵《そうだ》に優雅さは無かった。理性を捨てて路《みち》を選んでいる、──翅《はね》の直撃さえいとわず。

『──いっ、今のは危なかったぞルーファス！　69EYESのよもやの追撃にペースを狂わされているのか⁉　しかし、焦《あせ》るのも分かる曲芸のような飛行が、その背後にやってきている！』

　まだ先を往《ゆ》く、I.O.Uと選ぶべき軌道が重なる。

『クリスティン・ティナ・ライト、ようやくウィンドミル・ヘリテッジを突破し、直線へ侵入！　ここからの1・2㎞が本来ならば、見せ場なのだろうが──！』

　音はなかば消えていた。極限まで集中すれば、それはよく起こることだった。

　──「61」──「62」──「63」──「64」

　だが、今は違う。観衆のたがが外れたような騒乱が、一つ一つ、形を伴《とも》なって聴こえていた。

　頭がおかしくなりそうな、非現実的な大音響。これも、《眼《め》》が視《み》せてくれているのか。

　抱き合い、指さし、ここまで主役を追い詰めた第三の騎士に祝福を与えてくれている。

〝光〟が目の前にあった。追いついた。ついに〝あのとき〟に、追いついた。

　もし、ウィンドミル・ヘリテッジが、風車のコーナーがあと二度、……いや、一度でもいい、続いていたのならば、あの光の〝前〟へ出られたかもしれない。

　最後の翅《はね》をかわし、どこまでも先へ走っていたはずの光に並ぶ──白銀の《不沈艦》と紫の

《眼《め》》の、神々《こうごう》しいまでの一瞬の邂逅《かいこう》。

ついに〝不遇の天才〟リーロイ・ダーヴィッツが、〝マイルスの至宝〟ルーファス・ウェイン・ライトに並んだ。

——「65」

もはや、誰もこのオディレイの騎士を蔑むことはないだろう。ここへ居合わせた観衆は、いつまでもこの瞬間を記憶にとどめ、語り継ぐだろう。

——「66」

……まだ、リーロイは諦めてはいない。だが、ここからなす術《すべ》もないことも理解している。

『69EYES、命を賭《と》して奇跡を起こし、ついにっ、ついにルーファスのI.O.Uを捉えたぁぁあっ！　さあ、最後の勝負だ！　決着をつけろ！』

リーロイが〝ついに〟並んだそのとき、ルーファスが〝わずかに〟前へ出る。

……互いを認め合った二機は、ただZEPの〝力〟のみを試される直線へと入った。

『スタートより頑として譲らず、駆けるクリスティン！　その健気《けなげ》な逃避行も終焉《しゅうえん》か！　流星の如《ごと》く疾駆する二機が襲いかかる！　しかし、このままならば、後続の二機には捕まるにしても、あるいはDOLLSを抑え、初の公式戦、初の重賞《グレードレース》を表彰台で飾れる可能性もある！』

——「67」

前を行く二機のI.O.Uが《眼《め》》に入る。再び、光が離れていく。風は吹いている。しかし、それは今、大勢に影響することはない。追いつける可能性は皆無に等しかった。

それでも、リーロイの《眼《め》》は開いたまま——決して逸《そ》らすつもりはない。

『リーロイ・ダーヴィッツの猛追もここまでか⁉　ルーファス・ウェイン・ライトが力任せに引き離していく！　強いっ！　これは並みのZEPでは勝てないッッ！』

歓声が聞こえる——それらが宙に吸い込まれるように、空を埋め尽くす。

——「68」

声が聞こえる。どこからなのか、誰の声なのかは解《わか》らない。

「何やってんのよっ、根性見せなさい！　機体の性能差なんて言い訳してんじゃないわよ！」

……してねえよ！

「とんでもねえ乗り方しやがったな、ダーヴィッツの野郎！　そこまで追ったんなら勝てよ！

一生、後悔するぞ！　俺みてえになぁ！」

……誰だてめえ、お前と一緒にするな！　気が散るんだよ！

「困りましたわね。このままだと」

……うるせえ、黙ってろ！

「ダーヴィッツさん！　I.O.Uはまだ加速するよ！」

……分かってるって言ってンだろ！

まぶしさに《眼《め》》が眩《くら》む。終盤、いつもなら《眼《め》》は閉じていくはずだったが、集中力はいまだ途切れず、全神経に注いでいた。身体が重い。それでも、スロットルは全開のままだ。

「リーロイ！　今までずっと待ってたんでしょ！　簡単に諦めてんじゃないわよ！」

……諦めてなんかねえんだよ！

風の跡を視《み》ていた。ルーファスが切り裂く風の後ろを追う。加速がわずかだが、増していく。

……だが、これでは到底間に合わない。

『さあ、先頭が入れ替わる！　残す距離は五〇〇を切った！』

――I.O.U《アイ・オー・ユー》！　――I.O.U《アイ・オー・ユー》！

まもなく勝ち名乗りを受ける騎士を称《たた》えるべく、観客たちがその騎士の駆るZEP《ゼップ》を、一文字一文字区切りながら、力強く連呼して迎える。

二機の白銀が駆けていた。一方は止まり、もう一方は――、

「どけ、クリス！　勝負の邪魔をするな！」

ルーファス・ウェイン・ライトの声がした。そして、

「――〝組んだ〟からな。――勝てよ、リーロイッ！」

時が停《と》まった。瞬間、直線に入ったZEPのなかで最速となったのは、――69EYESだった。

前の二機との差を詰め、ついには、――抜き去る。前にいるZEPはない。このレースにおいて、初めて先頭に69EYESが立った。

悲鳴が渦巻く風に乗り、嵐となって伝播《でんぱ》する。

『二機の、二機のI.O.Uが、クラァァアッシュゥウウウ！』

何が起こったのかは整理がつかない。……だが抜き去る間際《まぎわ》、クリスが笑うのを〝視《み》〟た。

全身が赤熱する。血が沸騰していた。目の前の光景が、信じられなかった。

『何が起こったのか⁉　どちらのミスだ⁉　進路妨害か⁉　同国同士で⁉　いや、ルーファス自身も突っ込んでいったように見えたぞ！　混乱の間に先頭に立ったのは69EYES！　リーロイ・ダーヴィッツだ！　ルーファス、立て直して追撃！　しかし、加速が鈍い‼』

――ドクン。

なかば〝飛んで〟いた意識に、現実が浸透し始める。

『ルーファス・ウェイン・ライトが、リーロイ・ダーヴィッツを追う！』

……視界が赤く染まっていた。灼《や》けつくような痺《しび》れが襲う。

〝光〟が近づいてくる。決して止まることはない。果たして抑えられるのか。

「勝って、リーロイ！」

声が聴こえた。誰の声なのか。ただ、それは誰よりも真摯に己の耳へ響いた。

「負けるな！」

――「69」――。69EYESは、すべての《眼《め》》を開いていた。

『――こんな展開を、こんな展開を、いったい誰が予想した⁉』

〝光〟が近づいてくる。〝あのとき〟と同じように。だが、もう〝あのとき〟とは違う。

――誰よりも自由に、どこまでも空を駆けていた。

『第七四回、ウィンドミルS！　風車の祭典を制したのは、――』

白い吹雪が舞い散った。風に乗って、それはリーロイの視界を埋め尽くす。エアレースの一番機を迎えるとき、――敗者は勝者を祝うように、己の過《あやま》ちを認めて投げつけるのだ。

『――オディレイの国選騎士、リーロイ・ダーヴィッツ‼』

チェスカの大空を艦券が舞う。


「ゴドー……てめえ、何の真似《まね》だ？」

銃口を突きつけて、シャングスが低く唸《うな》る。怒りと屈辱に、その顔はどす黒く変色していた。

ゴドーは、銃を向けられたまま、涼しげに答えた。

「……良かったじゃないですか、うちの騎士が勝って。あのルーキーが勝ったら配当金払いきれないでしょう？　それに、あの女騎士も2着にこられなかったし。元から興行としてうまくいかなかったんですよ」

「そんなんが遺言でいいのかよ？」

がちりと撃鉄を起こす。引き金にかけられた指が、ゆっくりと動く。

──瞬間。シャングスの背後で、爆発が起こった。

熱風が吹き荒れて、破壊的な音の塊が押し寄せる。連鎖するように、銃声と悲鳴が交錯した。

「な、何事だぁああ⁉」

動揺したシャングスを銃弾の嵐が襲った。衝撃に跳ね飛ばされ、壁に当たって動きを止めた。

「ゴドー……て、めぇ」

ずるりと血の跡を引いて、シャングスは床に倒れ込む。撃ったのは、ゴドーの部下だった。

……ぱき。砕け散ったガラスを踏んで、ゆっくりとゴドーが歩み寄る。

「ああ……そうそう。配当って、ここで換金していただけるんでしたっけ？」

倒れたままのシャングスに、艦券を落とす。

『リーロイ・ダーヴィッツ　単勝　──１０，０００，０００』

「一千万賭けたんで、五億……ああ、また、買ったときよりオッズが上がってるか」

シャングスを見下ろしながら、ゴドーが言う。

それに倣《なら》うかのように、ゴドーの部下たちも艦券を落とした。

「自分らも良いですかね」

部下たちの艦券の額面も、ゴドーとまったく同じものであった。

「……なんだ、お前らも買ったのか？」

「若頭の引きの強さには、何度も煮え湯呑《の》まされてるんで。賭けになったら、若頭に乗っておこうって決めてるんですよ」

血溜《だ》まりの中でシャングスが呻《うめ》いた。

「て、……めえ、元から、裏切るつもりで」

「いや」

冷めた目で、ゴドーはそれを否定した。

その目を見た瞬間、シャングスは、自分の命が奪われようとしていることを悟った。

「ま、待って」

言い終わるより早く、銃声がそれをかき消した。

「……親、馬鹿にされて黙ってるほど、人間出来ちゃいねえんだよ」

ゴドーが背を向けた後には、眉間を撃ち抜かれた死体が、転がっているだけだった。

「……しかし、よくもまあ……」

窓の外――レース会場に、リーロイの69EYESが飛んでいるのが見えた。

「……まさか、本当に勝つとはな」

拳銃をしまって、煙草《たばこ》に火をつける。ゴドーは煙草《たばこ》を吹かしながら、中空に視線をやった。

――この事件は、無かったことになる。

市長をはじめ、主催者側の重役は、すでにこちらで抱き込んだ。重賞《グレードレース》を舞台にした、大掛かりな八百長《やおちょう》事件。事が明るみに出れば、市長の失脚程度では、話は済まない。

一度は取引に応じたものの、複数のマフィアに弱みを握られて脅され続けるよりも、単なる一組織の言いなりになる方がましだと判断したのだろう。……結局、闇はより深い闇に呑《の》まれる。それだけのことだ。

「……外れたら踏み倒せばいいと思って、賭けただけなんだがな」

紫煙をくゆらせながら独りごちる。部下たちも近づいてきて、リーロイの凱旋《がいせん》飛行を見た。

「あの男、まともに飛ばせても、借金返せたんじゃないですか？」

「そんなことは知らねえよ。負けたらこっちの言う通りに飛ぶ。そう自分で言ったんだ、責任を取らせただけさ。……それに、すぐ返されちまったら、お嬢が可哀想《かわいそう》だろう？」

ゴドーの答えを聞いて、部下たちは呆《あき》れ顔になった。

「若頭はお嬢に甘いなあ」

部下の言葉を聞き流し、ゴドーはその場から離れた。

「若頭、どこへ？」

「最後の仕事だ。俺ひとりでいい。……後始末は任せる」

@21. 〝RE：Ride〟 69EYES《シックスティナインアイズ》の〝夢〟

夢を見ていた。

見上げるばかりだった空を駆ける夢。

《眼《め》》が気まぐれに見せる――忘れるな、と胸を焦がす、あの空の景色。


――そこは、エアレースの会場だった。

両親に連れられてやってきた初めてのレースは、人混みばかりで退屈なものだった。

名物のアナウンスは遙《はる》か頭上を飛び交い、不明瞭で、聞き取れた解説《コトバ》も何を言っているのか解《わか》らなかった。

エアレースはそっちのけ。会場で子どもらしく興味を惹《ひ》かれたのは、やはり観客相手の露店だった。

視線を合わせてくる呼び込みの声に、甘く鼻腔《びこう》をくすぐる匂いに。鮮やかに着色された飴《あめ》細工は宝石のように輝かしく映った。それをもっと眺めたくて、足を止めた。

地面に不可思議な影が舞う。それと一緒に風が吹き、周りの大人たちが歓声を上げる。

会場に来てから何度となく繰り返される、己の存在を忘れられる哀《かな》しい数瞬。

そうして、──気づけば、俺は両親とはぐれていた。

どこをどう辿《たど》ってきたのかも覚えていない。賑《にぎ》やかな喧騒《けんそう》だけが残った世界に、独り佇《たた》ずんだ。それから鍵のかかった扉をこじ開けるように、行く当てもないまま、足を踏み出した。

歩きながら、唇を強く噛《か》んだのを覚えている。そうしていないと、涙が零《こぼ》れそうだったからだ。

大人たちは、足元に自分がいることなど気にすることもなく、〝上〟ばかりを眺めていた。

……そこに何があるというのだろう。自分の存在を無視させる〝それ〟に意地になり、視線は靴ばかりを捉えて、決して上げようとは思わなかった。

つま先の赴くままに、大人たちの脚をかき分け、目的さえ忘れて歩き続けた。それでも、人混みは途切れることはなかった。もう、地の果てまで歩いた気分だった。

疲れ切っていた、何にも考えられないほどに。

だから……

『賭けるのは誇り！』

ZEP《ゼップ》が舞う、あの空を見上げたのだと思う。

『己の全てを捧《ささ》げ、勇者たちが空へと臨む！　時を駆け、想《おも》いを乗せろ！　そして、解き放て！』

風が吹き抜ける。観客たちの歓声に包まれるなか、見上げた空の色はどこまでも澄んだ青だった。

知らず、……俺は笑っていた。心の奥底から湧き上がる、言葉に出来ない衝動に拳を握っていた。

『我らが旗機《フラッグシップ》、69EYES！《眼《め》》を拓《ひら》き、未来を掴《つか》め！』

大人たちに混じり、握った拳を振り上げ、……我を忘れて、歓声を上げる。

それは、出会ったことのない感情だった。人が生きていく中で、もしかすれば、たった一度しか芽生えない類のものなのかもしれない。

ここに、このときに、自分が還《かえ》るべき原風景が刻まれた。俺は〝夢〟を見たのだ。

吸い込まれるような青い空に。

そして、その青に溶け込むことを拒む――、

『――今、幕が開ける！』

紫のZEPの姿に。

――お前は、自分が何をしたのか解《わか》っているのか⁉

アイツの怒声が響いた。それで、四散していた意識がようやく繋《つな》がった。

ゆっくりとまぶたを開ければ、耳鳴りにも似た頭痛が奔《はし》る。視界はぼやけていた。いつもと同じ《眼《め》》を開いた後の副作用、と言うには、いささか酷過ぎるぼやけ方だった。

果たして、この〝眼《め》〟は――元に戻るのか。

「夢を見た、……代償だな」

震える指先を眺め、誰に言い聞かせるでもなくこぼす。後悔は無かった。

操縦席《コックピット》から降りれば、すでに人だかりが出来ていた。

「やりやがったな、リーロイ！　これでお前も皇騎士《クラウンナイト》かよ！」「風車の翅《はね》に突っ込もうなんて考えたのは俺が墜《お》ちたからだろ⁉　感謝しろよ！」「お前が勝つなんて誰も望んでねえぞ！」「酒代はお前の名前でツケておくからな！」「調子に乗るなよ、皇騎士《クラウンナイト》！」

祝福なのか、罵倒なのか。肩を、頭を容赦なく叩《たた》かれる。ハーマン、派手なクラッシュの割に無事だったらしいアラド、ユマやリッチーらの面々。そこに運営のスタッフも駆け寄り、花束とともに優勝後のプログラムを慌ただしく伝えてくる。

だが、そんな言葉も右から左に聞き流すと、ふらつく足取りで……、

「今は止《や》めとけよ、向こうは取り込み中なんだ」

肩を掴《つか》むハーマンが、忠告めいた言葉を添えてきた。取り込み中、そんな言葉が可笑《おか》しくて思わず鼻で笑う。

「……別に助けてやるわけじゃねえよ」

そう、……ただ、確かめに行くだけだ。

「何か言ったらどうなんだ、クリス⁉」

ルーファスに胸ぐらをつかまれたまま、クリスは俯《うつむ》いて、耐えるように唇を噛《か》んでいた。レース後、特に個人の名誉よりも、国の名誉が優先される重賞《グレードレース》の後には、諍《いさか》いはままあることだった。ましてやマイルスのような大国の騎士ならば、誰が〝勝つ〟のか、その優先順位は厳格に決まっているはずだった。

だが、このはねっかえりの新人騎士《ルーキー》はそれを無視した。それどころか、他国の騎士のアシストにも映るブロッキングを行った。ともすれば懲罰対象……いや、罰されて然《しか》るべき愚行だ。

それでも――、

「兄貴が言ってることが、解《わか》らねえから黙ってるんだろ？」

「……リーロイ」

クリスはこちらを視認して、それだけつぶやくと、再び顔を伏せて沈黙する。ルーファスはそんなクリスを唾棄するように乱暴に突き放した。その双眸《そうぼう》は収まらない怒りに満ちていた。

「残念だよ、ダーヴィッツ卿《きょう》。きみとの勝負に邪魔が入った。くだらない、くだらないレースに成り下がった」

「……くだらない？」

「ああ、最低の気分だ！　こんな戦いは、二度とないかもしれないのに」

向けられたルーファスの視線は、こちらに同調を求めるものだった。それで、理解した。ルーファスの怒りの根源を。自分が負けて、輝かしいキャリアに傷がついた——そんなことには、この男は何のこだわりも持っていなかった。

「やっぱりな」

「……何がおかしい」

声なく笑う俺に、ルーファスが咎《とが》めるように訊《き》いた。

「クリスにイチャモンを付けるのはお門違いだってことだ。パーティーで自分でも言ってたじゃねえか、好きにしろってな。だからって、重賞《グレードレース》で他国の騎士と〝組む〟なんてのは無茶苦茶だとは俺も思うけどよ」

「……ダーヴィッツ卿《きょう》、何が言いたいんだ？」

「俺とお前だけのレースじゃないだろ？　——出場してる、全員とのレースだ。こいつはこいつで、勝つ気で飛んだんだ。その結果が、あのブロックだったってことだ」

真《ま》っ直《す》ぐに、ルーファスを見る。

自分が全てを賭して勝った男が、〝本物〟であることを確かめるために。

「クリスを相手に見てなかったのは、お前の油断以外の何物でもないだろ？」

……沈黙が辺りを包んだ。ルーファスは瞳を逸《そ》らさず、無言のまま、おそらく内でうねるマグマのような胎動に耐えていた。その感情をどう呼ぶか、……そんなことは、この男が自分で決めればいいことだった。

そうして、開きかけた口が歪《ゆが》み、衝動的な言葉を吐き出す前に、ルーファスは背を向けた。

「クリス、……約束だ。好きに生きろ。本国にはおれが掛け合ってやる」

マイルスの騎士としてではなく、クリスの兄としての、義理堅い言葉に替えて。

「……兄さん」

「邪魔したな。兄貴を追いかけて、喧嘩《けんか》の続きをやるなり、あとは好きにしろよ」

茫然《ぼうぜん》と兄の背を見送るクリスに笑いかけ、自分もまた、背を向ける。

「あっ！　ま、待てよ、リーロイ！」

「騎士を続けるならサボるなよ。お前、才能ねえんだから人の百倍は努力しろよ」

振り返らず、手だけを振る。立ち止まれば、素直にらしくもない言葉をかけてしまいそうだったからだ。

「あの兄貴に喧嘩《けんか》を売れる、そのクソ度胸は買えるけどな」

誉《ほ》めたって図に乗るだけなのだ。いつの時代も、夢と希望しか抱いていない新人騎士《ルーキー》は。

「さあて、これからどうするか……」

ぼやけた世界で、静かに鼓動が高まる。一歩、また一歩と踏み出すごとに、世界の輪郭が縁取られていく。

@エピローグ・〝主役〟退場

ウィンドミルSが催されたレース場——そこに併設されたカフェ『テイルズ・フェザー』。

窓ぎわの特等席からは、郊外の風車群を一望することができた。

レース中は、カウンター席のみならず、立ち見の客で埋まっていた店内も、今となっては閑散としている。……ウィンドミルSが終了してから、およそ一時間が経《た》とうとしていた。

〝伝説〟を目撃した観客たちは、興奮の余韻に酔いしれながら、繁華街に繰り出していった。

会場に残るのは、レースの関係者たちばかり。先ほどから、あわてた様子で行き来している。

(……そりゃそうよね。前代未聞《ぜんだいみもん》だもの)

——重賞《グレードレース》の優勝者が、そのまま行方を眩《くら》ませるなんて。

優勝者インタビューも中止せざるを得ず、主役不在のまま記者会見の準備が進められていた。

(トンズラでもこいたかしら、アイツ)

遠くで廻《まわ》る風車を眺めながら、ジュースを啜《すす》る。小さくなった氷が、カランと音を立てた。

(……そりゃ、こうなるわよね)

リーロイのしたことは、ウィザース・ファミリーに対する裏切りだ。

それのみならず、リーロイが優勝したことで、泥をかぶったマフィアは、ひとつやふたつではない。レースに勝ったなら、ほとぼりが覚めるまでどこかに消えるのは、賢明な判断だ。

メンツはともかく、優勝賞金はウィザース商会の名義で差し押さえられるから、問題ない。

だが、自分が焚《た》き付《つ》けたこととはいえ、これでリーロイと関わりがなくなったと思うと、少し残念に思う。

（……借金は、優勝賞金じゃちょっと足りないけど。私のポケットマネーから、出しておいてあげる。感謝しなさいよね）

頬杖《ほおづえ》をつきながら、手帳に金額を書き込んだ。

「お嬢様」

自分をそう呼ぶのは、組の者だけだ。ジゼルが顔を上げると、そこにはゴドーが立っていた。

微《かす》かに漂っているのは、血と硝煙の匂い。

（もしかして、リーロイを——!?）

不吉な予感に戦慄するが、すぐに首を振って、考え直す。

腐っても、首席で国選騎士選考を突破した男だ、そう簡単にやられはしない。

「残念だったわね、新しいビジネスがうまくいかなくて」

「欲張ってしまいました。お嬢様の慧眼《けいがん》には、敬服する限りです」

頭を下げて、ゴドーが言う。……いつか、自分が計画に反対したことを言っているのだろう。

「リーロイ・ダーヴィッツの件で、私を罰するつもり？」

「罰するなんて、とんでもありません」

ゴドーは笑顔を見せてから、すぐさま沈痛な面持ちを作った。

「ですが、いくらお嬢様とはいえ、ボスの方針を無視なされては他の者にも示しがつきません。……ですので、我々も心を鬼にして対処させていただきました」

「……なに？　言ってごらんなさい」

「リーロイ・ダーヴィッツには、元からの借金に加えて、今回の件で違約金が発生します。お嬢様には、マネージメントをされていた責任に基づき、彼の債務を引き取っていただきます」

心苦しそうに、ゴドーが告げてくる。

（……借金と、違約金？）

手帳に記した金額を見返す。……借金は、今回の賞金と相殺《そうさい》して、大した額は残っていない。違約金というのが、どれほどの金額かは知らないが、所詮は身内に払う金。形だけの処分と考えていいだろう。

「わかったわ。……それから？」

先を促すと、ゴドーは重々しく口を開いた。

「はい。お嬢様にはご自宅で、謹慎していただきます。ボスからは、早急に帰宅されるよう、申し付けられています」

「……それで？」

「はっ。……以上でございます」

ゴドーは後ろに下がり、恭《うやうや》しく礼をした。

「はあ!?　以上って……それだけなの!?」

結局、身内にいくらかの罰金を払い、帰って父親と一緒に暮らす――それだけの話だった。

「では、こちらがリーロイ・ダーヴィッツの債務を引き受けていただく、その証文です」

ゴドーから証文を受け取ってみれば、違約金の欄は、空欄になっていた。……つまり、自分で違約金を設定していい、ということらしい。

（甘い、甘いと思ってたけど……これでどう示しがつくっていうのよ、パパったら）

武闘派でならしたウィザース・ファミリーの行く末が、不安になってくる。

「……で、私はいつまでにパパのところに帰ればいいのよ？」

「さて？　私としたことが、至急とだけ聞いて、細かい期日を聞き漏らしてしまったようです」

とぼけたように、ゴドーが言う。……それから、ふと何かに気づいたように、席を離れた。

「それではお嬢様。お気をつけて、お帰りくださいませ」

ゴドーが立ち去ると、空になったグラスと、一枚の証文だけが残された。

――カラン、カラン。入り口のベルが鳴る。

(また、ウィザースの者かしら?)

辟易《へきえき》した面持ちで、そちらを振り向くと――、

「よう。ここにいたのか、ジゼル。探したぜ」

そこには、リーロイ・ダーヴィッツの姿があった。

「あっ、あんた……逃げたんじゃなかったの!?」

思わず、席から立ち上がる。リーロイは、おぼつかない足取りで、こちらにやってきた。

「……ふぅー。〝眼《め》〟を灼《や》いた後遺症がきつくてな。しばらく動けなかったんだ」

「なっ……なんで来たのよ、馬鹿! あんた、命を狙われるかもしれないのよ!? ウィザースはともかく、他の組だって」

「わかってるよ。ただ……最後にお前の顔を見に来ただけだ」

「え……?」

ジゼルは、言葉を詰まらせた。

「一応、お前にゃ借りがあるからな。ずらかる前に、挨拶しておきたかったんだ。悪かったな、お前の組に迷惑かけちまって」

「そう、ね……。じゃあ、私からもおめでとう。ずっと、見てきたけど……。まさか皇騎士《クラウンナイト》になるなんて、思わなかったわ」

「……ああ」

二人の間に、沈黙が流れる。やがて、リーロイが口を開いた。

「お前との付き合いも、これまでだな……思えば、さんざんな腐れ縁だったがな」

「そ、そうね……腐れ縁よね」

「これで、借金の催促がなくなるかと思うと、せいせいするな。こんないい気分になれるなら、もっと早く、とんずらしておけばよかったぜ」

「…………」

リーロイの言いように、せっかくしんみりしていたのに、ふつふつと怒りが湧いてくる。

（腐れ縁とか、せいせいするとか……ずいぶんな言いっぷりじゃないの……！）

それはそれで、彼なりの照れ隠しだったのだが、今のジゼルには通じない。

「まあ、寂しくないって言えば、嘘《うそ》になるが……ん？　どうした、ジゼル？」

リーロイが何か言っているが、もはや耳に入ってこない。

ジゼルは、テーブルの上の証文を掴《つか》み取ると、リーロイの前に叩《たた》き付《つ》けた。

「そうね！　たった今、これまでの関係が終わって、新しい関係になってしまったものね！」

「……ああ？」

リーロイは、証文をしげしげと眺めた。

「なんだこりゃ？　債務者、リーロイ・ダーヴィッツ。債権者、ジゼル・ウィザース？　なんでお前が借金の請け負い人になってるんだよ？　書いてあるのは俺の借金の残高と……違約金、一〇億⁉　どういうことだ、オイ⁉」

金額の欄に目を通し、驚愕《きょうがく》の声を上げる。

証文に書かれた違約金は、テーブルから摑《つか》み取る直前に、ジゼルが書き入れたものだった。

「そうよ。あんたの借金、そのまま私が買い取ったっていうわけ。今をもって、あんたと私の関係は変わったわ。代理人と雇われ騎士っていう関係から、借金の債権者と債務者の関係にね！　どうせ、そんなお金払えっこないから、あんたは私のジゼル・ナイツ・マネージメントの従業員として、死ぬまでこき使ってあげる！」

「バカヤロウ！　マフィアよりタチ悪いじゃねえか！　払ってられるか、こんなもん！」

そう言って、リーロイはテーブルをひっくり返した。

ジゼルがひるんだ隙に、反対側の窓に向かって、走り出す。

「ちょっ……待ちなさい！　何考えてるのよ⁉　ここ、三階よ⁉」

ジゼルが制止するより早く、リーロイは窓枠に手をかけて、素早く身を翻《ひるがえ》した。

「——あばよっ！」

リーロイが窓の外へと消える。ジゼルは息を呑《の》んで、開いた窓へと駆け寄った。見下ろすと、リーロイは二階部分の屋根に着地していた。そのまま、どこかを目指して走っていく。足はふらついているようだが、どうやら無事らしい。

「あの、馬鹿……」

ほっと安堵《あんど》の息をつく。無事と分かると、今度は怒りの感情がこみ上げてきた。

「そうまでして、私から逃げたいってわけ？　……上等じゃない！」

倒れたテーブルを踏み越えて、喫茶店を飛び出した。後ろから店主の声が聞こえるが、そんなことに構っている暇はない。

廊下を走り抜け、その先の階段を駆け下りる。三階から二階、そして一階へ。薄暗いホールから、光の射《さ》す方へと向かう。

そして、――建物の外に出ると、溢《あふ》れんばかりの歓声が、ジゼルの耳に届いた。

喝采が沸き立ち、手拍子が打ち鳴らされ、紙吹雪が舞い飛んでいる。

何事かと考えて、すぐに状況を理解した。突然、ウィンドミルＳの優勝者が姿を現したため、騒ぎになっているのだ。

人混みをかき分けて、その中心に近づこうとすると、――ジゼルの往《ゆ》く道を示すように、雑踏が二つに割れた。道の両脇を固めるのは、どこからともなく現れた黒服たちだ。

「……まったく、相変わらず、迷惑この上ない見送りね！」

悪態をつきながら、このときばかりは内心で感謝した。一斉に頭を下げる黒服たちを横目に、ジゼルは一目散に走った。

「待ちなさい、リーロイ！」

リーロイは、なおも群衆をかき分けて、どこかに逃げようとしている。

誰かが、囃《はや》したてるように口笛を吹いて、色とりどりの紙テープが宙に投げられた。

息が切れて、鼓動が弾んだ。それでも、ジゼルの口もとには、自然と笑みが浮かんでいた。

まばゆいばかりの光のもとに、祝福の雨が降り注ぐ。その中を、ひとりの少女が駆けていく。

彼女にとって、いつだって〝主役〟だった――そのひとの背中を、決して見失わないために。

「リーロイ！　私からは逃げられないってこと、――思い知らせてあげるわ！」


――リーロイ・ダーヴィッツ。

公式成績、8戦2勝6敗。重賞《グレードレース》を制覇し、皇騎士《クラウンナイト》の称号を持つ。

後に、世界〝最凶〟と謳《うた》われるウィンドミル傭兵《ようへい》騎士団の団長を務め、〝狂った風車《フランティック・ウインドミル》〟と呼ばれた、オディレイの国選騎士の、このレースの行方は……語るまでもない。

Fin.

あとがき

たった今、本作のタイトルが決まりました。このあとがきを開いた皆さんも、すでにご覧になっていると思います。

（メイン）　蒼戟《そうげき》の疾走者《ストラトランナー》
（サブ）　落ちこぼれ騎士の逆転戦略

これを目にした途端、私は、

「これかぁあああああああ！　こっちの方向だったかぁあああああああ！」

と色々な方向から出したつもりでいた作品タイトル案（の数々）が見当違いだったことを思い知らされ、担当編集Fさんと繋《つな》がった電話を衝動のままに投擲《とうてき》、その場で頭を抱えて叫び、のたうち回りたかったのですが、かろうじて残っていた理性が、

「あ、……良《い》いんじゃないでしょうか」

と妙な間を作りつつも口を動かしてくれて面目を保てました。このタイトルを戴《いただ》いて、初めて自分が「ライトノベル作家」なのだと自覚出来ました。本当に有難《ありがと》うございます。『あの空

から墜《お》ちた私の好きな人』とか、そりゃ却下されるよね。……何つータイトルを提案していたんだ、俺は!? めちゃくちゃ恥ずかしいわ、これ! これか、こっちの方向だったか! かずいー、かずいーー! 俺の記憶を消してくれーー! かずいィイイイイイイ!

……取り乱しました。

初めまして、〝つる舞う形の群馬県《ぐんまけん》〟犬亥《いぬい》です。あとがきは自由ということで、当初はこの作品が坂口安吾《さかぐちあんご》の『戯作者文学論《げさくしゃぶんがくろん》』に影響を受けた上で始まったとか、競馬の実況をライトノベルに落とし込んでみたかったとか、気取った創作背景、小説家ならぬ大説家のごとき執筆動機でも書こうかと思っていましたが、まさか、私の心の名作漫画『MIND ASSASSIN』の奥森《おくもり》かずい先生に「記憶を消してくれー!」と頼む醜態をまず晒《さら》す破目に陥るとは、想定外でした。

本作は第22回電撃小説大賞の第四次選考落選の作品で、いわゆる〝拾い上げ〟をして頂き、担当編集のHさん、Fさんの改稿指示の下、幸運にも出版の運びと相成りました。

落選当初は(……第四次選考はバミューダトライアングル、魔の海域)と勝手に命名して海の藻屑《もくず》として世間を漂っていましたが、いざ連絡頂き、改稿指示を受けてみれば、――そら、落ちるわ! と落ちて納得、目から鱗《うろこ》の事実ばかり。そうして仕上がってみると、下読みを頼むたび「俺(私)は面白いと思うよ」と但し書きをつけられていた〝アングラ臭〟が消えていました。自分でも読み直して、それが消えているのが解《わか》ったとき、本当に嬉《うれ》しかったですね。

作中、一番お気に入りのシーンは「@11: RE: RE: 69EYES《シックスティナインアイズ》の〝夢〟」です。駒都《こまつ》えーじさんのイラストに惹《ひ》かれて買うつもりなくても手を伸ばしてしまった方、その上で何の気なしにこのあとがきから読んだ方、これも何か縁だと思って、チラッと流し読んでみてください。

本作の主人公リーロイ・ダーヴィッツは、同じ相手に二度負けています。自分の人生を賭けて挑み、負けて、また負けます。二度「挫折」した人間がどう考え、どう動くのか。用意した筋の通りに進むには何が必要なのか。登場人物を意志ある生き物のように扱う。この辺が先に書いた『戯作者文学論《げさくしゃぶんがくろん》』を読んで影響を受けた部分です。

「負けるな！」

作中で出てくる何気ない台詞《せりふ》なのですが、ただ「勝て！」と言われるよりも、挫折した人間には響く言葉なのだと思います。

この作品が完成するまでに、たくさんの方の協力を頂きました。担当編集のお二方、私の世代〝直撃〟の駒都《こまつ》えーじさん（イラストを担当して頂けると聞いたとき、マジかよ⁉と思わず口走ってしまいました）は勿論《もちろん》、忙しいなか、下読みしてくれた友人、大学の先輩。毎年、忘年会で会う方々、年賀状を送らせて頂いている方々には、特に感謝の気持ちが尽きません。

そして、月並みですが、数ある本のなか、この本を手に取って頂いた貴方《あなた》には額を床につけて最大の感謝を。

私に「次」があるか定《さだ》かではありませんが、今の気持ちを忘れず、過ごしていきたいと思います。それでは、また会えることを願って。ケセラセラと結ばせて頂きます。

◉犬亥著作リスト

「蒼戟の疾走者《ストラトランナー》　落ちこぼれ騎士の逆転戦略」（電撃文庫）

本書に対するご意見、ご感想をお寄せください。

電撃文庫公式ホームページ 読者アンケートフォーム
http://dengekibunko.jp/
※メニューの「読者アンケート」よりお進みください。

ファンレターあて先
〒102-8584 東京都千代田区富士見1-8-19
アスキー・メディアワークス電撃文庫編集部
「犬亥先生」係
「駒都えーじ先生」係

初出

本書は第22回電撃小説大賞応募作品『ソラシド』に加筆修正したものです。

電撃文庫

蒼戟《そうげき》の疾走者《ストラトランナー》

落《お》ちこぼれ騎士《きし》の逆転戦略《ぎゃくてんせんりゃく》

犬亥《いぬい》

2017年5月10日　初版発行

発行者　塚田正晃
発行　株式会社KADOKAWA
〒102-8177　東京都千代田区富士見2-13-3
プロデュース　アスキー・メディアワークス
〒102-8584　東京都千代田区富士見1-8-19
03-5216-8399（編集）
03-3238-1854（営業）
装丁者　荻窪裕司(META＋MANIERA)
印刷・製本　旭印刷株式会社

ISBN978-4-04-892883-0　C0193　Printed in Japan

電撃文庫　http://dengekibunko.jp/
株式会社KADOKAWA　http://www.kadokawa.co.jp/

電撃文庫創刊に際して

文庫は、我が国にとどまらず、世界の書籍の流れのなかで〝小さな巨人〟としての地位を築いてきた。古今東西の名著を、廉価で手に入りやすい形で提供してきたからこそ、人は文庫を自分の師として、また青春の想い出として、語りついできたのである。

その源を、文化的にはドイツのレクラム文庫に求めるにせよ、規模の上でイギリスのペンギンブックスに求めるにせよ、いま文庫は知識人の層の多様化に従って、ますますその意義を大きくしていると言ってよい。

文庫出版の意味するものは、激動の現代のみならず将来にわたって、大きくなることはあっても、小さくなることはないだろう。

「電撃文庫」は、そのように多様化した対象に応え、歴史に耐えうる作品を収録するのはもちろん、新しい世紀を迎えるにあたって、既成の枠をこえる新鮮で強烈なアイ・オープナーたりたい。

その特異さ故に、この存在は、かつて文庫がはじめて出版世界に登場したときと、同じ戸惑いを読書人に与えるかもしれない。

しかし、〈Changing Times,Changing Publishing〉時代は変わって、出版も変わる。時を重ねるなかで、精神の糧として、心の一隅を占めるものとして、次なる文化の担い手の若者たちに確かな評価を得られると信じて、ここに「電撃文庫」を出版する。

1993年6月10日
角川歴彦

自分じゃぱんつもはけない。
そんな天才少女の
飼い主になりました。

さくら荘のペットな彼女

鴨志田 一
イラスト 溝口ケージ

学園の変人たちの巣窟さくら荘に転校早々やってきた
椎名ましろは、可愛くて天才的な絵の才能の持ち主。
だけど彼女は生活能力が皆無だった。
彼女の"世話係"に任命された空太の運命は!?

変態と天才と凡人が織り成す青春学園ラブコメ。

電撃文庫

空と海に囲まれた町で、
僕と彼女の
恋にまつわる物語が
始まる。
青春ブタ野郎シリーズ
鴨志田一
イラスト●溝口ケージ
図書館で遭遇した野生のバニーガールは、高校の上級生にして活動休止中の
人気タレント桜島麻衣先輩でした。『さくら荘のペットな彼女』の名コンビが贈る、
フツーな僕らのフシギ系青春ストーリー。
電撃文庫

全ての恋愛は幻想である!?
リア充爆発アンチラブコメ!
「恋愛を放棄せよ！ すべての恋愛感情は幻想である!」そんな彼女の演説に感銘を受けた平凡な高校生・高砂は、彼女・領家薫が議長を務める"反恋愛主義青年同盟部"の活動に参加するが──。
いでおろーぐ!
ideologue!
第21回電撃小説大賞
銀賞
椎田十三
イラスト◆憂姫はぐれ
電撃文庫

ひとつ屋根の下で暮らしていた妹は
俺の担当イラストレーターだった!?
エロマンガ先生《えろまんがせんせい》
eromanga sensei
いもうとあかずのま
伏見つかさ
イラスト◆かんざきひろ
高校生ラノベ作家・和泉マサムネと、
イラストレーターで引きこもりの妹・紗霧が織りなす、
業界ドタバタコメディ!
『俺の妹がこんなに可愛いわけがない』の
コンビが贈る新シリーズ!!
電撃文庫

第23回電撃小説大賞《大賞》受賞作!!
最終選考委員・編集部一同を唸らせた
エンターテイメントノベルの
真・決定版!!
86
[EIGHTY SIX]
―エイティシックス―
The dead aren't in the field.
But they died there.
[著]
安里アサト
[イラスト]
しらび
[メカニックデザイン] I-IV
The number is the land which isn't
admitted in the country.
And they're also boys and girls
from the land.
ASATO ASATO PRESENTS
Illustration/Shirabii Mechanical Design/I-IV
電撃文庫